천성래 대하소설

正本 국경의 아침

천성래 대하소설

正本 국경의 아침

④

제2부 목마른 산하(山河)

지우출판

正本
국경의 아침 ④

제2부 목마른 산하(山河)

인쇄 / 2022. 9. 25.

발행 / 2022. 10. 5.

지은이 _ 천성래

발행인 _ 김용성

발행처 _ 지우출판

출판등록 _ 2003년 8월 19일

서울시 동대문구 천장산로 11길17. 204-102

TEL: 02-962-9154 / FAX: 02-962-9156

ISBN 978-89-91622-96-8 04810

ISBN 978-89-91622-92-0 04810 세트 전10권

lawnbook@hanmail.net

값 16,000원

차례

제26장 묘비 도둑과 소년 무당

1

조선민주주의인민공화국에서 '아기'라는 존재는 어른과 크게 다르지 않다. 출생과 동시에 출생신고를 하게 되어 있고, 공화국의 모든 아기들은 태어나면서 출생증이라는 것을 발급받고 있다. 이러한 출생증을 받는 것이 아기에게는 밥벌이의 시작인 셈이다.

세대주는 아기가 태어나면 보안서우리의 파출소에서 출생신고서 용지를 받아 출생지, 성명, 생년월일, 민족별국적, 부모 이름, 피 형혈액형 등을 기록해야 한다. 그런 다음 거주지 인민반장에게 확인을 받아 제출하면 출생등록이 되는 것이다. 그리고 아버지의 공민증과 함께 보안서에 제출함으로써 출생증이 발급되는 것이다.

공화국에서 출생증은 어른들의 공민증처럼 아기들이 휴대하고 다녀야 할 증명서인데 17세 미만의 아이들은 의무적으로 출생증을 소지하고 다녀야 한다. 원칙적으로 공화국에서 식량은 배급제이기 때문에 세대주는 아기의 출생증을 제시하고 식량 배급표를 받아야 한다. 시나 군 안전부 주민등록과에서 공민증과 출생증을 확인해주면 세대주가 소속되어 있는 공장이나 기업소의 배급 담당자에게 제출하고 시나 군의 행정위원회 양정과에서는 신규 배급자로 등록하여 식량 배급표를 발급하게 된다.

출생증은 그 자체로서 독립성도 지니고 있지만 17세 이후 보안서에 제출하면 공민증으로 대체되는 것이다. 따라서 출생증은 남조선의 주민등록증 예비적 성격이 있다는 점에서 공화국 사회주의 체제는 한 인간을 일찍부터 감시하는 체제임을 알 수 있다. 출생증의 공민증으로의 대체는 공화국에서 한 인민이 성인이 되었다는 생물학적인 의미일 뿐만 아니라 확실한 주민통제의 틀 안으로 들어섰다는 의미인 것이다.

공화국에서 만17세 이상 성인에게 발급하는 공민증은 대개 고등중학교의 졸업과 궤를 같이한다. 공화국 주민은 인민보안성의 분주소 공민등록과에서 자신의 공민증을 수령한다. 공민증은 배급이 원활치 않은 공화국 사정 때문에 출생증의 효력과 가치가 같지는 않지만 이동이나 여행을 위해 반드시 휴대해야 한다는 점에서 확실한 주민통제의 수단으로 작용하고 있다.

그렇기 때문에 조선공화국에서 공민증을 대대적으로 교체하는 작업은 인구조사의 목적과 동시에 주민에 대한 관리체제를 정비하려는 의도가 깔려있다. 공화국에서는 지난 1999년 전후 고난의 행군 시기에 주민들이 엄청나게 굶어 죽는 일이 있었기 때문에 공민증 재발급 사업을 추진한 바가 있다. 이후 2004년 전후에도 신규 공민증을 발행한 바 있으며, 10~15년 주기로 공민증을 교체하고 있다.

주민들의 비난이 빗발치자 공화국 당국에서는 남조선 괴뢰 안기부에서 조선 공민증을 대량으로 위조하여 침투해 들어오기 때문에 반탐對간첩의 차원에서 시행하는 것이라고 꾸며댄 바 있었다. 지금도 시나 군의 보안서 공민등록과에서는 주민의 주소, 생년월일, 혼인여부는 물론 그 사람의 특징, 특기에 교화소 출소 여부, 가족 및 친척의 행방불명 사항까지 개인정보를 소상하게 기록하고 있다.

공민증에 특히 민족별 란을 둠으로써 공화국 주민, 재북 중국의 화교인, 북송 재일교포 출신까지 세부적으로 관리하고 있다. 특히 재북 화교인들은 공화국 보위부와 긴밀한 관계를 맺고 있다. 조선공화국에서 외국인증을 발급받아 정착하여 생활하고 있는 중국 국적의 화교인들은 한족으로 일제시대에 조선인민공화국으로 왔던 중국인 후손들이다. 6.25 전쟁에 참전한 후 북한에 잔류했거나 중국 문화대혁명 시기에 정치적 탄압을 피해 조선공화국으로 들어온 사람들이었다.

재북 화교는 6천여 명 이상 수준으로 알려져 있고 평양과 평북, 함흥 등 주요 도시와 접경지역에 주로 거주하고 있다. 이들은 비록 공화국에 몸을 두고 있지만 외국인 신분이기 때문에 공화국 보위부의 특별관리를 받고 있다. 공화국에서는 이들을 일컬어 보위부의 눈깔 즉 정보원으로 인식하고 있다. 공화국 주민들은 이들을 두 나라에 양다리를 걸친 스파이 정도로 어둡게 인식하고 있는데 이들은 반년을 주기로 중국에 들어갔다 오고 있으며 중국 내 탈북자 색출 임무를 띠고 들어가는 경우가 대부분이었다.

화교들이 중국에서 출장을 마치고 입북을 할 때는 은밀히 손전화기나 전파탐지기 등 반탐 물품을 구입해 들어왔다. 그들은 공화국 주민들과 의도적으로 접촉하여 술을 마시고 마약까지 하는데 이런 과정을 통해 주민들의 체제에 대한 성향을 은밀히 타진하여 보위부에 밀고하는 역할도 한다. 화교의 상당수는 대북 송금 브로커 역할을 하는 것으로도 알려져 있다.

조선공화국에서는 이처럼 이동하는 주민 하나까지 철저히 감시할 수 있는 체계를 갖추고 있다. 주민 하나하나에 대한 문서 기록의 분량은 두툼한 책의 분량보다 많아 출생부터 시작해 생애 모든 과정을 기록하여 관리하고 있다. 주민 당사자는 물론 가정의 세대주라도 이러한 기록을 볼 수가 없고 인민보안부 소속의 담당 보안원만이 열람할 수가 있다.

조선공화국에서 주민 통제의 수단으로 공민증을 자주 바꾸고 있는

데 주민들은 이러한 공화국의 은밀한 의도를 눈치채지 못하는 경우가 대부분이다. 공민증에는 남쪽의 주민등록번호와 마찬가지로 6자리의 번호가 기재되어 있다. 남쪽의 국민들이 자신의 고유번호인 주민번호를 철저히 암기하고 있는 것과 달리 공화국 주민들은 자신에게 부여된 고유번호를 대개 암기하지 못하는 것이 다른 점이다.

공화국 주민들은 공민증에 부여된 6자리의 숫자가 어떤 의미를 지닌 것인지 대부분이 모르고 있다. 하지만 인민보안부가 발급하는 공민증 번호 6자리에는 거주 구역을 의미하는 번호 외에도 은밀한 숫자의 조합들이 내재하고 있다. 여행증 발급기관인 지역 보안서 2부 기관원 정도 되면 이런 무서운 비밀의 조합에 대하여 알고 있는 것이다.

– 여행증 발급받으러 왔습네다.

– 이 공민증으론 여행증 발급 아니 되오.

특수직에 근무하는 사람만 아는 비밀이었다.

– 어찌 아니 된다 말입네까?

– 내래 뭐라 말을 해야 할지 난감하오.

비밀을 누설하면 감옥행이었다.

– 사정 한번 봐주시오. 꾹돈뇌물이 필요하다면 드릴 테니~

– 꿈 깨시오. 여기서 여행증을 발급해 주더라도 단속 초솔 어찌 통과한단 말이오. 초소뿐만 아니오. 열차 보안원이나 지역 보안원은 눈이 멀었단 말이오?

공민증 하나에 담긴 숫자의 조합을 보안원들이나 당국 관계자들만이 은밀히 소통하면서 감시, 통제의 수단으로 삼고 있는 것이다. 이들이 주의 깊게 들여다보는 것은 공민증 번호 6개의 자릿수 가운데 1이 3개이면 요시찰 대상자라는 표시이다. 공화국에 장마당 같은 시장이 활성화되면서 주민들의 이동 역시 매우 활발해졌다. 따라서 지역 간 주민의 이동이 많이 늘어나기 시작했고 이러한 이동은 더욱 철저한 감시가 필요하다는 것을 의미하고 있었다. 공화국의 공민증을 통한 이러한 감시는 더욱 심해질 것이고 따라서 주기적으로 새로운 공민증으로 대체할 가능성이 더욱 높아지고 있다.

조선공화국에서는 검병진찰을 받으러 병원에 갈 때에는 거주지에 소속된 병원에 가야 한다. 남쪽처럼 주민등록번호를 입력하듯 공민증 번호를 입력하는 체계가 아니기 때문에 공민증을 제시하면 사진과 현재 얼굴이 같은 것인지 확인하게 된다. 철도 보안원이 사진과 실제 얼굴이 다르다는 것을 확인하면 공민증 번호를 입력해서 확인하는 것이 아니라 무작정 단속 칸으로 집어넣은 다음 짐이나 소지품, 여행의 목적 등을 깐깐하게 따져 묻는다.

이런 상황이고 보니 국경의 단속 초소 등지에서 공민증 검열만으로는 국경으로 이동하는 사람들의 신원을 파악하기에 역부족이다. 공민증에 기록된 대로 본인과 대조하는 선에서 끝이 나게 된다. 이런 까닭에 공화국 주민들이 공민증 번호를 남쪽의 주민등록번호처럼 반드시 외우고 다닐 필요가 없게 되는 것이다.

늦어서야 저녁 끼니를 대충 때우고 급히 이웃들을 방문하려는 정숙에게 명호는 조심스럽게 말을 꺼냈다.

– 정숙 동무 숨도 제대로 들이쉬지 못하고서~

– 괜찮습네다.

정숙은 누가 보더라도 조선공화국의 열혈충성자처럼 보였다.

– 듣자니까 공민증을 새로 발급한다는 소문이 있어서 고저~

– 알고 있어요. 주민들 틀어잡겠다는 짓거리지 뭐 있겠나요.

하지만 문득문득 공화국에 대한 불만이 밖으로 드러났다.

– 내래 참이 공민증 때문에 고저 어찌해야 할지를 모르겠으니 허 참 세대주 주제에~

명호는 공민증 발급 얘기가 나올 때부터 아들애에 대한 고민이 시작되었다.

– 우덜 운명이 그러한 걸 어찌한단 말이오. 명호 동무도 울 참이 공민증에 박힐 숫자의 굴레를 알고 있지요?

정숙 동무 역시 아들애의 공민증에 박힐 숫자에 대해 은근히 고민한 모양이었다.

– 알다마다요. 그러니 이래 노심초사하는 게 아닌가~ 나중에 들어서 알았지만 그 교활한 숫사 놀음 때문에 맘대로 이동도 못 하고 죄인처럼 살아야 한 대는 것이~

– 명호 동무나 나는 그래도 숫자 놀음에 크게 덫 걸리지는 않고 잘 지내오지 않았나요? 이렇게 우리가 충성 분자로 뛰어다니고 목에 메달을 건 은덕 때문이지요.

죽도록 충성을 해서 그나마 덫에 걸리지 않고 지내 온 것이라 믿었다.

– 마음이 지척이면 천 리도 지척이라 하잖나, 고저 이번 일 만큼에는 태산이 동무 바짓가랑일 붙잡아서라도~

명호는 말을 하다 공연히 쓸데없는 말을 지껄이고 있다는 생각에 입을 다물었다. 정숙이 아니나 다를까 걸음을 내딛다 말고는 명호를 뚫어지게 쏘아보았다. 태산이 동무가 자동차 안에서 참이 공민증에 관한 얘기를 꺼냈넌 것을 정숙은 소스라치며 떠올리고 있었다. 명호가 민망한 나머지 터덜터덜한 모습으로 헛기침을 해댔다.

– 아니, 게 아니라 마음이 천 리 면 지척도 천 리라는 말을 하려던

참에 그만~

– 엎어 치나 메치나 매한가지 아니에요? 어찌 잊을만하면 태산이 동무 얘길 꺼냅니까? 정숙이 가슴 아프게 하지 마시라요. 우리 문제는 우리가 매듭을 짓자 말이에요.

정숙은 태산의 자동차 안에서 자신이 태산에게 먼저 아들애의 공민증 얘기를 꺼낸 사실을 떠올리며 얼굴이 살짝 붉어졌지만 나그네의 입에서 자신이 꺼려하는 남자의 이름이 불려지는 것이 마음 한쪽에 걸리는 것이었다. 공연히 속이 상해서 아버지 핏줄 덜컥 받게 될 거라는 하소연을 뜻하지 않게 했기 때문이었다. 태산의 입에서 불쑥 튀어나온 말도 정숙은 당시 놓치지 않고 뇌리에 각인시켜 기억하고 있었다. 명호동무처럼 반쪽으로 만들 수 없다는 태산의 호기에 아버지의 성씨와 노동자 구역의 한계를 입에 담았던 것이다.

– 평양엔 사진들 박느라 시끌벅적 하다기에 그만~ 반쪽 자식 가진 부모 마음에 어이 가만히 앉아만 있을 수 있는가 말이오~

– 듣고 보니 가을 뻐꾸기 소리는 아니네요. 내래 다녀와서 얘기하자고요.

– 어서 다녀오오. 거 메달 메달 노랠 부르느라 피눈이 되니 몸살이 까이빠지잖나 말이야~

명호는 살이 빠져 유난히 헐렁거리는 정숙의 치마저고리를 먼빛으로 오래오래 바라다보았다. 자식을 위해 자신의 몸은 뒷전으로 밀어놓고 오직 공화국의 충성분자로 살아남아 훈장을 목에 매달려는 공화국 여자들의 비애로 보였다. 족보가 없는 공화국에서 또 다른 족보라는 것이 바로 공민증이었다.

조선공화국에서는 해방 이후 봉건 잔재의 청산을 기치로 내걸었다.

이런 기치하에 가족주의, 지연주의의 척결은 혈연이나 지연을 단절하는 것이었다. 공화국에서 이런 혈연이나 지연이 고개를 쳐들지 못하게 된 것이 이미 반세기 이전이었다. 따라서 혈연이니 지연이니 하는 말을 언급하는 자체로 종파주의 행위로 간주 되어 처벌되는 것이다. 종친회니 향우회니 동문회 등이 싹을 보일 틈이 없는 것은 당연한 처사였다. 그래서 조선공화국에서는 혈족 개념이 사라지게 되었으며 6촌만 넘어가면 남이나 매한가지로 여기고 있었다.

하지만 은밀히 들여다보면 정작 당국에서는 질긴 끈으로 이어진 조직처럼 가족 관계를 연결하여 손바닥 들여다보듯 들여다보고 있었다. 그 아버지는 누구이며 어머니는 누구이며 아버지의 아버지는 누구이며 어머니의 어머니는 누구인가? 이런 보순의 구조를 당국 내부에서는 은밀히 챙기고 있는 것이다.

공민증에 부여된 여섯 자리의 숫자 놀음 속에 은밀히 자기들만의 비밀을 숨긴 채 주민들을 잡도리하는 수단으로 활용하고 있는 것이다. 정작 가족주의, 혈연주의는 자본주의의 반동사상이라 매도하면서도 김일성, 김정일, 김정은 3 부자야말로 철저히 가족주의, 혈연주의를 내세워 대대적인 권력의 세습을 일삼고 있는 것이다.

명호는 밤이 늦도록 잠을 이루지 못하고 뒤척이고 있었다. 정숙은 아직 자신이 담당한 10호의 가가호호를 방문하느라 귀가하지 않고 있었다. 명호는 가만히 손전등을 켜고 학갑벽장 속에 은밀히 보관하고 있는 보자기를 꺼냈다. 남쪽 큰어머니의 마음이 담긴 아버지가 가보처럼 남긴 도자기가 세월의 깊이 속에서 눈을 떴다. 장독대에 숨어 비를 맞고 눈을 녹이며 통한의 세월을 거슬러 왔던 아버지의 역사가 고스란히 담겨 있었다. 아버지의 혼백도 아직까지 자유롭지 못하고 거기 도자기 곁에 숨죽여 기다리고 있었다.

명호의 생애는 이렇듯 두 개의 보자기에 오롯이 담겨 있었다. 검정색 보자기에 싸여있는 나무상자에는 아버지의 유골을 건사하여 나중을 대비했다. 통일이 된다면 고향에 묻히고 싶다던 아버지의 유훈을 기리기 위함이었다. 흰색 보자기에는 일부러 장독대에 방치하였던 남쪽 큰어머니의 숨결이 담긴 술병 모양의 도자기가 빛나고 있었다. 큰어머니의 영혼이 아직껏 이 술병 모양의 도자기 속에 웅크리고 있을지도 모르는 일이었다.

두 개의 보자기를 명호는 가슴에 품어 안아보았다. 따뜻하게 느껴지는 감촉이 명호의 가슴에 스며드는 듯했다. 명호는 한참 동안 이런 감정 속에 빠져들고 있었다. 아버지와 큰어머니의 영혼은 죽어서나마 함께 만났을까? 광화문에서 만나자던 두 분의 약속은 물거품이 되고 말았지만 죽어 혼백이 되어 광화문은 물론 조선천지 어디든지 자유롭게 날아다녔으면 좋으련만 하는 생각이 들자 공연히 쓸쓸함이 밀려왔다.

명호는 보자기를 제자리에 넣어두고 학갑 문을 닫으려다 문득 소스라치게 놀랐다. 남쪽 형님이 은밀히 보낸 두꺼운 남쪽의 력사책 몇 권이 명호 자신을 노려보고 있었기 때문이다. 공화국에선 접촉해선 안될 불온서적이었다. 명호는 남쪽 형님의 성의에 차마 버릴 수가 없어 이렇게 학갑 속에 숨겨두었지만 문득 불길한 생각에 사로잡혔다. 학갑 속의 남쪽의 력사책이 적발되는 날에는 이런 불온서적을 지니고 있다는 자체만으로도 엄청난 범죄행위였기 때문이다.

명호는 재빨리 력사책을 꺼내 움켜쥐고 학갑 문을 화들짝 닫고 돌아서려다 다시 한번 깜짝 놀랐다. 어머니가 문 앞에서 지켜보고 있었는데 어머니의 눈이 마치 감시자의 눈처럼 명호를 제압하고 있었다.

– 나막신 신고 얼음 지치는 꼴이구나.

– 아이쿠 어머니~

죄를 지은 사람처럼 명호는 깜짝 놀랐다.

– 남쪽 서책일랑 미련 떨지 말고 태워 버리라 고저~

– 형님이 손수 보내주신 터라~

남쪽 형님의 손때가 묻은 서책이라 처리할 수가 없었던 것이다.

– 네 아버지 뼛조각도 무탈하지 못할 엉세판에 남쪽 서책이라니 언, 학갑이 여게서는 포탄 뒤집어쓴 뒤주라는 말도 못 들었나? 너무 불길해서 가슴이 콩닥콩닥한 게~

– 예 어머니. 집안에 포탄을 들여서는 아니 될 일이지요. 내래 맘 다지고 이래 꺼내 들고 있는 거구 상자 우리 발목 붙드는 덫이지요.

명호는 책을 들고나와 뒤란에 쪼그리고 앉았다. 마음이 조급했던지 어머니도 명호의 뒤에 그림자처럼 서 있었다. 멀리 공동묘지 쪽에서 여름의 전령사인 소쩍새가 소쩍소쩍 피울음을 토하듯 울고 있었다. 명호는 종이책의 낱장을 하나씩 찢어 성냥불을 붙였고 성냥불이 붙자 새까만 어둠이 물러나며 환하게 밝아졌다.

명호는 낱장이 하나씩 찢겨 나와 제 몸을 태우고 사라질 때 비로소 마음속을 내리누르던 짐이 점점 가벼워지는 느낌이 들었다. 남쪽 형님이 보낸 남쪽의 력사책을 비록 소유하고는 있었지만 신념을 무너뜨리지는 않았던 것이다. 공화국의 력사야말로 날조된 역사임을 모르지 않았지만 그렇다고 남쪽의 력사책을 숨어서 탐독할 정도로 반동의 행위는 하시 않았다. 명호는 자신의 신념을 올곧게 지키는 것이 가족의 목숨을 올곧게 지키는 것이라고 믿고 있었기 때문이다.

종이 타는 냄새가 매캐하게 코끝을 자극하기 시작했다. 명호는 어둠 속에 활활 타오르는 불빛의 세기를 조절하며 종이책의 낱장을 간격을 두며 뜯어냈다.

– 말은 안 했다만 어미 맘 한구석에 항상 구들장처럼 박혀 있던 거야. 고저 가족도 믿지 못할 판에 남 이웃의 눈을 어찌 믿겠냐~

– 어머니 괜한 걱정 하지 마세요. 바람벽에 숨은 학갑은 귀신 눈조차 피해 간단 말입니다. 남쪽 형님이 보낸 책 때문에 학갑을 만들었는데 이케 활 활 태워 없애버리니 뭐 염려할 게 있겠소?

태워 없애버리는 게 반동사상의 증거를 제거하는 유일한 방법이라고 생각했다.

– 낮말은 새가 듣고 밤말은 쥐가 듣는다고 하지 않더냐? 타고 남은 재도 남기지 말아야지 고저~

– 세상에 잡아먹을 쥐가 어디 남아 있답니까? 어머니, 어서 들어가세요. 내래 이 책을 모조리 태우자면 저 달도 한참 기울어야 할 거예요. 어서 들어가세요.

밖이 소란스러운 탓인지 참이가 뒤란으로 나왔다. 명호는 어머니와 참이의 관계가 원만하지 않음을 알고 있기에 어머니의 등을 떠밀었다. 어머니가 뒤란에서 자취를 감추고서 참이가 명호의 곁에 쪼그리고 앉았다.

– 참아.

– 예, 아버지. 밤새 뭘 태우고 계십니까?

참이가 큼, 큼 냄새를 맡으며 물었다.

– 어 그래야지, 울 아들애 고저 문화어 쓰니까 듣기 좋구나, 그저~

– 아버지도 문화어 쓰세요. 마음만 먹으면 뭐 어렵지 않습니다.

명호 역시 문화어를 사용하려고 여러 번을 시도해 보았지만 낮바닥이 간지러웠다.

– 아니 글쎄 네 어머니도 하냥 문화어 쓰자는데 어려운 거는 아니지만 영 낯간지러워서 말이야~

– 학갑 속에 숨겨둔 책을 태우시는 겁니까?

명호는 참의 말에 깜짝 놀라고 있었다. 바람벽 속에 은밀히 만든 비밀 학갑의 존재에 대해 참과 봄이는 모르는 것으로 알고 있었다.

– 참이 네가 어떻게 비밀 학갑을 알고 있나?

– 아버지, 사실은~

참이 뭐라 말을 하려다가 잠시 머뭇거리자 명호는 마치 엄청난 비밀을 들켜버린 느낌에 머리카락이 삐죽 일어서는 듯했다.

– 이찌 시원하세 발을 하지 못하니? 아바이가 모르는 무슨 비밀이 있나?

– 아, 아닙니다. 고, 고정하세요.

문화어를 쓰던 것도 잊으며 참은 명호의 물음에 말을 더듬거렸다.

– 언 실없는 녀석 보라, 아버지더러 고정하라더니 네가 더 조마롭구나조마조마~ 뭐가 문제라도 있는 거이니?

– 아네요, 아버지~ 고저 잘하시는 겁니다. 뭔지는 모르지만 이케 태워 버리는 게 상책이지요.

참이가 태연자약하게 말했다. 불온한 책이라는 것을 이미 알고 있었다.

– 언~ 어찌 말을 하려다 코빵맞은무안당한 사람처럼, 허 싱거운 녀석~

명호는 참이 분명 무슨 말을 하려다가 그만두었다는 사실을 알았지만 굳이 시시콜콜 따져 묻지 않았다. 가슴으로 낳은 아들애지만 피를 직접 물려준 아버지만큼 거리낌이 없이 대한다는 것이 시간이 흐를수록 어렵다는 것을 깨달았다. 학교 운동장을 속옷 차림으로 함께 돌면서 한층 가까워진 것은 맞지만 여전히 낯선 기운의 갈피는 남아 있었다.

– 동실이 소식은 있더냐?

– 동무들 얘기 들어보니 동실 동무가 노동 단련대에서 돌아왔답니다.

참이 이번에는 또박또박 말을 했는데 앞 번의 긴장감에서 벗어나려고 부러 문화어를 표시 나게 사용하는 느낌이었다.

– 잘 됐구나. 동실이 돌아왔다는 거는 강철이도 돌아왔다는 얘기 아니니?

– 강철이는 돌아오지 못했답니다.

명호는 강철이 돌아오지 않았다는 말에 순간 놀랐다.

– 어찌 그리되었을까. 동실 어머니가 고저 애를 썼겠구나. 동실 어머니는 간군음증이 도진 모양이던데~

덕순 동무를 생각하면 명호는 가슴부터 쓰라렸다.

– 예, 동실이 동무한테 가보질 못해서 잘은 모르겠어요.

– 참아, 동실이 불쌍한 아이다. 공화국에서 오래오래 한데 의지하고 살아라. 동실 어머니 상세나면죽으면 동실인 고저 공화국 천지에 고아 아이니?

명호는 진심으로 참이에게 당부했다.

– 그래야지요. 아버지, 이만 들어가 보렵니다.

– 어 그래, 네 어머닌 오늘도 아주 늦는구나. 어서 들어가 자거라.

참이 뒤란을 떠난 다음 한참 뒤에도 명호는 불의 밝기를 조절하며 책장의 낱장을 하나씩 찢어 불에 태웠다. 이런 중에도 좋은 재질의 종이가 타면서 코끝에 감기는 냄새가 아늑하고 좋게 느껴졌다. 남쪽 형님의 냄새가 이런 것일까? 밤을 새워 맡아도 좋을 나른한 향기 같은 냄새, 이런 냄새를 맡아 보기는 처음이었다. 책의 낱장을 찢어 불에 태우는 일이란 명호의 생애 속에서 처음 있는 일이었다.

명호는 자정이 훨씬 지나 철대문이 삐끄덕 열리는 소리와 함께 책의 낱장을 모두 태우고 뒤란에서 나왔다. 정숙이 촉수 낮은 불알백열전등 밑에서 치마저고리를 벗는 모습을 명호는 먼빛으로 바라보았다.

치마저고리를 벗은 정숙의 알몸은 여전히 아름답게 느껴지고 있었다. 정숙의 알몸을 느껴본 지 언제인지 기억이 나지 않았다. 하루가 멀다고 힘겹게 목이 터져라 외치면서 이리저리 몸이 열 개라도 모자란 정숙의 몸은 명호에게 그림 가운데 떡이나 매한가지였다. 공화국 남정네들은 하루의 고달픔을 안해아내의 배 위에서 달랜다는 말이 있었다. 하지만 이런 말도 마음의 여유가 있을 때이고 자녀들이 없는 부부들의 얘기였다. 노모老母와 머리 큰 자식들이 있으면 그런 가족의 눈을 피해 몸을 섞고 노닥거릴 공간도 없었다.

헛기침을 큼, 큼 내뱉으며 정숙의 옆에 눕자 정숙이 잠꼬대처럼 소리쳤다.

– 동무, 무슨 냄새에요? 아니 당신 어데서 불장난했나요?

– 불장난은 무슨 불장난이나~ 오늘 오래간만에 동무하고 불장난이나 하자야. 정숙아, 내래 아직도 정숙이 나그네남편라는 거는 알고 있지? 아니 정숙 동무, 벌써~

정숙의 몸은 피곤기가 한꺼번에 몰려온 것인지 명호의 말을 듣지도 못하고 곯아떨어지고 있었다. 명호는 공연히 멋쩍은 나머지 정숙의 물컹한 젖가슴을 쓰다듬다가 사르르 손이 풀리면서 곧장 잠에 빠져들었다.

2

– 동실아, 늬넌 공부 같은 거 열심히 하지 말아라.

덕순은 숨이 턱 끝까지 차오르는 느낌에 천천히 입을 열었다. 숨이 가쁘니 가장 힘든 것이 말을 하는 것이었다.

– 어머니, 힘들게 말씀하지 마시라요. 동실이 공부 싫어하는 거야 어머니가 잘 아시면서 쓸데없는 말을 하십네까?

– 고저 동실인 누굴 닮아 공부를 싫어하나?

– 헤헤 누군 누구 갔시오. 아버지 아들애이고 어머니 아들애인데~

동실은 어머니가 아직 살아있다는 사실에 안도하고 있었다. 어머니의 배가 풍선처럼 부풀어 올라 숨쉬기조차 힘들어할 때는 덩달아 동실이도 숨이 막히는 느낌이 들었다. 하루라도 더 어머니와 함께 사는 것이 동실이 지금 바라고 있는 최고의 희망이었다.

– 아이구 저런 말이라구 지껄이는 소리, 네 아버지래 고등중학 수학 담당 교원이었잖나, 그카구 어머니도 참이 어머니처럼 교원대학 나왔잖겠음?

– 헤헤, 그래도 공부는 하기 싫습네다. 고저 머리 처박고 빙빙 도는 춤을 추는 게 제일 좋단 말입네다.

– 아이구 저런 철딱서니 없는 녀석~

덕순은 자신의 목숨이 아직 살아있다는 축복은 오직 아들애 동실의 존재가 있기 때문이라고 생각했다. 숨이 턱 끝에 차올라 언제 정신을 놓을지 모르는 일이지만 아직은 의식이 있어 동실과 이렇게 군소리를 할 수 있다는 사실에 감사하고 있었다.

어느 부모가 자식 공부에 대한 욕심이 없겠는가. 하지만 덕순은 아들애한테 공부에 대해 어떤 강요도 하지 않았다. 조선공화국에서 아무리 공부를 열심히 해봐야 한계가 있다는 것을 누구보다 잘 알고 있었다. 열악한 전기 사정 때문에 석유등 앞에서 짧은 연필과 질이 낮은 공책을 펼쳐놓고 공부를 강요하기에는 부모들의 낯이 부끄러울 정도였다. 공화국에서 살아오면서 김일성과 김정일에게 누구 보다 충성을 했다.

하지만 충성의 결과로 공화국 어느 누구에게도 자유와 행복을 가져다주지 못했다. 세월이 흘러갈수록 공화국 인민들이 느끼는 공화국 당국의 거짓말에 대한 배신감은 그 크기를 더해갔다. 덕순 역시 나그네를 만나 단란한 가정을 만들었다. 그리고 공화국의 단단한 밧줄을 붙들고자 당증을 받아내기도 했지만 당증을 목에 걸면서 가혹한 운명이 목에 걸린 임시 당증을 끌어내렸다. 나그네인 기백이 동무의 죽음은 덕순의 희망을 송두리째 짓밟아버렸다.

나그네 죽고 태산에게 이용당해 보위부 소조원 노릇을 했지만 지금 덕순에게 남은 것은 허탈함뿐이었다. 몸이 망가지니 태산에게조차 이용당할 가치마저 없어진 모양이라고 덕순은 생각했다. 봄날 나른하게 꾸었던 개꿈처럼 덕순의 꿈은 애초부터 존재하지 않았다. 반짝 나타났다 사라진다는 신기루도 아니었고 가슴속에 부푼 희망의 다리를 얹혀줄 색동다리무지개 같은 것도 아니었다.

덕순은 나그네가 없다고 무시 받은 것은 견딜 만은 했다. 하지만 아들애를 가지고 장난질을 하는 것은 도저히 용서가 되지 않았다. 목숨을 내놓고 덤벼들어 수용소에서 아들애를 꺼내온 것은 투쟁의 산물이라고 덕순은 생각했다. 당장 죽는 한이 있더라도 마지막 힘이 남아있는 한은 아들애를 위해 살리라 굳게 다짐하고 있었다.

– 동실아, 어디 울 아들애 손 한 번 잡아보자.

– 어머니, 어찌 그러십네까?

동실은 어머니의 행동이 낯설었다.

– 아니 오늘따라 울 아들애 따뜻한 손길이 그립구나, 그저~

– 어머니도 참, 동실이 곁에 누워 있으니 밤새 잡아보시오.

동실은 공연히 마음이 울적해졌다.

– 울 아들애 손이 참 따뜻하구나.

덕순은 아들애의 손을 부여잡고 남몰래 눈물을 흘리고 있었다. 자신마저 죽으면 동실은 천애天涯의 고아孤兒나 다름없지 않은가. 동실이 어렸을 적에는 본가집친정집에서 더러 음식도 만들어 가져올 때도 있었지만 본가 부모님 죽고 나선 남이 되어버렸다. 공화국에서야 혈연 같은 것은 자본주의 산물로 취급해 버렸고 부모 형제 아니면 핏줄 따위는 살아가는데 안중에도 없었다.

– 어머니 지금 우시는 겁네까?

– 아, 아니라. 동실이 네가 단련대에서 살아왔는데 어찌 울겠나?

덕순은 어금니를 앙다물면서 울음을 삼켰다.

– 상철이 아버지가 애초에 꺼내줬으면 이런 일이 없었을 텐데~

한참 말이 없던 덕순 동무가 다시 입을 열었다.

– 세상에 믿을 사람은 아무도 없더라. 오직 자신을 믿는 수밖에 없지, 생각해 봐라. 늬 아바이 죽을 적에 임시 당증이라도 목에 걸었다만 상세 나니 다 자란 고목이나 한 가지 아이더나?

– 그래도 상철이 아버지가 이케 꺼내주셨으니 너무 야속하게 생각하지 마세요. 내래 상철이 동무하고는 잘 지내고 싶다 말입네다.

동실도 이제 세상물계를 어느 정도 알 것만 같았다.

– 에그 울 아들애 말하는 것 보라. 고저 속이 꽉 들어찬 게 누굴 닮아 이래 여무지나? 암, 상철인 고저 바짓가랑일 붙들어도 열 번은 붙들어야 하고말고~

덕순은 아들애의 낯바닥을 손으로 감쌌다.

– 어머니 몸만 잘 건사하세요. 동실이 고저 아들애 구실 톡톡히 할 테니깐 두루 강건하세요.

동실의 말에 덕순은 속으로 깊은숨을 내쉬었다. 동실이 정말 속이 꽉 차서 어른이 다 되어버린 느낌이었다. 덕순은 힘을 주어 아들애의 손을 움켜쥐었다. 태산의 멱살을 부여잡지 못했더라면 아들애와의 이런 단란한 시간도 갖지 못했을 터이다. 덕순은 고사리 같던 아들애의 손이 이제 다 자란 어른의 손처럼 실팍하게 느껴졌다.

그런데도 아들애의 이런 여무진 마음을 음미하는 덕순의 가슴은 답답할 뿐이었다. 마음은 기쁘지만 답답한 마음인 것은 자신의 몸 상태를 누구보다 잘 알고 있기 때문이었다. 기백이 동무의 병증이 자신의 병증과 같았다는 것을 덕순은 모르지 않았다. 공화국에서 간굳음증에 대한 치료를 할 수 없다는 것을 덕순은 잘 알고 있었다.

공화국에서 환자는 진료소에서 1차 진료를 받게 되고, 1차 진료 의사의 진료 의뢰서를 받아야 상급병원을 이용할 수가 있었다. 덕순은 이런 절차를 통해 진작부터 자신의 병증에 대해 의사의 소견을 듣고 있었다. 나그네이던 기백이 동무가 죽고 덕순의 몸에 비슷한 증세가 나타나기 시작하면서 덕순은 함께 앓던 간염 증세가 도져서 간굳음증이 되었음을 알게 되었다.

보위부 태산의 도움으로 평양에 유명하다던 김만유 병원까지 다녀왔지만 병증을 완전히 다스릴 수 없다는 것을 알았다. 진료소를 거쳐 시

병원과 중앙병원까지 거쳤고 간부들이나 드나든다는 평양 중앙병원까지 최고 진료 기관의 치료를 받았다. 그러나 덕순의 병증은 공화국의 의술로는 손을 쓸 수가 없었고 간이 섬유화되어가는 속도를 조금 늦추거나 출렁일 정도로 차오르는 간 복수를 인근 진료소에 가서 빼내는 것이 최선책이었다.

성인이 되면서 의무적으로 받는 거주지 내과 의사의 예방의료 봉사도 받고 기업소 담당 의사의 료양 의료 봉사도 받았지만 이미 깊어진 병마의 늪에서 빠져나오기란 역부족이었다. 공화국 주민의 15% 이상이 만성 B형 간염을 앓고 있었는데 덕순은 바로 이런 B형 간염을 다스리지 못해 간굳음증으로 악화된 것이었다.

조선공화국의 이처럼 열악한 위생 상태를 전해 들은 미국의 구호단체에서 간염 치료 지원을 본격적으로 시작했다. 기독교 단체인 이 단체는 공화국 당국과 후원 동의에 합의하고 간염 치료에 발 벗고 나섰다. 고기 통조림 등 먹거리에서 시작하여 담요 등의 생활필수품과 수도, 온실 등에 이르도록 공중위생부와 합의한 내용을 실천에 옮기고 있었다.

하지만 공화국 전역을 대상으로 지원을 펼칠 수 있는 데는 한계가 있었다. 평양에 이어 개성 등에서 시범적으로 실험실 등을 개조하여 간염 치료부터 시작하게 되었다. 그러나 공화국 주민들에게 실질적으로 도움이 되기에는 역부족이었다.

– 동실아. 자니?

– 어머니 하고 이래 있는데 어찌 잠이 옵니까? 말씀 하시라요.

– 조선공화국에서 살아가자면 어쩨든지 강건해야 하잖겠나. 몸이 파괴되니 아무짝에도 쓸모가 없다는 말이지.

병을 앓고 보니 세상에 가장 소중한 것이 강건한 몸이었다.

– 그야 알고 있지만 동실이 강합네다. 병감증건강 염려증도 심하면 적이지요.

– 언 녀석 보라지. 네 아버지 씨 아니랄까 봐~

덕순은 언젠가 나그네인 기백에게 했던 말을 떠올리며 피식 웃었다. 혼인을 하고 얼마 되지 않아 동실을 낳은 이후 나그네의 건강이 급속도로 나빠지기 시작했다. 그때, 덕순은 기백에게도 이런 염려스런 말을 조심스레 했던 적이 있었다. 기백으로부터 돌아온 대답이 바로 사내구실을 하느라 그랬던 것인지 자기는 강하며 병감증도 심하면 적이라는 말을 자신 있게 했었다.

– 어머니래 오란 때옛날 배우 닮은 거 맞습네다.

– 호호호~ 난데없이 오란 때 배우라니 언 녀석~

아들애의 입에서 칭찬의 소리를 들으니 덕순은 세상에 부러울 게 없었다.

– 만룡이 동문 아니라는데 동실이 눈엔 영락 오란 때 배우란 말입네다.

– 호호호~ 마음 좋은 녀편네 동네 시아버지가 열이라더니 아주 그냥 어머니한테 동실이 인정이 철 철 넘쳐나누나.

듣기 좋은 얘기도 하고 어느새 자랐다고 생각하니 갑자기 세상에 없는 기백이 동무 생각에 빠져들었다.

– 인정 넘치는 게 아니라 꾸미고 나가면 어머니 모습이 좋아 보인다이 말이지요. 어머니, 제발 병마 떨치고 일어나세요. 어머니마저 상세나면 내래 살고 싶지 않다 말입네다.

– 아니 누가 상세 난다고 이러니? 자식 둔 어미의 목숨은 질겨도 아주 질긴 법이란다. 아암 쉽게 무너질 어미가 아니란 말이지~ 아니 동실이 지금 울고 있니?

동실은 가슴 깊은 데서 올라오는 슬픔과 안타까움이 뒤섞여 눈물이 흘러내렸다.

– 아, 아닙네다. 다 큰 사내가 어찌 뚝바우처럼 눈물을 흘린다는 말입니까? 동실이 울지 않습네다. 컥, 컥~

덕순은 자신의 손등에 묻어 내리는 아들애의 뜨거운 눈물을 느끼고 있었다. 동실이 애써 울음을 참으려고 마른기침을 하고 있었지만 치오르는 뜨거운 감정까지 숨길 수는 없었다. 덕순은 동실이 키대만 자란 것이 아니라 마음마저 몰라보게 자랐다는 것을 느끼고 있었다. 몸이 까라지는 것을 알면서도 덕순은 악착같이 목숨 줄을 놓지 않으리라 속으로 다지고 있었다.

덕순의 눈에서도 서글픈 눈물이 흘러내렸다. 아들애가 자라는 것을 보지도 못하는 뒷산 공동묘지에 묻혀 있는 기백이 동무가 야속했다. 나그네만 살아있다면 아무리 가난 설음이 턱 끝에 차오른다 해도 깟거 헛기침 한번 하고 살아낼 수 있으리란 생각이 들었다. 몸이 아프고 이렇게 밤이 이슥할 때는 나그네의 무덤에 가서 실컷 눈물이라도 쏟아버리고 싶은 심정이었다.

– 동실아, 우리 동트면 네 아버지 묘지에 올라 가자우.

– 예 어머니. 나도 아버지가 무척 그립습니다. 동실인 한 번도 아버지가 죽었다고 생각하지 않았다오.

동실은 정말 항상 아버지가 살아서 곁에 있다고 생각했다.

– 남의 눈엔 죽었다만서도 부모 자식 가슴엔들 어이 죽었을라구. 모름지기 아들애는 심지가 굳건해야지~

이튿날, 동이 트자마자 덕순은 동실의 손을 잡고 나그네가 묻힌 마전동 뒷산 공동묘지에 올라갔다. 인심 좋은 이웃한테 뜨락또르트랙터를 겨우 얻어 타고 오랜만에 나그네를 만나러 가는 길은 소풍 떠나는 아이들처럼 공연히 가슴이 설레었다. 덕순은 세상의 이치라는 것이 참 믿을 것이 못 된다는 생각이 들었다. 나그네 살아서는 느끼지 못한 감정들이 죽어 땅속에 묻힌 마당에는 어찌 이리 순간순간들이 절절해지는 것인가. 살아서는 남세스러워 연분한다는 말도 제대로 하지 못한 것이 못내 후회가 되었다.

공동묘지에는 이른 시간인데도 장례를 치르는 가족들이 있었다. 어지럽게 널린 묘지들은 주인을 알아볼 수가 없을 정도로 낮게 웅크리고 있었다. 살아서도 기가 죽어 숨 한번 크게 쉬지 못했을 주검들이 영혼이 되어 무덤무덤 숨을 죽이고 있었다. 아직 여름이지만 아침 바람이 서늘하세 뻘럭이며 지나가고 있었다.

– 동실아, 이상하구나. 여기 어데가 네 아버지 분굴무덤인데~

– 어머니, 그렇지요. 무덤 사이길사잇길 끝나는 데가 분명한데~

귀신 곡할 노릇이었다.

– 아이구나, 동실아~ 이 이 게 무슨 일이니?

덕순은 여기저기 살펴본 어느 순간 소스라치게 놀랐다. 덕순이 서 있는 이 무덤의 주인이 바로 나그네인 기백의 묘가 분명한 것이었다.

– 네 아버지 묘비가 왕창 뽑혀 나갔구나 고저~

– 어머니 맞습네다. 아버지 묘비 자리가 분명 여기인데~

덕순은 턱 끝에 치밀어 오르는 숨의 끝자락을 겨우 붙들고 몸서리를 쳐대고 있었다. 태산이 동무가 만들어준 묘비가 고마워 보위부 앞잡이 노릇까지 했는데 누가 죽은 망자의 넋을 가지고 장난질을 했다는 말인가. 동실은 숨이 끊어질 듯 끊어질 듯 허덕이는 어머니의 조그마한 몸을 끌어안았다.

무덤들은 죽어서도 기를 펴지 못하고 납작 웅크린 모습이었다. 고난의 행군 시기에 엄청난 주민들이 굶어 죽게 되면서 야산에 무덤들이 하루가 멀다하고 들어섰다. 놀란 공화국 당국은 망자의 화장을 지시했지만 오랜 세월 지켜져 온 묘지 문화가 쉽게 바뀔 수는 없었다. 묘비를 낮추고 봉분마저 깎아 없애거나 눈에 띄지 않도록 평토장을 만들도록 했다. 이렇다 보니 밤에 몰래 암매장하는 경우도 생겨나고 있었다. 시단위에 겨우 하나 정도 있는 화장장은 주민들 월급의 열 배를 넘게 주어야 화장이 가능했다. 그렇다 보니 죽은 망자를 밤에 몰래 암매장 하는 것이 차라리 쉬운 방법이었고 산림보호원에게 꾹돈뇌물까지 찔러주는 사례가 늘어나고 있었다.

– 언놈이 이런 장난질을 했겠나? 상석이 놓인 분굴도 아닌데 언놈이 훔침질을 했을 리도 만무하고 말아이~

– 어머니, 어데 지피는 데는 없습네까?

동실은 아무리 머리를 굴려 봐도 떠오르는 사람이 없었다.

– 눈가량눈대중 지피는 데가 있기는 하지마는 요 두 눈으로 똑똑히 보지 않은 이상에는 뭐라 말자루를 꺼내 놓겠는가 말이지~

– 어머니 동실이한테 살짝 귀띔해 주세요. 살짝~

동실은 벌써 주먹을 불끈 말아쥐었다.

– 공연한 짓이야~ 설령 어미 눈가량이 맞는다손 쳐도 감히 어찌 상대를 하겠느냐 말이야~

덕순은 혼자 시름을 담아 고개를 저었다.

– 아버지 묘비야 상철이 아버지가 세워주지 않으셨소?

덕순은 동실의 입에서 태산에 관한 얘기가 튀어나오는 것을 물끄러미 바라보면서 하염없이 도리질을 했다. 도리질을 하던 바로 그 순간에도 나그네 죽고 없는 설움이 가슴 가득 차올랐다. 덕순의 생각에는 아무리 조리 있게 따져 보아도 묘비를 훼손할만한 까닭이 없었고 그럴만한 사람도 없었다.

그러나 마음에 걸리는 하나는 노동단련대에 잡혀 들어간 아들애를 빼내겠다고 무작정 들이닥쳐 멱살을 잡아챘던 태산과 얽힌 사건이었다. 태산이 공동묘지에 묘비를 세운 것은 애당초 어울리지 않는 일이었다. 빛나는 대리석이야 '조기백의 묘'라 새겨진 글씨만 갈아내면 다시 사용할 수 있었다. 태산의 존재라면 충분히 화풀이 상대에 가능한 일임을 덕순은 넌지시 간파하고도 남았다.

– 상철 아버지 짓 아님 언 놈이 남에 묘비를~

– 어머니 게 정말이에요? 게 발이 되는 소립네까?

동실이 억가슴이 막힌다는 심정으로 가슴을 쿵 쿵 주먹으로 쳐대고 있었다. 또 한 차례 소슬한 바람이 지나가고 있었다. 저쪽에서 장례를 치르던 한 떼의 사람들이 줄지어 걸어가고 있었고 한 떼의 까마귀들이 하늘에서 빙빙 맴을 돌았다. 까마귀는 부패한 시신이 달구지에 실려 올 때 어디서 냄새를 맡았는지 사납게 날아들었다. 주민들이 뱀이나 쥐새끼까지 잡아먹는 바람에 까마귀들도 하루를 살아가기란 사람이나 다를 바 없이 힘이 들 것이었다. 덕순은 빙 빙 맴을 도는 까마귀들을 향해 공연히 혼잣소리를 뱉어내고 있었다.

– 훠어이 훠어이~

– 상철 아버지가 아버지 묘비를 세워주셨는데 어찌 그런 망측한 짓기릴 힌딥니까?

어머니의 말씀을 듣고 나선 더욱 까닭을 몰랐다.

– 기야 동실이 너 수용소 끌려갈 적에 이 어미가 보위부 박태산이 사

무실에 달려가서 멱살을 낚아채지 않았겠나? 게다가 어미 몸이 요지경이 되어 더 부려 먹지도 못하게 생겼으니 고저 내찰 수밖에 없지~

덕순은 기백이 동무가 없는 서러움이 심장 깊은 데서 꿈틀거렸다.

– 어머니, 아무리 그렇다고 상철이 아버지가 그래 나쁜 짓거릴 저지른단 말이에요?

– 생각할수록 괘씸하고 억에 받치누나.

덕순의 심중에는 이미 태산이 동무의 짓으로 결론짓고 있었다.

– 공연히 애먼 사람한테 모자누명를 씌우는 거 아니오?

– 도적의 때는 아무 때건 벗는다는 말도 있잖니? 도적이 아니면 언제든지 밝혀지지 않갔니? 동실아, 우리 잘난 네 아버지한테 실컷 절이나 하자.

덕순은 힘든 세상살이에 관한 푸념을 죽은 나그네 묘지에서 하고 싶었다. 아무도 모르게 가슴 속에 박힌 한을 펴내고 싶었던 것이다.

– 예, 어머니. 실컷 절도하고 실컷 우시라요. 고저 가슴에 고인 눈물일랑 실컷 쏟아 내시라요. 여게서 내려가는 순간 동실에게 눈물 같은 거는 없습니다. 예, 동실이 아주 독하게 살겠다 말이야요.

동실의 말이 끝나기도 전에 덕순은 볼록한 배를 움켜잡고 절을 하기 시작했다. 나그네 죽고 아들애와 독하게 살고자 마음먹으면서 덕순은 절대로 눈물을 흘리지 않으리라 다짐했다. 하지만 혼자 몸으로 공화국에서 살아가자니 설움 중에 가장 큰 설움이 혼자 사는 설움이었다.

몸이 아픈 것은 끙 끙 참아낼 수가 있었어도 혼자 사는 녀자라고 괄시하는 것은 참을 수가 없었다. 공연히 가슴을 툭 툭 건드리고 귀가 부끄러운 음탕한 말을 지껄이며 수작을 부리는 사내들 앞에서는 그저 아파 드러누운 나그네라도 하나 있었으면 하는 마음이 꿀떡 같았던 것이다.

덕순은 태어나서 이토록 남의 눈치 보지 않고 맘껏 울어보기는 처음이었다. 울음이란 참으로 요술 같다는 생각이 들었다. 비워내도 비워낸다 해도 다시 차오를 줄만 알았던 울음의 덩어리가 모두 달아나는 느낌이었다. 덕순이 맘껏 울 때 동실은 저만치서 먼산바라기를 하며 눈물을 훔치고 있었다.

장례를 치르던 한 떼의 사람들도 자취를 감추고 공중에서 빙 빙 맴을 돌던 까마귀 떼도 어디론가 흩어지고 없었다. 해는 높이 올라 중천을 지나고 있었는데 덕순은 망연히 저만치서 눈물을 훔치고 있는 동실을 바라보았다. 동실을 생각하면 가슴부터 쓸어내리게 되는 덕순이었다. 하루가 다르게 힘이 빠지고 눈앞이 캄캄한 것이 어제오늘의 일이 아니었다. 덕순은 이런 몸으로 공화국에서 오래 버티며 살아낼 수 없다는 것을 누구보다 잘 알고 있었다.

죽는다는 것은 전혀 두려운 것이 아니었다. 덕순은 정말 죽음 자체가 하나도 두렵지 않았다. 자신의 죽음 이후 혼자 고아처럼 남게 될 아들애를 떠올리는 순간에야 죽음이 무섭게 느껴지고 있었다. 덕순은 동실이 고등중학을 졸업하고 공민증을 받아내는 날까지만이라도 살게 해달라고 김일성 주석에게 마음속으로 빌었다.

공화국 인민들에게 김일성이란 존재는 신적인 존재가 되고 있었다. 지난 1994년 김일성 사망 이후 방부처리 된 시신은 금수산태양궁전에 박제가 되어 영원한 주석으로 추앙받고 있었다. 김정일은 아버지 김일성 사후 국가주석 자리를 영구 결번시켜 아버지 김일성으로 하여금 신적인 존재가 되도록 주민들을 세뇌시켰다. 그런 까닭에 공화국 주민들은 하루하루 살아가는 길이 힘들 때마다 김일성 주석을 떠올리며 위안을 삼았다. 주민들은 김일성 할아버지라는 친근한 이름으로, 김일성 주석이란 신적인 존재를 곁에 두고 살아온 날들이 계속되고 있었다.

김일성 사후 김정일 체제에서 공화국 주민들은 엄청난 궁핍을 겪게 되었다. 이른바 고난의 행군으로 알려진 시대를 거치면서 주민들은 김일성에 대한 열렬한 향수를 불러일으켰다. 고난의 행군 시기에 엄청난 숫자의 공화국 주민들이 아사餓死하게 되었는데 이런 고난을 겪으면서 그래도 김일성 지도자 시절에는 이토록 굶지는 않았다고 혀를 차며 그 시절을 그리워했다. 이렇듯 조선인민공화국의 력사가 흘러갈수록 김일성에 대한 주민들의 향수는 더욱 불타오르고 있는 것이었다.

– 김일성 주석 할아버지 울 아들애 동실이 고저 뒤 좀 살펴 주시라요.

– 어머니, 이제 그만 하세요. 김일성 주석 할아버지가 살아 돌아오는 것도 아닌데 푸른 소沼에 돌 던지면 뭐 하나요. 어서 일어나 갑시다.

동실이 어머니의 손목을 잡아당겼다.

– 오냐 드가자. 단 소뿔 뽑듯 할 수야 없지~ 기나저나 이 간복수 차는 거 보니 칠성판에 오른 사공 목숨인데 울 동실이 불쌍해서 어이 하나~

덕순은 울지 않으려고 애를 썼지만 또다시 하염없이 뜨거운 눈물이 흘러내렸다.

– 어머니, 동실이는 강합니다. 기딴 말씀 마시라요. 어머니 곁에 아들애 동실이 있지 않습네까? 심힘 내세요, 내래 어머니 지켜 드릴테니까 두루~

동실은 애써 위로하는 말을 했지만 마음 한편이 공허했다. 어머니와 같이 아버지 묘지에 올라온 것이 어쩌면 어머니와 마지막 나들이가 될지 모른다는 생각이 들었다. 아무리 위로를 해주고 싶지만 어머니의 병세는 많이 기울어 있었고, 동실이 보기에 어머니 역시 마지막을 준비하는 모양이었다.

덕순은 아들애 동실의 몸에 의지해 비틀비틀 걸어 내려왔다. 이제 나그네의 길을 따라 자신도 머잖아 한 평도 되지 않은 공동묘지 땅속에 누울 생각을 하니 허탈했다. 아들애한테만은 원수처럼 자신의 길을 따르게 할 수는 없다고 생각하고 있었다.

덕순은 당장 태산에게 달려가 화풀이를 하고 싶었지만 아들애를 위해 마음을 고쳐먹고 있었다. 아들애만은 남의 눈밖에 나지 않도록 이승 떠나기 전에 사력을 다하리라 마음먹고 있었다. 죽음의 기척이 점점 가까이 나타날수록 더욱 힘차게 목숨의 끈을 붙들어 잡을 것이다. 비록 어두운 공화국의 하늘 아래일지라도 아들애만은 사람답게 살아야 하는 것이라며 덕순은 있는 힘을 다해 무거운 발걸음을 옮겨놓고 있었다.

3

조선공화국에도 사람이 살고 있고 사람이 사는 데는 어디나 내일날에 대한 불안과 기대가 교차하고 있다. 공산주의 사회에서 종교란 미신으로 치부되기도 하지만 공화국 역시 교회나 절과 같은 보여주기 시설이 있다. 따라서 공화국에서 점을 치는 행위는 허용되지 않는 현실이지만 장터의 후미진 곳에서는 은밀히 점쟁이들이 활동하고 있었다. 내일날에 대한 불안감 때문에 공화국의 주민들 역시 용하다는 점쟁이들을 몰래 찾아가는 경우가 많았나.

공화국 당국은 철저히 미신을 배제하고 미신행위 자체를 처벌하고 있지만 높은 간부들조차 자신들의 앞날에 대한 불안함을 해소하기 위해 은밀히 점쟁이를 찾고 있었다. 듣자니 김일성, 김정일 부자도 전속 점쟁이를 두었다는 소문이 있었다. 평양에서도 알아주는 점쟁이를 아예 곁에 은밀히 숨겨두었었다고 한다. 항간에는 각 지역에서 비범한 점쟁이를 선발하여 기氣가 세다는 산에서 기를 받는 수련을 시킨 다음 중앙당에서 차출하였다는 말도 있었다.

이렇게 차출된 중앙당 점쟁이는 좋은 대접을 받으며 임무를 수행했다. 이들의 임무라는 것은 국제적으로 중대한 과업을 얻을 시기에 미리 앞을 내다보는 점사를 치는 것이었다. 점쟁이 중에는 김일성 주석의 사망을 몇 개월 전에 예언한 이도 있었다고 한다. 그 점쟁이는 김일성 수령한테 큰 불상사가 일어날 것 같다는 말을 주민들 사이에 은밀히 흘리고 다녔는데 사실대로 되자 이름이 널리 알려지게 되었다.

김일성의 죽음 이후 15년 뒤에는 역시 김정일의 죽음을 예언한 것으로 알려졌다. 김정일의 사망관련 점쟁이의 예언은 평양이나 지방의 상류층 사이에 은밀히 퍼지게 되었는데 공화국 보위부에서 그 점쟁이를 잡아들인 이후 감쪽같이 사라졌다는 것이다.

– 평양에서 점괘를 본다던 그 유명한 점쟁이래 어데루 가면 만날 수 있습네까?

– 소문 못 들었나 보오. 보위부 끌려간 뒤로 행방이 묘연하다는데~

주민들 사이에도 점쟁이의 모습이 보이지 않는다는 말이 돌았다. 공화국 상류층이나 그 상류층의 나이 듬직한 녀성들이 주로 점쟁이의 행방을 찾고 다녔다는 것이다. 언젠가는 점쟁이 하나가 풍수지리를 말하면서 공화국의 수도가 될 만한 도시는 평양이 아니라 남쪽의 서울이라는 말을 했다가 관리소에 잡혀 들어갔다고 했다.

중앙당 고위간부들이 드나들었던 평양의 어느 점집 점쟁이는 보위부에 불려가 간부들이 어떤 점을 보러 왔더냐는 조사를 받게 되었다. 그 점쟁이는 고위간부들이 하나같이 자신의 앞날을 걱정했다고 사실대로 말했다. 점쟁이의 이런 대답을 듣고 보위부는 이를 당과 수령을 불신하는 반당적 행위로 간주하고 관련자들을 추적하여 모두 강도 높은 처벌을 내렸다는 것이었다.

당국이 아무리 처벌의 수위를 높여도 주민들 사이에 이미 퍼진 점술은 걷잡을 수가 없었다. 고위간부들이 자신의 앞날에 대한 불안감 때문에 점집을 드나들었다면 일반 주민들은 자신의 실생활과 관련해서 점집을 드나들었다. 일상생활에 필요한 점사를 원했고 자신의 운명이나 손금도 보았다. 당국에서는 이런 행위조차 반사회적 일탈 행위로 규정하여 형법으로 처벌하고 있었지만 주민들의 점사에 대한 의존도가 높아 통제하기 어려운 상태가 되어버렸다.

최근에는 주민들이 물어오는 점사는 장마당 경제에 따른 이익과 손실, 자기 집에 대한 풍수, 가족의 건강이나 부부의 장수 문제 등 폭이 넓어졌다. 당국에서도 굳이 정치적 사안이 아닌 것을 가지고 힘을 빼지 않겠다며 한발 물러난 형국이었다. 점쟁이들이 정치적으로 예민한 문제가 아닌 생활을 하는데 필요한 지혜나 미래에 대한 운명 따위에 국한되고 있어 통제할 명분마저 마땅치가 않은 것이다.

공화국에서 점술을 보는 사람들은 당당하게 대가對價를 요구하고 있었다. 예전에는 점술의 대가로 술을 대접받거나 농산품을 받았지만 이제 정해진 값을 받고 있었다. 작명에 얼마, 손금 보는 데 얼마, 혼인 날짜 잡아주는 데 얼마, 꿈 풀이 해주는 데 얼마 등등 값을 매기고 주민들은 응당 그 값을 당연하게 치르고 있었다. 그런데 김정은에게 공화국 정권이 대물림 된 이후 공화국 점쟁이들 사이에 해괴한 소문이 은밀히 퍼져나고 있었다.

– 김정은 고 어린 떼떼 놈 운수는 길어봐야 5년이라지~

– 정은이 운명은 리설주가 재촉하고 있대지 아마~

이런 망측한 소문이 장마당 언저리나 골목 사이마다 퍼져나고 있었다. 주민들 사이에서도 함부로 말을 하지는 못했지만 한번 빠져나온 풍문은 쉽게 멈추지 않았다. 상대의 의중을 호상 확인한 연후에는 말을 해야 맺힌 한이 풀리기라도 한다는 듯 앞을 다투어 비판하는 말도 쏟아내고 있었다. 그러다가 낯선 사람이 다가오면 재깍 입담을 멈추면서 공연히 하하, 호호, 헛소리를 뱉어냈다.

만룡이는 모내기 전투 이후 며칠은 학교에 나갔지만 문제가 발생하고 말았다. 자꾸만 몸에 불이 붙는 느낌이 반복되었다. 몸에 불이 붙는 듯하면 만룡은 어쩔 수 없이 저도 모르게 펄쩍펄쩍 뛰었다. 무작정 펄쩍펄쩍 뛰어대는 것이 아니고 점쟁이가 지니고 있는 삼지창 같은 것을 휘두르며 춤을 추는 것이었다. 만룡은 이런 자신의 처지를 이제 굳이 어머니가 말해주지 않아도 충분히 알고 있었다.

만룡의 몸속에 백두대감이 들어와 흥이 나는 상황, 만룡이를 제자삼아 마구 놀아보고 싶은 백두산 신령의 흥을 만룡이 거부해서는 아니되는 일이었다. 그래서 만룡은 대감이 시키는 대로 펄쩍펄쩍 흥을 돋우기를 반복했다. 방울을 흔들어 주위의 잡신들을 불러 함께 흥을 끄집어 올렸다. 백두대감의 흥에 만룡이 자신의 흥까지 얹어 한바탕 뛰고 나면 온몸에 땀이 흥건히 배는 것이었다.

오냐, 재수 열고 몸수 건강하고

일수 대길하게 상덕 물어주마~

가는 재수도 손을 치고 오는 재수도

후여들여서 안들여주마 쳐들어주마~

만룡은 자신의 의지가 아닌 몸속에 들어온 백두대감의 뜻에 따라 몸을 펄쩍펄쩍 뛰며 손에 쳐든 삼지창을 어지럽게 휘둘렀다. 삼지창을 흔들다 흥이 더욱 솟아오르면 놋쇠로 된 대신칼을 천장으로 쳐들어 어지럽게 춤을 추다 느닷없이 땅에 칼을 던졌다.

우리 대감님이 화가 나면
대문도 붙들고 흔들흔들
방문도 붙들고 흔들흔들
돌도 낚아서 우당퉁탕
모레도 집이서 쭈루루루~

흥이 절정에 달했을 때 만룡의 몸은 땀으로 범벅이 되어졌다. 이상하게 땀으로 범벅이 되면 몸이 고단한 것이 아니라 날아갈 듯이 가벼웠고 기쁨이 넘치는 것이었다. 어쩌다 만룡이 꿈속에서 이웃집 녀학생과 입을 맞추며 몽정을 하는 그 순간보다 기쁨이 훨씬 컸고 몸도 더욱 뜨겁게 달아올랐다.

덩떠쿵 덩떠쿵~
얼 수 절 수~
얼씨구 절씨구~

만룡은 대감이 빠져나간 몸을 혼자 주체하지 못하고 설렁설렁 몸을 움직였다. 이렇게 한바탕 놀고 나니 몸속에 얹혀있던 묵은 찌꺼기들이

탈탈 털려 나간 느낌이 들었다. 몸과 마음이 상쾌한 순간이 만룡에게 찾아오는 것이었다.

며칠에 한 번은 이런 식으로 백두대감이 몸속에 들어왔다. 만룡은 어머니의 가르침에 따라서 몸을 정갈하게 씻고 산에 올라가 무릎을 꿇은 채로 영靈을 불렀다. 마음이 정갈해야 영이 서슴없이 가슴속에 치고 들어왔다. 마음이 맑지 못하면 아무리 무릎을 꿇어 하루종일 불러댄다 하더라도 영의 입김조차 쐬지 못하는 것이었다. 영이 들어오면 만룡은 공연히 기분이 좋아져서 마치 꿈결의 말더듬이처럼 혼자 중얼거리는 느낌이었다.

이럴 때 만룡의 앞에 누군가 있게 되면 그 사람에 관한 얘기를 따발총처럼 내뱉었다. 만룡의 머리에서 내뱉은 생각이 아니라 가슴속에 치고 들어온 영이 내뱉은 말이었다. 이것은 신이 인간에게 신탁을 내린다는 것을 말하는데 '공수 준다'라고 했다. 사람의 입장에서는 '공수 받는다.'라고 하는데 만룡의 가슴속에 치고 들어온 백두대감이 흥이 나서 절로 춤을 추고 노래를 부르며 공수를 주는 것이었다.

만룡이 공수를 줄 때는 결코 만룡의 평소 목소리가 아니었다. 만룡을 아는 사람들은 누구나 만룡의 목소리가 아님을 단박에 알아챌 수 있었다. 목소리는 위엄이 있었고 입술은 평소에 말을 하는 것처럼 움직이지 않고 지껄이는 듯이 보였다. 만룡은 몸에 신을 받은 지 오래되지 않았지만 이렇게 입술이 아니라 배에서 올라오는 소리로 복화술腹話術을 썼다.

만룡이 대감을 불러들이거나 대감이 절로 만룡의 가슴속에 치고 들어올 때는 자기가 백두산의 대감이라고 소개를 하면서 시작하고 있었다. 간혹 백두대감은 자신이 가르치고 있다는 애기동자를 만룡의 가슴속에 데리고 들어오기도 하는데 대감이 동자를 부르면 곧잘 앳된 애기의 목소리로 인사를 하고 애기가 대감처럼 귀엽게 공수를 주었다.

대감이 공수를 줄 때 호령을 하는 경우도 있었다. 키대 작은 만룡이지만 호령을 할 때는 목소리가 쩌렁쩌렁 울렸고 앞에 선 사람은 단박에 기가 꺾이는 것이었다.

어~ 구차에 욕심 많은
백두 대감 아니시랴~

만룡은 백두대감이 가슴에 치고 들어왔음을 공수받이 하며 알게 된다. 숫제 만룡의 뜻과 아무런 관련이 없는 말이 입술을 치고 나왔다. 대감이 쉽게 공수를 주는 것은 아니었다. 처음부터 대감이 만룡의 가슴에 치고 들어오는 것이 아니라 굿을 하는 절차를 거쳐서 들어오는 것이었다.

대감은 처음 느닷없이 만룡의 가슴에 치고 들어와서 만룡의 어머니까지 당혹스럽게 만들었다. 만룡의 모는 자식까지 점쟁이가 되는 것을 원하지 않았지만 난데없이 만룡의 가슴에 치고 들어와서 당황했다. 만룡이도 처음에는 대감이 치고 들어오는 것을 거절하려 하였으나 대감의 힘이 너무 강했다. 만룡이 버티려고 해도 절로 터져 나온 대감의 공수는 만룡은 물론 어머니마저 어찌할 수 없게 해버렸다.

세상이나 천지에
걸신들린 귀신이구나
어이 살다 굶어 죽어

조선 천지 구천 간에
헐렁헐렁 떠도는
불귀객이 되었는가~

만룡은 백두대간의 공수 중에 절로 눈물을 흘렸다. 이상한 것이 대감이 공수를 하는 데도 만룡의 생각 하나는 가슴속에 따로 남아 있었다. 대감이 공수를 주는 데가 있고 만룡의 몸을 통제하는 데가 따로 있는 모양이었다. 만룡은 공수 중에 가슴 한쪽에 가만히 기다리고 있는 듯한 자신만의 생각이 있다는 사실에 놀랐다.

어허 이게 웬말인가
석 달 열흘 굶어
구천에 떠도는데
내 몸이 죽었는지
내 몸이 살았는지
꼬집어도 분간을 못할 적에

만룡의 혀가 바싹 타들었다. 공화국 주민들의 주검이 하나둘씩 검은 사자가 되어 앞에 나타났다가는 사라지고 있었다. 만룡은 어느 순간 대감의 설움인지 자신의 설움인지 분간 못 할 정도로 땀이 범벅이 되어 한바탕 싸하게 울어 젖혔다.

불쌍허구 가이없구
산두 열 두 산이오

고개두 열 두 고개
먼 산 암암하구
근 산 중중한데
녹수진경 화산진경
오락가락할 적에~

만룡의 공수는 어느새 타령조의 사설이 되어 있었다. 만룡은 이런 소리들이 어떻게 자기 입을 통해 중얼거리듯이 나오는지 알 턱이 없었다. 그래서 만룡은 이렇게 대감을 받아 마치 함께 홍마당을 펼치는 듯한 착각이 들었다.

오다죽고 가다죽고
서서죽고 앉아 죽고
예전장터 총 맞아 가구
칼 맞아 가구 목 잘려 가구
저 소사에 가시던 영산
어허 서럽다 요 내 신세~

만룡은 대감의 말을 전할 때는 자신이 마치 신이 되어 있는 느낌이 들었다. 사람들을 다독이고 어루만지는가 하면 대차게 나무랄 때도 있었다. 백두대감은 일방적으로 혼자 말을 하는 것이 아니었다. 간혹 대감의 뜻을 묻고자 하는 사람이 신의 뜻을 물으면 호상 담설을 하는 것이었다. 어떨 땐 대감이 사람들을 섬뜩한 말로 위협을 하고 불만을 토로했다. 그리고 한 바가지 원망을 섞어 푸념을 늘어놓고 돌아갈 때는 꼭 재수나 복을 주었다.

하늘로 오르면 천신대감
땅으로 내리면 지신대감
조선천지 자손들아
대감님들이 놀다 가신다

만룡의 가슴에 치고 들어온 대감들은 백두대감의 공수와 함께 흥을 돋우며 놀다 가는 모양이었다. 만룡의 생각에 조선천지를 호령하는 대감들이었다. 실제의 모습은 보이지 않지만 만룡은 자신의 가슴속에 꿈틀대는 뜨거운 대감들의 기운을 느끼고 있었다.

이왕지사 가는 길에
재수나 잔뜩 섬겨주마
김대감에 김장군에
터주 되신 대감님들
자손복록 불어주고
부귀공명 점지하소
에에 헤헤에~

마지막으로 한바탕 만룡의 몸과 함께 신명 나게 뛰어놀다 대감들은 떠나버렸다. 떠나면서 대감들은 마치 자손들의 잘못을 호령한 다음 그래도 구구절절 애를 끊어내는 마음을 담아 복록을 빌어주고 부귀와 공명까지 점지하고 떠났다. 대감들이 빠져나간 만룡의 가슴은 오장육부가 한꺼번에 빠져나가 버린 것처럼 허탈하기 짝이 없었다.

만룡은 한참이나 그대로 자리에 쓰러져 숨을 헐떡이고 있었다. 이렇게 숨을 헐떡이며 몸은 지쳤지만 가슴에 맺힌 찌꺼기들이 또한 한꺼번에 쓸려나가는 듯한 느낌에 만룡의 가슴은 한없이 부풀어 오르기 시작했다. 만룡은 이런 모습으로 살아가야 하는 자신의 모습에 낙담하지 않았다.

백두대감을 모신 자신의 처지는 분명 공화국에서 평범한 일상이 아닐 것이었다. '명령 27호'를 알판으로 보고 싶었던 꽃제비들의 호기심은 지난 시절의 치기 같은 것이라고 생각했다. 인민의 귀를 솔깃하게 하는 '조선평양'과 '목란비디오' 같은 기록물들은 이제 결코 만룡의 관심 내상이 아니었다.

만룡의 관심은 우러러볼 영웅 같은 것이었다. 동무들과 영웅에 관한 연극을 보려고 무궤도전차를 타고 극장에 갔던 날도 만룡의 몸에는 백두대감이 들어 있었다. 극장 벽에 붙은 '70일 전투 자랑찬 성과 달성' 어쩌고 하며 선전원 공로 메달을 수여하고 군중집회를 하는 바람에 되돌아오고 말았지만 만룡의 몸속에 백두대감이란 영웅이 자리 잡고 있었다.

만룡은 당시 참의 어머니가 받은 선전원 공로 메달이란 훈장이 도로아미타불이라며 백두대감의 뜻을 저도 모르게 뱉어내고 말았던 기억이 있다. 그날, 참이와 동실과 참의 녀동생 봄이와 함께 집결소로 향해서 펄쩍펄쩍 뛰던 순간에 백두대감이 자신의 몸속에 들어와서 함께 놀고 갔다는 것을 만룡은 확신하고 있었다.

만룡은 자기 혼자 힘으로는 이제 살아나갈 자신마저 없었다. 백두대감이 위엄있는 모습으로 자신의 가슴 속에 치고 들어온다는 믿음이 있기에 이제 만룡은 힘이 들어도 그 길을 따르리라 마음을 다지고 있었다. 백두대감이 가슴속에 치고 들어와 뛰라면 뛰고 주절거리라면 따라서 주절거리고 죽으라면 죽으리라 마음을 다지고 있었다.

만룡은 바람벽에 붙어 호령하듯 눈을 부라리며 꿰뚫어 보고 있는 백두대감 아래 넙죽 무릎을 꿇고 있었다.

4

동실은 공화국에서 하루를 살아가는 것이 얼마나 힘든 것인지 뼈저리게 느끼고 있었다. 소조원 노릇을 하며 잠깐 꾸었던 것은 찬란한 꿈이 아니라 땅바닥으로 추락하는 허방 같은 것이었다. 메달을 받을 수도 있다는 생각은 무모한 기대이며 군에서 자신의 꿈을 펼치리란 생각은 못된 송아지 엉덩이에 뿔 날 생각이었다. 보위부의 그늘 밑에서 권력의 힘과 달러의 맛을 보게 되리라던 동실의 꿈은 처참하게 무너져버렸다.

지금까지 내달려왔던 동실의 꿈은 어처구니없게도 반대로 내달리고 있었다. 보위부 박태산의 꼬임에 잠시 꿈속에서 허둥대다 정신을 차리고 보니 사방이 어둠 속인 세상에 갇혀 있었던 것이다. 아버지의 묘비까지 뽑힌 수모를 당한 마당에 동실은 미처 아무것도 생각할 겨를이 없었다. 동실은 어머니의 몸이 하루가 다르게 꺾어지는 것을 보고 장차 공화국에 혼자 남게 되리라는 상상을 하니 눈앞이 깜깜했다.

– 상철 아버지 짓이 맞더마.

– 어머니, 정말입네까? 어찌 그런 개망나니 짓을~

동실은 화가 머리끝까지 치솟았다.

– 상철 아바진 옛적에도 망나니 짓거리 많이 하지 않았나~

– 내래 아버지에 한을 풀어 드리겠소.

동실은 주먹을 수없이 말아쥐었다.

– 동실아, 기딴 넘들한테 공연히 힘쓸 거 없다.

– 지깟넘한테 심이 있을지 모르지만 내래 아버지 아들애 아니오? 아버지 묘비를 철폐하다니 용서할 수 없소.

동실은 자식으로서 아버지의 원수를 불피코 갚아야 한다고 생각했다.

– 너 그 용기는 가상하다만 보위부에 힘을 무슨 수로 감당하갔니. 고저 정신 바짝 차리고 살아가야지~

동실은 어머니의 말씀이 결코 틀리지 않다는 것을 알고 있었다. 날아가는 직승기헬리콥터도 떨어뜨린다는 보위부의 힘을 감히 누가 감당할 수 있을 것인가. 동실은 하염없이 흘러나오는 눈물을 훔치며 가쁜 숨을 몰아쉬고 있는 어머니를 끌어안았다. 무엇보다 믿었던 태산으로부터 배신을 당했다는 사실에 울화통이 터지는 것이었다.

– 공화국에서 군인이 되어 한 번 꿈을 펼치고 싶었는데 앞길이 안개속이구만요~

– 감옥만도 못한 군대 잊어버리라. 기나저나 우리 운명이 해가 뜨는지 갑작비가 오는지 당최 불안해서 죽갔구나야.

이런 일을 당하고 보니 앞으로 어떤 일이 닥칠지 덕순은 염려스럽기만 했다.

– 까짓거 비가 온대도 두려울 게 없소. 비가 아무렴 낮 밤 가리지 않고 내리갔시오? 비가 개면 색동다리무지개 걸치는 거야 당연한 이치지요.

– 맞다. 말 나온 김에 옆 마을 점집 들러 재수도 물어보고 비방도 물

어 보자우. 꿈에 네 아버지가 나타나 입만 달싹이는데 관절 무슨 말을 하는지 모르겠더라니까~

동실은 어머니와 함께 집을 나서 용하다는 점쟁이에 대한 소문을 쫓기 시작했다. 가쁜 숨을 내쉬는 어머니의 걸음은 느렸지만 동실은 어머니의 들가방을 옆구리에 끼고 어머니의 걸음을 재촉하지 않았다. 어머니와 나란히 길을 걷는다는 사실로도 동실은 뿌듯했다. 어머니가 지금처럼 이렇게 자기 곁에서 오래오래 머물러 주었으면 여한이 없겠다고 생각했다.

반나절을 넘게 사람들에게 물어 점을 치는 집을 찾아냈다. 어둑한 골목인데도 하얀 깃발이 선명한 소리로 시적시적 소리를 내며 펄럭이고 있었다. 여기저기서 하얀 깃발이 자신의 존재를 알리기라도 하는 듯 열성적으로 흔들리고 있었다. 비틀거리는 몸을 이끌고 어두운 골목으로 잠입해 들어가던 동실은 뜻밖에 점쟁이 촌락이 자리 잡고 있다는 사실에 놀라고 있었다.

공화국에서 반동 행위로 낙인찍힌 미신행위, 동실은 유난히 고압적으로 내려다보고 있는 '백두장군'의 푯말이 걸린 집으로 발을 들이밀었다. 목향木香이 타는 냄새가 동실의 벌렁거리는 코를 더욱 벌렁거리게 만들었다.

– 점 보러 왔습네까?

젊어 보이는 아낙이 마루에서 물었다.

– 백두장군이 용하다기에~

덕순이 가쁜 숨을 헐떡거리며 말꼬리를 흐렸다.

– 백두장군님은 저 장마당 뒷거리 나갔다오.

– 아이 에구나, 여기까지 물어물어 오던 길인데~

덕순은 아낙네 앞에서 아프지 않은 듯 씩씩한 말투로 연기습작을 하고 있었다.

– 된큰 걱정 마오. 갓 몸 푼 백두대감님이 계십니다.

– 백두장군님이 아니라 백두대감 님이란 말이오?

동실이 여전히 나무 타는 냄새에 코를 벌름거리며 물었다. 덕순은 몸이 지쳐서 그만 마루바닥에 먼저 주저앉았다. 동실은 어깨에 걸친 어머니의 들가방을 마루에 내려놓았다. 들가방 속에는 어렵게 마련한 먹거리가 돈을 대신해서 숨죽여 기다리고 있었다.

– 내력을 듣지 못했나 보오. 이 집 영감은 알아주는 판수였다오.

– 판수라니 처음 듣는 소린데~

공화국에 살면서 생전 처음 듣는 말이었다.

– 아주마니 몸이 아주 많이 불편한가 보오. 판수가 머냐면 쉽게 말해 앞 못 보는 봉사다 이런 말입네다.

아낙네가 눈을 봉사처럼 감는 시늉을 하며 설명했다.

– 봉사가 점을 친다 머 이런 말이오?

– 점을 친 게 아니고 나쁜 혼령들을 붙들어다 고만 야단을 쳐서 병속에 가둬버린다는 말이지요.

처마 밑에 굴러다니는 병을 가리키며 아낙네가 말했다. 동실은 어머니 손을 꼭 붙든 채로 웃었다.

– 허 참, 혼령이 병 속에 갇혔으니 어이 답답할꼬?

– 아주마니 모르는 말씀 맙소. 나쁜 혼령이라 하잖소. 혼령들이 사나워서 어찌나 드세는지 그 혼령들하고 대거리하다 자빠져 죽었다오.

죽었다는 말에 덕순은 깜짝 놀랐다.

– 크흠~ 판수 양반 가슴에 한이 맺혔겠누만요.

– 판수 영감 죽고 이 집 어멈 혼자 백두장군을 모시고 점을 쳤다오. 백두장군한테 영靈 맑은 아들애가 하나 있는데 그 아들애가 글쎄 갓 몸 풀고 신통방통 점괘를 풀어낸다 말입네다.

동실은 잔뜩 긴장한 채로 백두대감의 방으로 안내를 받았다. 공화국에서 점술을 보아주는 행위나 받는 행위나 모두 불법이며 반동분자 행위로 낙인烙印된다. 하지만 당장 앞길이 불안한 공화국 주민들 마음속에 한 번씩 점사에 대한 호기심 같은 것이 자리 잡고 있었다. 동실은 어머니의 손을 잡고 아낙의 뒤꽁무니를 바람처럼 따라 들어갔다. 니은자로 꺾어 들어 댓돌 위에 신발을 벗고 퇴마루로 올라서자 바로 백두대감의 방문이 열리며 호통 소리가 들려왔다.

– 어이 가련한 영혼들이구나!

– 아이구 대감님~

백두대감의 목소리에는 기상이 서려 있었으며 동실은 쩌렁한 목소리에 기가 죽어버렸다. 그럴 것이 뜻밖에도 백두대감의 안전案前에서 어머니가 설설 기어버렸기 때문이었다. 동실은 슬쩍 어머니를 쳐다보며 덩달아 망설이지 않고 허리를 숙이고 넙죽 무릎까지 꿇어버렸다.

– 누굴 찾아오시었나?

– 백두장군님 만나러 왔습네다.

덕순이 기가 죽은 목소리로 대답했다.

– 생전 죄 많은 보살이로구나. 황천길 바쁜 보살이 여게 무슨 념치로 찾아왔느냐?

– 아이구 대감님, 불쌍한 덕순이 한번 굽어살펴 주오.

동실은 무릎 꿇고 넙죽 고개를 숙인 채 어머니 모습을 곁눈질하였다. 기상이 넘치며 용맹하기 짝이 없는 백두대감의 목소리에 고개를 쳐들 용기가 나지 않았다. 어머니는 불편한 몸을 겨우 가눈 채로 몸을 부들부들 떨고 있었다.

– 극락을 데려다주랴 지옥을 데려다주랴?

– 아이구 높으신 대감님, 그 무슨 섭섭한 소립네까? 고저 재수나 한 번 봐주십사 이케 찾아왔지요.

덕순은 불편한 몸이지만 진심으로 손바닥을 싹싹 빌었다.

– 어찌 빈손으로 왔나? 목도 마르고 배가 고파 죽겠구나.

– 렴치없지만 이 거라도~

덕순이 들가방에서 미리 준비해 가지고 온 설기과자카스테라를 부스럭 부스럭 백두대감 앞에 살포시 꺼내 놓았다.

– 인색하기는~ 배고픈 사람 밥도 안 주고 동리 인심은 다 잃었구나.

덕순은 감히 백두대감의 기세에 기가 죽어 고개를 쳐들 만한 엄두도 내지 못했고 동실은 그저 넙죽 무릎을 꿇은 채로 이마를 방바닥에 맞대고 있었다.

– 뭐 행색 보니 요란은 하다만 한때 오란때 배우 소릴 들었겠다. 뭐 연대화장품 비유같은 거는 없느냐?

대감의 말에 덕순은 들가방에서 화장품을 꺼냈다. 입이 마르도록 아쉬운 소리를 해서 겨우 태산에게 선물로 받은 남쪽 동네 화장품이었다. 집을 나올 때 이제 이런 고급 화장품을 사용할 날도 얼마 남지 않았는지 모른다고 생각해 주저하지 않고 들가방에 찔러 박았던 것이다. 백두대감의 입술 끝에서 오란때 배우라는 말이 튀어나오자 동실은 순간 머릿속에 번개 같은 생각이 스쳤다.

– 남에 이간질에 속임질에 아주 화냥질까지 죄업이구나 죄업이야~

– 아이구 대감님, 이간질 속임질은 맞지만 화냥질은~

화냥질이란 말에 덕순이 날카롭게 백두대감을 노려보았다.

– 감히 어느 안전이라 대꾸를 하느냐? 남에 나그네 손목 잡은 게 화냥질이 아니더냐? 칼산지옥 보내주랴 화탕지옥 보내주랴~

– 아이구 대감님, 사람 잡으려거든 똑바로 잡으시오. 하이 하이틴남쪽 화장품에 설기과자 값이 고작 지옥이라니오?

덕순은 공연히 화가 나서 대뜸 고개를 쳐들었다. 체수 조그만 아이가 눈을 부릅뜨며 저만치 앞에 앉아 있었다. 덕순은 공연히 피식 웃음이 터져버렸다. 목소리가 우렁찼던 좀 전의 상황과는 어울리지 않은 작은 소년 같은 모습의 백두대감을 보니 어이없는 웃음이 나왔으나 오히려 까닭 모를 호기심마저 생기는 것이었다.

– 어허 경망스럽구나. 어찌 지엄한 대감님 앞에서~

– 대감님, 아까 바깥에서 듣자니 어머니가 장마당 나간 틈에 점사를 치는 모냥인데 잔말 말고 재수 점사나 봐주오. 보니 나나이도 몇 살 안 되는 모냥인데~

– 부정 타든 말든 나는 모르니라. 대감님 그러신다. 너 황천길 얼마 남지 않았느니라.

– 아이구 대감님, 난데없이 황천길은~

덕순은 나이 어린 점쟁이라 해도 위엄 있는 말투에 기가 죽어 있었다. 죽음이야 마음속에 작정하고 있었지만 막상 점쟁이 입에서 죽음이란 말들이 터져 나오니 몸이 덜덜 떨려버렸다.

동실은 방바닥에 이마를 처박고 죽은 듯이 있다가 갑자기 고개를 쳐들며 체수 작은 점쟁이에게 대거리를 하려는 어머니의 모습을 보고 살며시 고개를 쳐들어 앞쪽을 바라보았다. 동실은 순간 자신의 눈을 의심하기 시작했다. 대감의 흉내를 내려는 듯 몸에 검정 쾌자를 걸치고 머리에는 종이를 갈기갈기 찢어서 만든 전립을 쓰고 날카로운 신칼을 옆에 찼지만 아무리 살펴봐도 학교 동무 만룡이었던 것이다.

– 거기 만룡이 동무 아니니?

– 뭐라? 요 쪼그만 백두대감이 동실이 너 아는 동무란 말이니?

동실의 말을 듣고 덕순의 표정이 대번에 달라졌다.

– 만룡이 동무 맞지?

– 맞지~ 하지만 지금 내래 만룡이 아니고 백두대감이란 것도 맞지~

백두대감이란 이름에 맞게 말투며 행동이며 체통은 여전히 지키고 있었다.

– 하하하~ 내래 살다 살다 이딴 소꿉장난질은 처음이다. 오란때 배우 찾을 때부터 어째 요상하다 했더니만 고저 만룡이 네놈 머릿속에는 어찌 오란때 배우만 들어 있니?

– 동실아, 요 쪼그만 동무가 분명 너 동무란 말이지? 아이 에그나 망측, 나 어린 넘이 물품 뺏어내는 요령부터 익혔구나야. 아이그 망측, 어찌 돌아가는 게 처음부터 재장바르다 했더니 흐응 동실아 가자.

덕순은 별난 일도 다 겪는다고 생각하며 자리에서 불끈 일어섰다.

– 만룡이 동무, 이리 내놓으라. 동무들 몰래 숨어서 어찌 점쟁이를 하니?

– 몰래 숨은 게 아니라. 참이 동문 알고 있다.

만룡이 고개를 떨구며 처음으로 자세를 낮추었다.

– 참이 동무래 만룡이 동무가 점치는 거 알고 있단 말이야?

– 그래, 동실아 이 물품은 대감님 전안奠案:차례상에 진설할 거인데~ 줬다 거둬 가면 벌 받는다 말이라. 내래 이깟 물품 아까워 그러는 거 아니란 말이지~

동실은 허리를 벌떡 일으켜 세워 망설이지 않고 들가방에서 끌려 나온 남쪽 화장품과 설기 과자를 낚아챘다. 만룡이란 존재가 동실에게는 여전히 밉보였고 만룡이 만큼은 어떤 동무보다 천한 존재라고 생각했다. 동실이 우적우적 걸어 나가자 덕순 역시 자리에서 힘겹게 몸을 일으켜 세우며 동실의 뒤를 따라나섰다.

백두대감의 공수가 터져 나온 것은 바로 그 순간이었다.

– 아이고 분하고 원통하다. 임자 보니 반가운데 어찌 보자마자 이별이요.

– 아니 저 쪼그만 놈이~

덕순이 펄쩍 뛰었다.

– 가지 마오 가지 마오. 임자 내 말 좀 들어나 보오. 내 배 아파 죽을 적에 이녁 귀에다 내 다짐을 두었건만 어찌 내 동무 꼬임에 빠져 요 모양이 되었을꼬. 아이고 분하고 원통하구나. 내 이내 설움을~

– 아니 저 양반이~

덕순은 귓전에 들리는 쪼그만 점쟁이의 사설에 그만 머릿속에서 뜨거운 불길이 솟아오르는 느낌이 들었다. 내딛던 걸음을 거두고 백두대감의 전안을 향해 돌아섰다. 아들애의 동무가 아니라 분명 덕순의 나그네였던 것이다.

– 어머니, 어서~

– 동실아, 네 동무가 신통하구나. 어떻게 네 아버지 혼령을 불러댈꼬 응~

덕순은 영락 기백이 동무의 목소리에 돌아선 채로 움직이지 않았다.

– 아이고 마누라, 서러워 살 수가 있나. 머리맡에 놓인 이름 석 자 뽑히고 이름도 없이 누웠으니 이내 신세 어찌 서럽지 않은가.

– 아이고 동실 아버지~

덕순이 내달리듯 백두대감의 허리를 붙들었다. 동실은 갑작스럽게 일어난 불상사에 어찌할 줄을 몰라 발을 동동 굴렀다. 어머니와 만룡이가 마치 오랜만에 만난 부부처럼 끌어안고 호상 얼굴을 쳐다보고 코며 볼이며 이마까지 어루만지고 있었다.

동실은 공연히 낯이 붉어져서 큼, 큼 마른 기침을 뱉어내고 있었다. 만룡의 입에서 쏟아져 나온 말들은 결코 허망한 말들이 아니었다. 동실은 지금 만룡의 입에서 튀어나온 말들이 아버지의 말이 분명하다고 생각했다.

– 임자 내가 잘못 했구료. 내 동무 바짓가랑이 붙들고 살란 말을 지껄이는 게 아닌데~ 내 동무 손끝에 놀아나더니 나그네 없는 수모까지 당하고 아이고 분하고 원통하오~

덕순의 눈가에는 눈물이 쭈루룩 흘러내리고 있었다. 동실이 가만히 들여다보니 만룡의 이마에도 흠씬 땀으로 범벅이 되어 있었다. 동실은 정말 어머니가 아버지와 상봉을 하였는지 모른다는 생각이 들었다. 만룡이 동무가 아니라 백두대감의 몸에 들어온 아버지라는 생각이 들어 동실은 와락 만룡을 끌어안았다. 동실이 울지 않으려고 애를 썼지만 이상하게 만룡의 몸은 뜨거웠고 격정적으로 떨리고 있었다. 숫제 만룡이는 동실의 등을 두들기며 마치 아버지처럼 말을 하는 것이었다.

– 동실아, 어머니 속 썩이지 말고 기깟 남조선 춤 그만 추고 공부 열심히 하라.

– 아버지, 내래 잘못 했습네다.

동실은 생전의 아버지를 만난 듯 정성으로 머리를 조아렸다.

– 네 어머니 불쌍한 줄 알아야지. 내래 부족한 아버지다만 네 앞길

보살펴 줄게야. 백두대감님 말씀 잘 듣고~

– 예, 아버지~

동실은 차마 입술 끝에 매달려서 바깥으로 떨어지지 않으려는 '아버지'라는 말을 울며 흘리고 말았다. 짧은 순간이지만 동실은 정말 아버지의 존재를 몸으로 느끼고 있었다. 동실이 눈물을 흘리며 백두대감의 작은 몸을 끌어안고 있는데 만룡이가 먼저 동실의 몸을 밀쳐내며 겸연쩍은 듯이 말했다.

– 동실 동무야, 네 아버지 가신다. 마지막 절을 올리라.

동실은 어머니와 같이 백두대감이 시키는 대로 정성껏 허리를 숙여 무릎을 꿇고 작별 인사를 했다. 만룡의 집에서 일어난 웃지 못할 일들이 마치 꿈속처럼 느껴졌다.

동실이 어머니를 부축하고 대문 밖으로 나오는데 만룡이가 뒤에 따라 나와 몸에 꼭 지니고 다니라며 부적 하나를 건넸다.

– 동실아, 이거 몸에 꼭 지니고 다니거라.

– 아이구 동실이 학교 동무라고? 용한 점쟁이 되겠다.

덕순은 나그네를 만난 것 같은 감동에 진심으로 감탄하고 있었다.

– 동실이 어머니, 내래 대감님 시킨 대로 비방을 할 터이니 힘내시오.

– 고맙소 쪼그만 백두대감님~

동실은 몸속에 찌꺼기들이 빠져나갈 듯이 맘껏 웃었다. 만룡이 역시 제풀에 우스웠던지 호들갑스럽게 웃었다. 동실은 만룡이가 이것저것 먹을거리를 봉지에 담아 챙겨주자 스스럼없이 달게 받았다. 덕순은 들가방에서 하이 하이틴을 꺼내 만룡에게 건넸다. 만룡이 빙그레 웃으며 화장품을 받아들었고 뒤에 엉거주춤 서 있던 아낙이 만룡에게 화장품을 건네받아 코로 큼 큼 냄새를 맡았다.

동실이 어머니를 부축하고 점치는 골목을 저만치 벗어났는데 만룡은 작은 키를 세워 동실이가 보이지 않을 때까지 손을 흔들고 있었다. 동실 역시 자꾸만 뒤를 돌아보며 바람처럼 손을 흔들어주었다. 동무라는 존재는 비록 싸울 때도 있고 감정이 나쁠 때도 있지만 동실에게는 공화국에서 동무의 존재야말로 가장 소중한 존재였다. 동실은 난데없이 만룡을 만나 이처럼 소중한 사실을 깨닫고 돌아가는 중이었다.

공화국에서 동실에게 만룡이란 존재는 이제 아버지와 다름없는 존재라는 생각이 들었다. 동실은 백두대감을 만나 아버지를 상봉한 뒤에 한껏 기분이 좋아진 어머니를 보며 힘차게 걸음을 내딛고 있었다. 걸음을 내딛을수록 만룡이 동무를 다시 빨리 만나고 싶다는 생각이 들었다.

제27장 복수와 질투

1

명호는 상학수업이 없는 틈을 이용하여 자전거를 타고 학교 인근의 장마당에 나가 보았다. 모내기 전투 이후 200일 전투를 시작한 뒤에도 학교의 분위기는 어수선했다. 최선을 다해 노력 동원을 하였는지 실적을 평가하고 호상 비방하는 총화를 하는 통에 더욱 세찬 칼바람이 불어 닥치고 있었다. 특히 모내기 전투 시 이탈한 학생들을 적발하여 노동단련소에 수용하면서 주민들의 원망하는 소리는 높아지고 있었다.

돈과 권력을 과시하며 모내기 전투에서 이탈한 학생들은 다시 한번 자아비판을 하며 노동단련소에 끌려가게 되었던 것이다. 돈과 권력을 과시하려 했던 어중간한 부모들은 인민보안성과 긴밀한 끈으로 연결된 분조장들의 한숨 아래서 자신의 한계를 실감할 수밖에 없었다. 노동단련소에 끌려간 자식을 다시 꺼내올 수 있는 힘, 바로 그런 힘이 공화국에서 제대로 된 권력이라는 것을 뼈저리게 깨달았던 것이다.

명호는 자신이 배워주고 있는 학생들 중에도 모내기 대열에서 이탈한 학생들이 여러 명이 있다는 것을 모르지 않았다. 무엇보다 상철이나 참이, 동실 등이 그 대열에 포함되어 있었기 때문이며 그 이탈자 중 상당수가 노동단련소에 보내졌다는 사실 앞에서 거미줄이 어지럽게 엉키듯 복잡한 심경이 되어있었다. 상철과 참이가 모내기 이탈자에 해당하지만 노동단련소에 보내지지 않은 것에 대해 명호는 만족할 수도 없는 입장이었다.

동실이 재깍 노동단련소에 수용되었고 상철과 가장 가까운 관계였던 강철이마저 노동단련소에 수용되었다는 사실 앞에서 명호의 마음은 허탈할 뿐이었다. 공화국이란 데는 이처럼 하나의 인간을 한순간 비겁하게 만들어버리는 공허한 세상이라는 절망감이 가슴을 틀어막았다. 동실이가 노동단련소에서 돌아왔다는 말을 참이로부터 듣고 명호는 순간 마음이 놓였지만 강철이가 돌아오지 못했다는 말을 듣는 순간 만감이 교차했던 것이다.

동실이나 강철이나 공연히 남의 힘에 이끌려 한데 휩쓸린 탓에 모내기 전투 대열에서 이탈했겠지만 영문 모를 도깨비 감투를 뒤집어쓴 격이었다. 가뜩이나 노동단련소에서 다시 빠져나갈 수 있었던 동실의 모습을 강철이가 보았을 테니 강철의 충격은 더욱 컸을 것이다. 모내기 대열에서 이탈한다는 자체가 공화국 주민으로서 모순된 사상이지만 강철의 입장에서는 억울한 누명을 뒤집어쓴 격이 되고 말았다.

명호는 자전거에서 내려 손잡이를 잡고 걸으면서 장마당 구석구석을 살펴보았다. 조선공화국에서 장마당이야말로 주민들이 가장 활발하게 움직이는 공간이었다. 장마당의 규모 역시 해를 거듭할수록 커지고 있었다. 공화국 전역에서 500여 개가 넘는 장마당에는 관련 인원만도 100만여 명이 훌쩍 넘을 정도로 주민 경제의 핵심이 되고 있었다.

장마당에는 고양이 뿔만 빼고 모두 있다고 할 정도로 다양한 상품들이 거래되고 있었다. 공화국 경제가 어려워지면서 장마당의 영향력은 하늘 높은 줄을 모르고 커지고 있었다. 주민들은 살기 위해 무엇이라도 들고 장마당에 내다 팔아야 했다. 평양 유명한 대학의 교수에게까지 식량 배급이 중단된 마당이기 때문에 누구라도 스스로 식량을 조달해야 했다. 주민들은 돈이 되는 물건이면 무엇이든 시장에 내다 팔았다. 집 앞의 텃밭에서 농작물을 재배해서 파는 사람도 많았고 산이나 들에 나가 나물을 캐서 동네 모퉁이 아무 데나 앉아서 팔아댈 수밖에 없었다.

목숨을 붙들기 위해 만들어진 것이 바로 장마당이었다. 장마당은 점차 제대로 기능을 하는 시장의 형태로 변하기 시작했다. 종합시장의 형태로 발전한 시장이 공화국에 500여 개를 헤아릴 정도라는 말도 돌았다. 골목시장 같은 규모는 조선공화국 전역에 헤아릴 수조차 없이 많다는 것이었다. 주민들의 대다수 수입은 바로 이런 장마당에서 나온다고 했다. 우스개소리로 공화국에는 장마당과 노동당 두 개의 당이 있다고 할 정도로 장마당의 역할은 대단했다.

장마당 활성화는 상대적으로 동원할 주민들의 감소로 이어졌다. 그런 탓에 처음에는 50살 미만의 녀성들이 장마당에 나오는 것을 금지시켰다. 노력동원이니 건설동원이니 하는 것은 물론 혁명사상을 무장하는 학습 강연 등에 녀성들이 불참하는 경우가 늘어났기 때문이다. 하지만 장마당의 규모와 기능 등이 커지게 되면서 이러한 통제 역시 고무줄 풀리듯 살며시 풀리기 시작했다. 따라서 장마당에는 이제 50살 미만의 젊은 녀자들도 합류하여 더욱 활발하게 돌아가고 있었다.

명호는 장마당의 곳곳을 두리번거리며 새삼 감탄을 하고 있었다. 제법 구색을 갖춘 장마당의 규모는 끝도 없이 펼쳐져 있었다. 평지에 넓게 터를 잡은 장마당은 골목골목 연결되어 언덕배기까지 이어졌다. 물품을 팔려는 사람도 많고 사려는 사람도 많아 눈과 귀가 호강을 한다고 생각했다. 명호는 복잡한 장마당의 인파를 헤집고 걸으면서 주민들로부터 어떤 희망의 기운이 꿈틀거리는 것을 느낄 수가 있었다.

일상에 필요한 필수품들이 장마당에 널려 있었다. 잡화와 잡화 사이에 과일이나 의류 등을 취급하는 곳이 이어졌고 한쪽에는 한약 등도 판매하고 있었다. 뒤쪽으로는 중고 의류나 담배 같은 기호식품도 취급하고 있었다.

어디를 가나 사람들로 가득했고 어수선하고 소란스러웠다. 명호는 이런 모습에서 살아있는 인민들의 강인한 생명력을 느끼고 있었다. 장마당의 허용된 공간에서 물품을 팔 수 없는 사람들은 따로 단속을 피해 외진 곳에 물품들을 진열하여 장사를 하고 있었는데 단속반이 뜰 때마다 이리저리 옮겨 다니느라 메뚜기가 되었다.

그래서 장마당에서는 이곳을 '메뚜기 장터'라고 부르고 있었다. 메뚜기 장터 우측으로 식당이 연달아 붙어 있고 그 옆에는 육류나 해산물 등을 취급하고 있었다. 시장 관리소가 한쪽에 자리 잡고 있었다. 새벽 6시부터 일어나 세대주의 출근을 돕고 어린 자녀들을 애기궁전탁아소에 보내려고 씻기고 먹이고 청소까지 마친 장마당 억척 녀성들은 물품을 팔기 위해 소리를 질러야 했을 것이다.

조선녀성총연맹 즉 녀맹에서 생활총화에 참석하여 혹독하게 자신을 다그쳤을 공화국의 녀자들은 점심 끼니도 거른 채 보관소에서 짐을 찾아 지정받은 매대에 물품을 진열하는 것이 보이지 않는 전쟁터의 움직임에 다름 아니었다. 명호는 굳이 듣지 않아도 장마당 매대를 지키는 억척녀성들의 고생을 짐작할 만했다. 장사를 마치면 관리소에 자릿세를 납부하고 짐을 꾸려 보관소에 다시 짐을 맡긴 다음 지친 몸으로 돌아갈 것이다.

주민들의 생활이 이런 노력만큼 윤택해진다면 어떤 고통도 견딜 수가 있을 것이다. 하지만 겨우 입에 풀칠하고 먹고사는 것일 뿐 크게 나아질 수가 없는 것이었다. 명호는 장마당을 한 바퀴 천천히 돌면서 공화국 주민들의 희망을 들여다보기는 했지만 진정으로 걱정 없이 살 정도의 변화는 가져오지 못할 것이라는 생각이 들었다.

장마당의 군데군데 후미진 데에는 주민들이 삼삼오오 모여 세상 돌아가는 이야기에 열을 올리고 있었다. 주민들 가운데는 자식이나 부부간에 하지 못할 말도 장마당에서는 거리낄 것이 없이 주고받았다. 그래서 이곳은 뒷소문의 근거지가 되고 있었다. 장마당에서 만나는 주민들은 대개 누가 어디에 사는지 이름이 무엇인지 전혀 알지 못하기 때문이었다. 장마당에서 만들어지는 정보를 유통하는 구조까지 생겨나고 있었다.

당국에서는 부처별로 장마당에 은밀히 요원을 잠입시켜 장마당에서 떠도는 소문이나 정보를 수집하고 있었다. 마치 첩보전과 다름이 아니었고, 보위부와 안전부, 군 및 국경경비대 등으로 촘촘한 그물망처럼 연결되어 있었다. 시장을 중심으로 장마당에서 활동하는 상인이 있고 이들을 통제하고 감시하는 그루빠가 있었다. 이런 구조 속에서 입수한 정보는 밀수꾼이나 장거리 외부 상인들을 통해 접수되어 신속히 분석되고 있었다.

당국에 해를 끼치는 정보는 철저히 진위를 조사하여 공화국에 가해질 위협 요소를 제거했기 때문에 장마당에서 섣불리 입을 놀렸다가 쥐도 새도 모르게 사라지는 경우도 있었다. 정치성 소문인 경우, 말을 하는 사람은 한 둘이었고 대개 장마당 사람들은 듣는 경우에 속했다. 장마당에서 이런 소문을 듣고 돌아가서 은밀히 퍼뜨리는 것도 장마당 사람들의 몫이었다.

장마당에 잠입한 보위부나 안전부 요원들은 일부러 공화국을 헐뜯는 말을 꺼내 분위기를 만든 다음 이에 동조하는 장마당 사람들을 붙들어 실적을 올리는 경우도 있었다. 간혹 이렇게 첩보원으로 끼어든 요원들은 공화국이나 노동당에 불만을 터뜨리는 말자루를 잡고 나갔다. 그리고 마당질 뒤의 쌀자루처럼 우두커니 침묵을 지키고 있는 주민을 콕 찔러 동무 생각은 어떠한가, 하고 부러 의중을 물어보는 것이다. 오직 불만 섞인 생각으로 가슴을 틀어쥐도록 상황을 몰아나가 그 꼬임에 걸려들도록 유도하여 뒤통수를 치는 것이다.

명호는 공연히 모여서 허접한 말들을 하는 듯한 주민들 속에 끼어들지 않았다. 자전거를 밀고 가는데 복잡한 생각들이 머리를 어지럽히고 있었다. 사실은 명호가 장마당에 나온 까닭은 따로 있었다. 낡은 자전거가 속을 썩여 짬을 내어 새 자전거를 한 번 알아보려는 중이었다. 하지만 명호는 장마당을 한 바퀴 돌면서 헛걸음했다는 사실을 알게 되었다. 교원의 급여도 제때 받지 못하는 판에 자전거를 산다는 것은 당나귀가 웃을 일이었다.

그럴 것이, 버터 단빵이 하나에 500원이었다. 월급 3천 원을 모두 받는다손 치면 고작 단빵 6개를 살 수 있었다. 페트병 소주 묶음은 공화국 돈으로 1만 원이 넘었는데 3개월 월급을 모아야 겨우 살 수 있는 값이었다.

명호의 발걸음이 하필 녀성들의 필수품인 화장료화장품 가게를 지나게 되었다. 공화국에서 나름대로 돈을 벌었다는 사람들은 자신 있게 드나들며 이런 물품들을 사면서 돈을 과시하고 힘을 과시했다. 명호는 매대 밖에서 한참 동안 서서 매대 안으로 들어가는 녀성들을 바라보았다. 입성도 좋았고 얼굴색도 고와 보였다. 명호는 정숙이 가장 아끼는 것이 화장료라는 것을 알고 있었다.

여력만 된다면야 정숙을 위해 돈을 쓰는 일이 뭐든 아깝지 않을 것이다. 명호는 정숙이 태산으로부터 받은 남쪽 화장품을 몰래 살펴보았던 적이 있었다. 작은 병 속에 담겨있는 그 물결이 대체 뭐인지 절로 한숨이 나왔었다. 태산의 이름을 입에 올리기만 하면 경풍驚風을 일으키는 정숙이가 태산이 보낸 작은 병을 애지중지하는 것을 보고 명호의 마음은 공허할 뿐이었다. 공화국에서 진정한 사내란 돈을 잘 버는 사내라는 말이 공연한 것이 아님을 명호가 모를 리는 없었다.

허탈한 마음에 발걸음을 옮기는데 자전거 매대가 보였다. 명호는 부러 외면을 하려다가 눈앞에 진열되어있는 자전거에 시선을 빼앗기고 말았다. 공화국에도 변화의 물결이 일기 시작했고 그 변화에 응답하듯 장마당의 새로운 물품들이 빛을 내며 사람들을 유혹하고 있었다. 절로 눈이 가고 절로 걸음이 자전거 매대로 향할 수밖에 없었던 것은 매끈한 자전거의 모습 때문이었다.

– 손님, 전기 자전거 하나 들여가오.

– 저천값싼 하지 않지요?

공연한 물음인지 알면서도 말을 붙였다.

– 흉년에 곡식이라오. 작자가 있기 마련입죠.

보기에도 눈부시고 매끈한 물품이 장차 주인을 기다리고 있었다. 명호는 여기까지는 놀라지 않고 자전거를 살펴보고 있었다. 하지만 곧 자신 같은 신분의 사람들이 발을 들여놓을 데가 아니란 것을 깨달았다.

– 어데 계시는 분입네까?

– 나 요 고등중학 교원입니다.

교원이라 신분을 밝히는 자신이 한없이 부끄러웠다. 조선공화국에서 교원이란 직업이야말로 먹고 살기 힘든 직업이기 때문이었다.

– 교원이에요? 흐응, 월급도 제때 받지 못할 텐데~

– 머요? 사내 기질에 소 팔아 점심을 할 판에 어찌 무시하는가?

그래도 자신을 무시하는 주인장에게 팔 걷어 소리를 질렀다.

– 무시하는 게 아니라 사정이 그러잖소. 요 자전거 하나 살라치면 손님 월급 80년을 모아야 한단 말이오.

– 언 내 참 살다 살다, 아니 교원이 그렇게 말짱말짱무르게해 보이는가?

명호는 은근히 부아가 치밀었다.

– 게 아니고 손님 들어보오. 사람이 콸콸호탕해 보여 내 농 삼아 지껄인 것을 두고 시비질을 하려면 당장 나가오. 이 전기 자전거 한 대에 고저 3백만 원이 훌쩍 넘는다 말입네다. 눈요기하려고 들자면 어서 가오. 내 그쪽하고 왈가닥할 짬 없단 말이오.

명호는 떠밀리듯 자전거 매대를 빠져나왔다. 숫제 3백만 원이란 말을 들었을 때 자전거 매대에 발을 들여놓은 자신이 공연히 원망스러울 정도였다. 마음만 지레 다치고 말았던 셈이었다. 명호는 허탈한 심정으로 채이듯 장마당을 빠져나와 자신처럼 불안하게 들어앉은 메뚜기 장터로 걸음을 옮겼다. 아침밥을 챙겨 먹지 못하고 나온 탓에 배가 허출하여 농마국수라도 하나 사서 먹을 요량이었다.

조선공화국에서 장마당은 상인들이 장사를 할 수 있는 공인된 장소였다. 경제 사정이 어려워지면서 배급이 중단되고 식료품 공급 등 생필품 공급까지 중단될 정도였다. 이처럼 위급한 상황에 등장한 장마당은 활성화되기에 이르렀고 일정한 터에 자리를 잡고 지붕을 얹고 매대까지 갖춰 장사할 수 있도록 허용되었다. 이렇다 보니 공화국에서 장마당은 주민들이 장사를 할 수 있는 유일한 공간이 되었다.

당국에서 허용을 하다 보니 당연히 세금이란 것이 붙었다. 인민위원회에서 시장관리를 하게 되면서 관리원이 공식적으로 세금을 거출하기 시작했다. 그러다가 보니 관리원의 횡포가 점점 커지게 되었는데 장사를 개시하기도 전에 득달같이 달려와서 세금을 낼 것을 강요당했다. 장사가 잘되든 되지 않던 달라는 대로 돈을 바쳐야 했다. 관리소 직원들은 이렇게 받은 세금을 당국에 상납한다고 말은 했지만 실상 태반은 농간이 벌어지고 있었다. 장세를 내는 것도 파는 품목에 따라 금액이 달라졌고 관리원의 말이 곧 법이었다.

이처럼 시장관리원들의 횡포를 피해 만들어진 것이 바로 메뚜기 장터였다. 인민위원회에서 메뚜기 장터까지 철저히 관리하기 어려웠기 때문에 주민들은 마을 인근 공터에 길게 물품들을 늘어놓고 장사를 하다가 단속이 나올 경우 봇짐을 꾸려 메뚜기처럼 튀는 것이었다. 메뚜기 장터에서 파는 물품은 대개 허접한 음식이나 채소 종류가 주를 이루었고 더러 공산품 같은 것은 진열하지 않고 숨어서 필요한 손님을 물색하여 은밀히 거래했다. 메뚜기 장터 역시 장마당만 못 하지만 활성화되기 시작하면서 간혹 상부에서 단속원이 나오거나 보안원이 나왔다. 이럴 경우에 무조건 짐을 꾸려 튀는 게 상책이었고 버티려면 술이나 담배 등을 찔러주는 것이었다.

명호는 장마당 자전거 매대에서 당한 수모를 눅일 요량으로 메뚜기 장터를 이곳저곳 둘러보았다. 대체로 나이 지긋한 중년 녀성들이 상인의 대부분을 차지하고 있었다. 메뚜기 장터란 원래 주민들이 접근하기 쉬운 마을 인근에 자리 잡은 터에 일흔 먹은 할머니도 내다 팔만한 물품을 들고 메뚜기처럼 장터로 달려오는 것이었다. 하루하루 먹고 살아가기 힘든 공화국에서 영세한 주민들에게 메뚜기 장터는 희망의 공간이 되었던 것이다.

명호가 만룡이 어머니를 만난 것은 메뚜기 장터를 둘러보고 밖으로 나와 식당으로 향하던 길목이었다. 조금 전에는 보이지 않던 만룡이 어머니가 주민들 사이에 둘러싸여 열심히 점을 치고 있었던 것이다. 명호는 점보는 일이 불법임을 알기에 만룡이 어머니를 생각하니 당장 입술이 타들기 시작했다. 보안원이 언제 단속을 나올지 모르는 일이기 때문이었다. 주민들이 살아가는데 팍팍하다 보니 만룡이 어머니 같은 사람이 밖으로 나오는 것이었고 설령 단속에 적발된다 하더라도 꾹돈 뇌물이면 해결될 일이었다.

명호는 만룡이 어머니를 거리에서 만나게 되어 반가운 마음이 들었지만 아는 체를 하기에는 공연히 망설여질 뿐이었다. 만룡이 어머니 쪽에서 오히려 아들애의 담당 교원을 이렇게 맞닥뜨리게 되어 부담스러워할지도 모르는 일이고 더군다나 지난날 명호를 향한 만룡 어머니의 난데없는 호령이 뇌리에 떠올라 몸서리가 쳐졌기 때문이다.

명호는 잠시 곁눈질로 주민들이 손금과 관상을 보는 모습을 지켜보다 헛기침을 하며 자전거 바큇살을 굴리기 시작했다. 하지만 명호가 자전거 손잡이를 잡고 몇 걸음도 떼지 않았을 때 만룡이 어머니가 소리쳤다.

– 아이구 만룡이 선생님, 반갑습네다.

명호는 가던 걸음을 멈추고 몸을 돌려 정중히 인사를 건넸다. 만룡이 어머니는 어떤 사내의 손금을 보다 말고 몸을 일으켜 손을 뻗었다.

– 만룡 어머니, 어찌 메뚜기 장터까지 나오셨습네까?

– 내 방구석에 박혀 있자니 몸이 근질근질해서 나왔지요. 보안원 단속도 심해졌지만 목구멍이 포도청이라 세대주인 내가 몸소 뛰어야 목구멍에 풀칠이라도 할 거 아닙니까?

만룡 모의 반기는 손이 거칠었지만 따스했다.

– 예 그렇지요. 만룡이는 모내기 전투 이후 반짝 보이더니 이제 영

학교에 보이지 않더만요. 만룡이한테 무슨 문제 있는 게 아닙니까?

– 만룡이 그저 백두대감한테 심장을 내줬다오.

명호는 만룡 모의 말씀을 얼른 리해하지 못했다.

– 아니 게 무슨 소리랍니까?

– 키대 작아 군대도 가지 못하는 녀석이 조선 천지에서 뭐를 하겠소. 사람 구실 못할 바엔 이 어미처럼 점을 치는 수밖에~

점통을 어루만지며 만룡의 모가 말했다. 조선공화국에서 군대에 가지 못하면 사내 취급도 받지 못하는 게 공화국 실정이었다.

– 예에? 아니 만룡이가 점을 치다니 이 무슨 말입니까?

– 판수 아버지에 점쟁이 어미 핏줄 받은 아들애래 머 이상할 거 하나도 없지요.

당연하다는 듯 만룡 모가 활짝 웃었다.

– 그렇기는 합니다. 허 참, 한데 공화국에서 점을 치자면 검열이 심해서리~

– 만룡이 선생님, 모르는 말씀 마시오. 김일성 주석도 중국 심양에 나갈 때는 점을 치고 나갔다오. 무장 살기도 힘들어지는 판에 점이라도 쳐야 눈이 뚫릴 거 아니겠습니까?

– 허허 그야 그렇지요. 만룡 어머니, 나는 그저 상학수업시간이 다되어서 들어가 봐야 하겠습니다.

명호는 자전거 길을 열어 바큇살을 천천히 움직였다. 공화국에서는 정해진 법이란 것도 당이 마음만 먹으면 얼마든지 무시할 수가 있었다. 김일성이나 김정일이나 말로는 미신이야말로 공화국 인민이 적대시해야 할 반동 행위라고 치부했다. 하지만 정작 장막 뒤에서 자신들이야말로 미신을 추종했다. 공화국에서 알 만한 사람들은 노동당 간부들도 앞이 깜깜한 일을 당하면 영험한 무당을 찾는다는 소문을 들어서 알고 있었다.

일례로 남조선이 소련과 국교를 수립하고 중국마저 남조선과 국교를 수립하려 할 때 심각한 위협을 느낀 조선공화국은 황급히 중국을 방문해 속도를 늦춰달라고 읍소를 했던 적이 있었다. 특히 국가 간의 외교나 동구권의 움직임이 심상치 않게 되면서 은밀히 영험한 무당을 발굴해 점을 쳤다는 소문이 무성했다. 지금도 노동당 최고 간부들조차 유엔의 경제 제재 조치 문제, 사회주의 시장 개방 등의 문제, 핵사찰 문제 등 예민한 문제들은 무당의 의견을 물어보려는 경우가 많다는 것이다.

명호는 메뚜기 장터를 뒤로하고 요기나 할 생각에 허접한 식당에 들어섰다. 그런데 만룡이 어머니 역시 같은 식당에 들어와서 함께 농마국수를 시켜 먹었다. 만룡이 어머니는 후루룩 농마국수를 털어 마시고는 빠른 동작으로 명호의 국수값까지 치러버렸다. 명호는 공연히 폐를 끼치는 모양이어서 한사코 거절했지만 만룡 어머니의 손사래를 당해낼 재간이 없었다. 그런데 호구 조사하던 갈치 장사 떠올리듯 식당에서 나오는 길에 명호는 지난 만룡의 집 방문 때를 떠올리게 되었다.

– 애고 애고 선생님~

– 만룡 어머니 어찌~

명호는 예전의 기억이 떠올라 불안한 생각이 들었다. 만룡 어머니의 말이 범상치 않음을 명호는 그날 이후 깨달았기 때문이었다.

– 쯧 쯧 누구라 막을 수 있겠습니까?

만룡 어머니의 말은 명호에게 호랑이 꼬리나 매한가지였다. 말을 듣고 있으려니 호랑이에 물릴 듯 위태하고 말을 막아서려니 꼬리를 놓칠 것처럼 두려운 것이었다.

– 뭘 말입니까? 만룡 어머니 그저 아무 소리 하지 마시라요.

명호는 지난 기억이 떠올라 아예 만룡 어머니의 말을 듣고 싶지 않았다. 명호의 뇌리에 또렷이 박힌 정숙 동무와의 리별수란 말이 아직도 귓전에 맴도는 느낌이었다. 불현듯 무섬증으로 현기증마저 생겼다.

– 애고 가련한지고~

– 만룡 어머니, 농마국수 잘못 먹지 않았지요? 나 이만 가렵니다.

명호는 만룡 모와 마주치는 게 이제 죽도록 싫었다.

– 애고 원통하구나~

명호는 자전거를 끌어 안장에 훌쩍 올라타며 페달을 밟았다. 명호의 가슴속에 한시도 떠나지 않던 만룡 어머니의 똑같은 목소리가 햇빛 속도보다 빨리 귓전에 꽂혔다.

– 백두장군이 말씀하신다. 이거 보통 리별수가 아니구나~

– 훠이 훠이 아무 소리 듣지 못했습네다.

명호는 자전거 손잡이에서 두 손을 떼어 귀를 막아버렸다. 어두운 그림자를 막아선 어둑서니어둑 귀신를 본 것처럼 경황이 없어 자전거가 좌우로 크게 흔들거렸다. 겨우 중심을 잡아 메뚜기 장터에서 멀어지기 시작했다. 속력을 내어 달리는데 머리털에 쥐불이 달라붙은 것처럼 머릿속이 온통 뜨겁게 타들고 있었다.

학교 운동장에 들어와서도 안정이 되지 않아 저도 모르게 자전거 페달을 열심히 밟아댈 뿐이었다. 땀이 이마에서 뻘뻘 흘러내렸지만 명호는 아무 생각도 하지 않고 미친 듯이 페달을 밟았다. 명호의 머릿속에 빙빙 맴을 도는 말은 다만 하나였다. 어떤 다른 생각도 명호의 머릿속에 잠입할 틈이 없었을 것이다.

– 내 요놈 만룡이 그냥 만나기만 하라.

– 아니 거 력사 선생 오늘 뭐 잘못 먹고 들어왔나? 허 참 내, 개 잡은 포수 노는 꼴도 아니고~

분명 부교장 선생의 말이었다. 하지만 명호의 뇌리에 부교장 선생의 말은 전혀 들리지 않았다. 오직 머릿속에 달라붙은 쥐불들을 떼어내려고 몸서리를 치고 있을 뿐이었다. 아무리 페달을 밟아대 봐야 머릿속에 박힌 만룡이 어머니의 말들이 달아나지 않을 것이다. 오히려 떼어내려고 발버둥을 칠수록 더욱 사납게 머리털에 달라붙어 놓아주지 않을지도 모른다. 그럼에도 명호는 본능적으로 페달을 밟아 기억을 털어버리려고 애를 썼다. 땀으로 온몸을 흥건히 적시고서야 명호는 제풀에 그만 쓰러지고 말았다.

제풀에 쓰러져서 가쁜 숨을 몰아쉬고 있는데 자신의 주위를 까마귀가 빙빙 도는 환영까지 보이고 있었다. 자기 주위에 빙빙 돌고 있는 까마귀의 모습, 명호는 죽어도 자식을 까마귀 한테 빼앗기는 종달새가 되지 않겠다고 다짐을 했던 것이다. 까마귀 날아올 때 날려 보내라는 만룡이 어머니 아닌, 백두장군의 말이 고물처럼 쓰러진 헐렁한 자전거 주위에서 웅성웅성 떠다니고 있는 느낌이었다.

2

장마당을 어슬렁거리며 주민들로부터 비밀정보를 습득하는 보위부 요원이 매대로 들어오며 말했다.

– 장사는 어찌 잘 되십네까?

– 뉘, 뉘신지~

매대 안주인의 표정이 사뭇 구겨졌다.

– 아지미아주머니! 내요.

차대철 보위부 요원이었다.

– 언~ 내 또 누구라구. 꼴도 보기 싫소. 저리 가오.

– 아니 뒷배 봐준 보위부 요원더러 못 할 말이~ 고저 간덩이가 부었구나~

– 강철이 아바지, 이리 좀 와 보오.

아낙은 강파르게 생긴 보위부 사내가 몹시 못마땅한 모양이었다. 보위부 사내는 뭔가 거드름을 피울 생각에 가전제품 중고 매장에 발을 들여놓았지만 심드렁한 아낙의 태도에 체면이 몹시 구겨지고 있었다.

– 동무, 어찌 내를 고깝게 대하는가?

– 걸 몰라서 물은 답쇼?

강철의 모는 결코 물러서지 않았다.

– 거 아지미 보오. 영문을 알아야 뭐 자대기가 가려운지 알게 아닌가~

– 언 사과나무에 배가 열렸나~ 남에 귀한 자식 어찌 노동단련소에 잡아들였나 말이오. 동무들 때문에 귀한 우리 강철이가 끌려간 지 달포가 지났단 말이오.

– 자식놈이 잡혀갈 만하니까 잡혀 들어간 거이지~ 어찌 나한테 화풀이를 하는가?

– 사공 배 둘러대듯 한다더니 지금 그런 말이 나옵네까? 강철 아바지 답답하게 서 있지만 말고 이녁도 한마디 하시오.

강철이 아버지 김복수는 속을 긁어대는 아낙네아내의 말에 한참 동안 대꾸하지 않고 속을 끓이고 있었다. 아들애만 생각하면 속에서 부아부터 치고 올라왔다. 장마당에 매장을 꾸려 중고 가전제품 등을 사고팔지만 따박따박 세금 내고 당국의 간섭질에 꾹돈도 꽤나 찔러 넣어 주었었다.

어느 부모가 자식이 잘 못 되기를 바라고 자식의 고생길을 보고만 있으랴. 보위부 입김만 쏘여도 공화국에서는 엄청난 힘이 된다는 사실을 모내기 전투에 나간 아들애를 꺼내오면서 깨달을 수가 있었다. 하지만 진정한 힘이라는 것이 어떤 것인지 깨닫기까지 그리 오랜 시간이 걸리지 않았다. 앞뒤 재지 않고 들이닥치더니 모내기 전투 이탈자라 하여 마치 반역자를 끌어내듯 복날 개처럼 끌고 갔던 것이다. 김복수는 아들애의 힘없이 풀리는 겁에 질린 눈을 보며 가슴이 찢어지지 않을 수가 없었다.

– 아이고 강철이 아바지, 우리 강철이한테 무슨 일이라오?

– 려보, 무슨 수가 있겠지~ 어찌 당할 수만 있겠소.

하지만 아들애를 꺼내오기 위해 여기저기 실낱같은 끈까지 붙들고 매달려 보았지만 허탈하게 초라한 자신임을 확인했을 뿐이었다. 평소 알고 지내던 보안원도 모른 척 외면을 했고 보위부 요원도 모른 척 외면을 해버렸다. 강철의 벗인 상철이 아버지한테 찾아가 아들애의 방면을 구걸하듯 하였지만 못 들은 척 아닌 보살시치미 뗌을 해버렸다.

애당초 뛰지도 못할 주제에 메뚜기 행세를 했던 게 잘못임을 깨달았다. 들판에 폴짝거리는 사마귀보다 독한 존재들이 보안원이나 보위부 감시자들이라는 것을 깨닫고 가슴에 방망이질을 해댔지만 아들애한테는 뿔 빠진 쇠상만도 못한 존재라는 것을 보여주고 말았다.

– 김복수 동무, 화 좀 푸시오.

– 아니 지금 또 병을 주러 왔나? 병 주고 약을 주지는 못할망정~

강철 아버지는 장마당 보위부 놈들이 괘씸하기 이를 데가 없었다.

– 글쎄 모내기 이탈자 단련소 입소 건은 상부 특별 명령이라 하지 않았나. 우리 자식도 꺼내오지 못한 판국이라니까~

– 거 헛소리 마시오. 강철이의 동무들은 죄 빠져나왔더구만요. 우리 강철이는 못난 부모 만나 짐승처럼 당하고 있다는 거 죄 알고 있단 말이오.

강철이 어머니 유독녀 씨가 마치 이름값을 톡톡히 하겠다는 듯 말의 고삐를 바짝 잡아당기고 있었다. 유독녀는 공화국 아낙네들의 본보기 같은 녀성으로 오직 자식 뒷바라지를 위해 허리 휘는 줄도 모르고 일하는 사람이었다. 보위부에서 은밀히 접근했을 때 김복수 씨보다 유독녀 씨 쪽에서 먼저 손을 뻗었다. 공화국에서 살아가자면 보안원이나 보위부 입김 하나쯤은 필요하기 때문이었다.

– 아지미, 홍분 좀 가라앉히소.

– 누가 동무 아지미요. 고저 아쉬울 땐 아지미 아지미~

강철이 모가 암팡지게 쏘았다.

– 거 참 강철이 오마니 오늘 어지간히 딱딱거리누만~ 이제와서 손을 쓴들 다 된밥 뜸 들이는 꼴이란 말이오. 츠름 츠름그럭저럭 퇴소할 때 다됐지 않았는가 말이오.

– 꼴 보기 싫으니 예서 나가오. 내 이제 당신들만 보면 목에서 신물이 올라오니까 두루~

말을 한참 동안 아끼고 있던 김복수 씨가 내심 속에 말을 거르지 않고 쏘아댔다. 복수 씨도 아들애만 생각하면 화가 치밀었다.

– 독녀 아지미, 내 낮대거릴낮교대 일찍 해서 시장하누만요. 사이밥샛밥 먹자니 이르고 거 목다심 할 밥감주식혜 있으면 한 사발 주오.

– 흐응 내 언감생심! 먹고 죽을 낟알기음식찌끼도 귀중한 판에 귀신 젯밥 빼 먹듯 들락날락한 세월이 얼마나~

독녀 씨는 오랜 세월 가슴에 박힌 푸념을 늘어놓았다.

– 아니 보자니까니 정말, 이 에미나래 보위불 멀로 보구~

– 뭐 이 새끼야, 너 지금 뭐라 지껄여대니? 남 마누라쟁이더러 에미나! 이런 호랑말코 같은 자식 보라지~

복수 씨는 아무리 보위부 요원이라 하더라도 안해아내를 무시하는 순간 뜨거운 기운이 가슴속에서 솟구쳐 올랐다.

보위부의 꼬임에 말려들어 가전 중고제품을 은밀히 내다 판 주민들의 동태를 꼬박꼬박 보고했다. 집안에서 사용하는 가전제품을 내다 판 이면에는 탈북이란 무서운 암행이 도사리고 있었던 것이었다. 복수 씨가 은밀히 일러 탈북을 준비했던 가족이 거사를 치르기도 전에 체포되어 교화소교도소 신세를 지는 경우도 여러 번이었다.

보위부의 은밀한 첩자 노릇을 하여 복수 씨에게 돌아온 것은 별반 내세울 것이 없었다. 아들애의 앞날을 위해 보위부에서 하사한 메달을 어루만지며 은근히 해 뜨는 내일날을 기대했다. 십여 년 넘도록 두 개의 메달을 목에 걸었지만 정작 필요할 때 복수 씨에게 돌아온 것은 처참한 패배감뿐이었다.

공화국에서 내리는 영광스런 메달조차 주민을 우롱하는 장난감에 불과하다는 것을 아들애가 교도대에 끌려가고 나서 뼈저리게 깨달았던 것이다. 보안서에 보위부에 아는 줄을 대려 해보았지만 복수 씨의 애간장만 더욱 타들었다. 메달을 꺼내 사무원 책상 위에 패대기를 쳐도 비웃음만 돌아올 뿐이었다.

– 흐응, 동무에 간덩이가 붓지 않고서야~ 감히 내더러 호랑말코라 했더나? 복수 동무 고저 보위부에 된맛을 제대루 보지 못했다 이 거지?

– 너깟넘들 놀음에 속아난 내가 존바우촌뜨기지, 깟거 이래 죽으나 저래 죽으나 겁날 거 없다 말이라~

기세가 한풀도 꺾이지 않은 복수 씨를 빤히 쳐다보던 보위부 요원이 제 가슴에 주먹방망이를 휘두르며 씨~ 씨 소리를 매달면서 밖으로 뛰쳐나갔다. 이 때 비로소 복수 씨나 독녀 씨나 일이 너무 엇나간 것은 아닌지 불길한 생각이 들었다.

– 강철이 아바지, 공연히 삿대질한 거 아녜요? 저놈들 성미 사납다는 거 메뚜기 장터 누렁이도 다 아는 거를~

– 내 두 눈에 초친 냉국을 들이붓는다 해도 두렵지 않아, 깟거 강철이 어깨에 보안원 견장 달려다가 지레 무르팍이 먼저 거덜 나게 생겼잖아.

복수 씨는 보위부의 앞잡이를 하면서 저들이 요구할 때마다 아끼던 꿀단지를 내밀었고 또한 저들의 끼니를 챙겨주고 꾹돈도 섭섭잖게 찔러주었다. 강철이가 초모를 당해 군에 들어가면 보위부의 힘을 이용해 현역 군인들 가운데 선발하여 직통생을 만들어주겠노라고 다짐을 받았었다. 직통생으로 입학만 하면 보안원이란 자리는 쉽게 거머쥘 수 있을 것이라는 것을 잘 알고 있었기 때문에 저들의 요구사항을 한 번도 거절한 적이 없었다. 하지만 정작 저들의 도움이 긴요히 필요할 때에는 손톱만큼의 도움도 받지 못했다.

복수 씨나 독녀 씨나 보위부 요원과 한바탕 실랑이를 하고 나서 여간 불안한 것이 아니었다. 급하면 업은 아이도 찾는다는 말이 있듯이 공연히 화를 참지 못한 나머지 보위부 요원한테 덤빈 것은 아닌지 마음이 졸여왔다. 그런데 이런 복수 씨 내외의 불안한 마음이 현실로 나타난 것은 이틀이 채 지나지 않아서였다.

시장관리원의 완장을 두른 녀성과 남성 두 명이 들이닥쳤다. 대뜸 시장관리원은 허가증을 내놓으라고 다그쳤다.

– 주인 동무, 어서 허가증 내 오오.

– 어데서 나오셨습네까?

꺼림직한 데가 있어서 조심스럽게 물었다.

– 인민정부 상업관리과 소속이지요.

– 옛 소. 허가증~

하루 이틀 장사하는 것도 아닌 터에 허가증이야 당연히 휴대하고 있었다. 그래서 복수 씨는 자신만만하게 허가증을 펼쳐 시장관리원 앞에 들이밀었다.

– 허가증은 됐고 매대 사용료 납부 장부 가져오오.

독녀 씨는 후다닥 서랍을 열고 매대 사용료 납부 장부를 꺼냈다. 중고제품 장사를 하면서 그래도 꼬박꼬박 사용료만큼은 납부하고 있었다. 벌이가 시원찮아도 장세만큼은 응당 주민으로서 내야하는 것이기에 군말하지 않고 장세를 납부했던 것이다.

시장관리원은 공화국에서 매우 선망받는 직업이었다. 장소나 매대 사용료 명목으로 날마다 각 매대를 돌아다니며 장세를 받아냈다. 장세를 받아 당국에 헌납하는 임무를 지닌 시장관리원 가운데 수년간 장세를 횡령하는 자도 있었다. 장세를 정해진 액수보다 더 얹어 받아 그 차액으로 부富를 형성하는 관리원도 있었다. 인민위원회에 장마당 상인들의 신고가 잇따르면서 보안원들이 들이닥쳐 횡령의 증거를 찾아내려고 난리를 쳤던 적도 있었다.

허가증에 매대 사용료 납부 장부 등을 관리원들의 요구에 빈틈없이 들이밀었다. 복수 씨나 독녀 씨나 당국에 떳떳하다고 생각하며 기가 죽지 않았다.

– 무슨 억하심정에 난데없이 들이닥쳐 이것 내놔라 저것 내놔라 하는지 모르겠지만 내 여기서 고저 정직하게 장사했소.

복수 씨는 여전히 고개를 쳐들고 당당하게 말했다. 하지만 순간 독녀 씨의 마음은 까닭 없이 거미줄에 날개가 붙어버린 듯한 불길한 느낌 때문에 허둥대지 않을 수가 없었다. 왜냐하면 시장관리원들이 보위부 요원의 지시를 받고 어깃장을 놓기 위해 들이닥쳤다는 사실을 이내 알아차릴 수 있었기 때문이다. 관리원이 빳빳한 목소리로 물었다.

– 유 독녀 씨, 올 나나이가 몇이오?

– 어찌 넘 아낙네 나나이를 물어보는 거요?

갑자기 얼굴색이 어둡게 그늘져버린 독녀 씨를 대변하듯 복수 씨가 되물었다.

– 물을만 하니 묻는 거지요. 공민증 꺼내 주기요.

– 여 있습네다.

독녀 씨는 뭔가 불길한 예감 속에서도 영문을 모른 채로 공민증을 꺼내 시장관리원 앞에 내밀었다.

– 나나이가 마흔일곱 맞지요?

– 거그쪽가 내 나나이 먹는데 뭘 보태줬다고 나를 꼽아요?

독녀 씨는 여전히 분이 풀리지 않았다.

– 쉰 살 미만 녀성은 장사할 수 없다는 거 포치통보하러 왔다 말입네다. 유 독녀 씨는 여기서 장사하면 이제 아니 된단 말이오.

– 여 포치통보 문서 받으시지요. 분명히 장사 금지 포치 문서 전달하고 갑네다. 다음에 검열 나올 때 여기서 장사하면 안 된다 이 말이지요.

시장관리원이 포치 문서를 던지듯 찔러놓았다.

– 아니 살다 살다~ 여 장마당에 젊은 에미나들이 어찌 나 혼자란 말이오? 쫓아내려면 다 쫓아내든가 나는 여기서 한 발짝도 못 나갑니다. 강철이 아바지, 뭐라 말 좀 해보오.

복수 씨는 궁지에 몰린 아낙네의 애절한 요구에도 아무런 대응을 하지 못했다. 작정하고 들이닥친 시장관리원들 뒤에 보위부의 농간이 은폐하고 있다는 것을 알고 있기 때문이었다. 저항해서 해결될 일 같으면 몸이 두 토막이 나도 저항할 수 있을 것이라고 생각했다. 복수 씨의 입술이 열릴 듯 말 듯 부르르 떨렸다. 빈틈을 치고 들어온 것은 침묵하고 있던 남자 관리원이었다.

– 유독녀 씨, 듣자니까 학습 강연에 번번이 불참했다는데 맞지요?

– 내 고저 먹고 사느라 바쁜 통에~

남자 관리원의 흘리는 듯한 말에 독녀 씨는 더는 변명을 하지 못했다. 순간, 보위부 요원과의 마찰이 일어난 이틀 전의 일을 억수로 후회하고 있었다. 꼬리를 먼저 내린 쪽은 독녀 씨보다 복수 씨 쪽이었다. 복수 씨 역시 일이 심상찮게 돌아가고 있음을 알아차렸기 때문이었다.

– 거 관리원 선생님, 우리가 잘못했습니다. 학습 강연이니 노력 동원이니 앞으로 빠지지 않고 열심히 참석하겠소.

– 하다마다요. 예 관리원 선생님, 딱한 사정 한 번 봐주오. 거 오며

가며 모르는 사이도 아니잖소. 실은 여 장마당에 쉰 살 아래 아주미들이 어디 한둘인가~ 나나이 통제 고무줄 풀리듯 풀린 지 오래됐잖소. 어지간하면~

허리를 굽히지 않으면 죽는다는 것을 알기에 결국 독녀 씨는 넙죽 허리를 굽힐 수밖에 없었다.

– 강철이 오마니, 뭐 하고 있나 여 선생님들 목마른 데 거 밥감주식혜 내어오지 않고~

– 아 내 정신머리 고저 나나이가 드니 잊음증건망증이 왔다 갔다 하누만요. 째만 기다리시라요~

복수 씨나 독녀 씨나 처음에는 목숨이라도 걸고 단단히 버틸 모양이었지만 학습 강연 불참이란 사실 앞에 꼬리를 내리고 말았다. 학습 강연이란 공화국에서 주민들을 혁명사상으로 무장시키는 절대적인 제도였다. 노력 동원이나 건설동원에는 더러 불참할 수는 있다지만 학습 강연 불참은 당장 반동분자로 낙인이 찍힐 수 있는 것이었다.

주민들 앞에서 자아비판을 해야 하는 것은 물론이고 경우에 따라서는 정치범수용소에 끌려갈 수도 있었다. 복수 씨는 문득 끔찍한 생각에 파르르 몸을 떨었다. 아낙네아내 역시 같은 생각이었을 것이다. 공화국에서는 힘 있는 자들이 마음만 먹으면 어떤 일도 조작할 수 있다는 것을 복수 씨는 누구보다 잘 알고 있음이었다. 그날, 있는 돈 없는 돈을 탈탈 털어 꾹돈을 찔러주고서야 관리원들이 돌아갔다.

복수 씨는 이후 마음속에 칼을 갈기 시작했다. 입술 끝에 무거운 돌멩이를 얹어놓은 듯이 침묵으로 일관하며 복수의 칼을 갈았다. 며칠 뒤부터는 정말 실제로 새파랗게 칼을 갈고 있었다. 왜냐하면 상업관리과에서 허가증을 취소해버렸기 때문이었다.

– 강철이 아바지~ 게서거기서 머 해요?

– 보면 모르오?

복수 씨는 이를 빡빡 갈았다.

– 어이 칼을 갈아요. 맘에 두면 그만이지~

독녀 씨도 말은 그렇게 했지만 분한 마음은 쉽게 가시지 않았다.

– 임자, 내 이름이 괜히 복수가 아니라 이거야.

– 강철이 아바지 내도 가만있는데 엉뚱한 짓에 열중하지 마십시다.

강철이 아버지가 아무래도 무슨 일을 저지를 것만 같아 독녀 씨는 뒤로 한 걸음 물러났다.

– 내 참 독녀 동무~

– 왜요 복수 동무~ 이래 동무 동무 부르니 듣기 그만이네요.

아들애 하나를 낳아 가르치면서 두 사람은 오순도순 사는 게 인생의 목표였다.

– 게 언제 적 일이나, 지금 그딴 노랑진기름진 생각할 때가 아니지~ 강철이 나올 때가 다 되지 않았나? 날짜나 헤아려 보오.

– 벌써 그렇게 되었나?

정신없이 살다 보니 시간이 흐르는 것도 잊고 사는 셈이었다.

– 독녀 동무, 벌써라니 응? 자식 못 본 어미 입에서 할 소리오?

– 내 말이 잘못 나왔소. 칼끝에 원수 만들고 보니 피가 거꾸로 돌아간 게지~ 사나흘 지나면 강철이 나올 것이오.

복수 씨는 쏟아져 나오는 분통을 억지로 참고 있었다. 괄괄한 자기 성질에 참을 만큼 참았으며 할 수 있는 게 그저 허리 구부리고 칼을 숫돌에 가는 것뿐이었다. 복수 씨는 자신을 시궁창에 처박아버린 세력들과 보이지 않는 싸움을 하고 있었다.

공화국에서 힘이 없는 주민들은 어쩔 수 없이 공화국의 늑대당간부들로부터 줄줄이 괴롭힘을 당하기 십상이었다. 뇌물을 주고 당원이 되어 호박당원이란 말을 듣고 사는 자들까지 괴롭힘의 대열에 합류하고 있었다.

공화국 열혈 충성 분자라고 받은 김일성 훈장이나 김정일 훈장 등은 영웅의 근처에 당도하기도 전에 표 딱지라고 조롱을 받았다. 복수 씨 역시 목에 건 메달을 가지고 버텨볼 생각이었지만 소문처럼 메달이나 훈장이란 것은 표 딱지에 지나지 않음이었다.

복수 씨는 칼날이 파랗게 날이 설 때까지 숫돌에 갈고 갈았다. 칼날이 옥갈려 오히려 무뎌지는 줄도 모르고 칼을 갈았다. 아들애의 세상에는 이런 못난 아버지의 처지를 물려주지 말아야 한다는 생각에 파랗게 날을 세우고 있었지만 복수 씨나 독녀 씨의 가슴 밑바닥에는 이런 행동이 아무짝에도 쓸모가 없다는 공허함이 연기처럼 자욱하게 피어오르고 있었다.

3

매미 울음소리가 세상을 덮을 듯이 조선인민공화국 전역을 흔들고 있었다. 노동의 열기, 사상 무장의 열기, 대기의 열기로 잔뜩 달구어진 공화국은 마치 울음의 지옥 같았다. 매미들은 땅속에서 오랜 유형의 세월을 끝내고 세상 밖으로 올라왔지만 공화국의 뜨거운 열기에 압도당했다. 아슬아슬 나무에 매달려 대지 위의 허덕이는 사람들에게 뒤질세라 복부의 진동막을 흔들어댔다. 지상의 낙원을 찾아 올라왔을 매미들은 뜻밖에 만난 지상의 지옥을 피해 나무숲 사이를 어지럽게 날아다니면서 온종일 날개를 흔들어대고 있었다.

학생들은 방학을 해서 방학 일정표에 따라 조직적인 생활을 하고 있었다. 인민학교 아이들은 생활반 친구들과 함께 아침 달리기를 하고 책을 읽고 과제를 하기 바빴다. 한 주에 한번 돌아오는 소집 날에 담당 교원의 검사를 받아야 하기 때문이었다.

방학 중에 가장 기다리는 것은 소년단 야영 훈련이었다. 집을 떠나 동무들과 생활하며 밥도 직접 지어먹으며 자립심을 키우는 것이었다. 야영소에서는 입영날부터 제식훈련 등 기초체력훈련을 비롯해서 운동도 하고 역사 유적지 견학도 했다. 아이들이 가장 좋아하는 것은 물놀이나 오락, 장기를 뽐내는 노래나 글짓기 활동이었다. 아이들은 이때만큼은 대방상대방의 눈치를 보지 않고 적극적으로 자신의 기량을 드러냈다.

평양 같은 화려한 도시에 사는 아이들은 다기능 물놀이장에 가서 수영을 하고 피부를 햇볕에 태우는 햇볕쪼이기를 즐겼다. 문수 물놀이장에 다녀온 아이들은 동무들에게 경험한 내용을 자랑하기에 입이 쉴 틈이 없었다. 압록강 얕은 데서 물놀이 하는 아이들이나 송도원 해수욕장 같은 물놀이 시설에서 노는 아이들이나 여름은 잊을 수 없는 추억들을 만드는 계절임에 틀림이 없었다.

조선공화국이야말로 치열한 경쟁의 사회였다. 아이나 어른이나 할 것 없이 먹고 살기 위해 경쟁을 하고 자기의 내일날을 위해 유리한 고지를 점령해야 했다. 특히 대학입학을 앞두고 있는 학생들은 더욱 치열한 경쟁을 치르고 있었다. 자본주의 산물로 여겼던 과외공부가 공화국에서도 기승을 부리고 있었다. 고위직 간부들이야말로 자녀들의 과외공부에 열성적으로 매달리고 있었다.

과외 교육 열풍이 불고 있는 공화국에서 가장 두드러진 변화는 영어나 컴퓨터 관련 과외에 치중하는 것이었다. 피아노나 가야금 같은 음악 분야는 옛날에 추구하던 분야였고 세상이 빠르게 변화하면서 영어나 컴퓨터 학습 등에 매달리고 있었다. 능력 있는 부모들은 과외가 불법인 줄 알면서도 과외교사를 집안으로 불러들였다. 부모와 과외교사는 비밀리에 계약을 하고 집에서 일대일로 집중적으로 배워주고 있었다.

– 상철아, 고저 열심히 공부하라.

– 어머니, 감사합니다.

상철은 관심을 가져주는 어머니의 존재가 고맙게 여겨졌다.

– 학교에서 배운 낮은 실력으로 좋은 대학 어림없다. 고저 공화국에서 출세하고 살자면 영어하고 컴퓨터만 꿰차면 되는 게야.

– 예, 어머니. 열심히 공부할 테니 이렇게 고층 살림집아파트에 자주 오세요.

상철은 어머니를 만나는 것으로도 충분히 좋았다.

– 아이구 내 아들애 아니랄까 봐. 암 자주 오고 말고~ 나한테 또 누가 있다구~ 너 해달라는 거 다 해줄 터이니 상철이 넌 아무 걱정말고 공부만 열심히 하라.

– 예, 어머니.

상철의 손에는 항상 두툼한 책이 들려져 있었다.

– 울 아들애 잘도 컸지. 고저 문화어표준말를 쓰니 틀림없이 아랫동네 서울 청년 같다.

– 헤헤~

듣기 좋은 소리 하는 줄 알았지만 어머니의 칭찬이 상철은 정말 좋았다.

– 네 아버지란 동무는 뭐에 정신이 팔려있는지~ 조선 천지 당 간부들이 자식의 열공을 위해 눈에 쌍심지를 켜고 뛰고 있는데 아들애 하나 있는 걸 고저 에이~

– 열공이 뭐예요, 어머니?

– 호호~ 저 아랫동네서 유행하는 말이라누나. 열심히 공부 한 대는 걸 열공이라 한다지 아마. 조선 천지에 눈만 뜨면 자식들 교육 얘긴데 고저 부지런해야 자식 교육에도 선봉장이 되는 거 아니니?

용희는 자식 교육만큼은 조선 어머니들의 선봉장이 되고 싶었다. 무슨 수를 써서라고 아들애를 훌륭한 대학에 보내고 싶은 것이다.

– 어머니 열정이야 누가 따라잡겠어요. 리혼만 하지 않았으면 좋았을 텐데~

– 상철아, 그딴 소리 어미 앞에서 이제 하지 말라. 리혼이 대수냐, 어미 발로 아들 보러 오구 아들애 교육 선봉장도 되고 다하는데~

상철이 이런 말을 하면 용희는 마음이 아팠다. 사람은 만나서 좋은 인연도 있고 의절해야 하는 인연도 있다. 태산이 동무와 의절한 것은 아무리 생각해도 잘했다는 생각이 들었다.

– 어머니, 어서 가세요. 아버지 아시면 야단납니다.

– 깟거 무서울 거 없다. 내 아들애 보러 왔지 네 아버지 보러 왔나. 흐응, 네 아버진 어디에 정신이 팔려있는지 고저 남조선엔 치맛바람 북조선엔 바짓바람이라는데~

상철은 공부보다 뛰어노는 게 더 좋고 영어, 컴퓨터보다 체육이 더 좋았지만 공화국에서 좋은 대학에 가려면 불피코 영어와 컴퓨터는 과외를 받아야 한다고 생각했다. 한동안 소식을 듣지 못했던 어머니가 아버지 몰래 불쑥 찾아와 은밀히 모자 상봉을 했고 어머니는 아들애의 앞날이 염려되어 은밀하게 과외선생까지 붙였다.

평양에서 김일성 종합대학에 다닌다는 상철의 과외선생은 차분하지만 공부만큼은 열정적으로 지도했다. 상철은 마치 대학생 과외선생을 형처럼 따르게 되었다.

– 상철 학생, 학기 중에도 여게 내려올 테니 걱정 말거라.

– 영호 형 고마운데 어떻게 학기 중에 내려올 수 있소?

상철은 영호 형이 김일성종합대학의 상학수업에 자꾸 빠지는 게 불만이었다. 모름지기 훌륭한 인민은 맡은 책무를 다해야 한다고 생각했기 때문이다.

– 공화국에서 안 되는 게 뭐 있나? 교수들 구워 삶아대는 거지~

– 어떻게 구워삶는데요?

상철의 말투가 삐딱하게 변했다.

– 뭐 죽은 귀신도 벌떡 일어난다는 꾹돈뇌물 찔러주는 거야.

– 그저 돈 돈이네요. 영호 형은 과외 벌이를 해서 뭐를 하려 하오?

돈밖에 모르는 영호 형의 자본주의 사상이 상철은 마음에 들지 않았다.

– 옷도 사고 소프트웨어 기기도 미제로 구입할 생각이야. 근데 상철이 아버지는 뭐 하는 분이니?

– 형이 알 필요 없잖아요. 어차피 마주치면 안 되는 거잖소?

아버지 몰래 과외공부를 하고 있음을 상철이 주지시키고 있었다.

– 하긴 그러네. 어머니가 귀띔해주지 않았거든~ 근데 상철인 외가쪽 사람들 자주 만나지 않았나 보다?

– 공화국에서 그딴 핏줄이 뭐가 중요하오? 핏줄이야말로 공화국 청년들이 극복해야 할 과제 아니오?

상철은 당당히 자신의 생각을 영호 형에게 피력했다. 비록 나이는 어리지만 단단한 자신의 사상을 드러내 보이고 싶었다.

– 하하~ 상철이 나나이답지 않게 제법인 걸~

– 공부도 좋지만 주체사상이 근간이 되어야 한다는 게 내 생각이오. 그런 점에서 영호 형은 장차 공화국 일꾼 되긴 글렀소.

자본주의에 물든 영호 형의 사상을 상철은 은근히 비난하고 있었다.

– 아니 보자니까 뭐, 뭐라구?

– 청년 대학생이면 청년 대학생답게 의지를 가지란 말이오. 어찌 벌써부터 돈의 노예가 되었는가 말이오.

영호 형의 태도가 여전히 상철의 마음에 들지 않았다.

– 하하하~ 아주 공부는 못하는 놈이 이거 겉멋이 잔뜩 들었구나. 똑똑하신 네 어머니가 왜 비싼 돈 들여 나 같은 과외선생 대령을 했겠나? 상철아, 너 정신 바짝 차리라. 그런 빳빳한 사상보다 당장 빠다미국 말을 더 잘해야 한단 말이다. 알아듣나?

상철은 과외선생과 나란히 붙어 앉아서 공부를 하면서도 간혹 날카롭게 대립하고 있었다. 공화국의 청년들이 천민자본주의의 돈에 매도되어 불법을 저지르고 있다는 사실에 처음부터 곱지 않은 시선을 가지게 되었다. 또한 과외선생을 만나고서 공연히 아버지에 대한 증오심이 한쪽에서 피어오르기 시작했다.

상철은 아버지의 가슴에 자신의 자리보다 참이 동무의 자리가 크게 자리 잡고 있다는 것을 알고 있었다. 공화국의 능력 있는 아버지들이 자식을 위해 바짓바람을 일으키고 다니는데 아버지는 뒷전이고 리혼한 어머니가 과외선생을 붙였다는 것에 더욱 화가 치밀었던 것이다. 그런 이면에는 상철이 가장 증오했던 참이 동무의 존재가 아버지의 가슴에 깊이 자리잡고 있다는 깨달음이 내재하고 있었다.

아버지 몰래 상철이 과외를 받기 시작한 얼마 뒤에 그만 고층살림집아파트에서 과외를 받다 난데없이 들이닥친 아버지한테 들키고 말았다.

– 상철아, 어찌 된 거이니?

– 아버지, 고정하시지요.

아버지의 성품을 알기에 상철은 은근히 떨고 있었다.

– 대학생 동무, 누가 여기 보낸 거니?

– 상철 어머니가 엄숙히 간청을 하기에 그만~

영호 형이 그만 사실대로 고해바쳤다.

– 아니 머야? 상철이 네 오마니가 여기 들락거린단 말이냐?

– 아, 아닙니다.

상철이 정신없이 고개를 저었다.

– 아니면 어찌 저 동무가 여기 와서 불법과외를 한단 말이니? 이거 말세질이로구나야, 아니 응당 세대주라는 게 있는데 리혼한 여편네이가 뭐이 어드런? 사내 체면에 아주 보기 좋게 염장을 지르는구나.

상철은 아버지의 관심이 멀어진 탓에 속상한 마음을 겨우 과외를 하며 달래고 있었는데 과외를 한다고 윽박지를 뿐인 아버지의 태도에 더욱 가슴이 쓰렸다. 상철은 아버지와 대거리를 하고 싶지 않아 묵묵히 참고 있을 뿐이었다.

– 상철 아버지, 렴치 없게 됐지만 공화국에서 과외를 하지 않고 어떻게 좋은 대학에 갈 수 있습네까?

영호 형이 다소 당당한 자세로 말했다.

– 거 동문 어느 대학 소속인가?

태산이 영호 형의 위아래를 몇 번 훑어보고서 물었다.

– 김종대 다니고 있습네다. 상철 아버지, 시기적으로 상철이가 지금 과외를 하지 않으면 평양에 있는 명문대에 들어가기 이거 수월찮습니다.

– 대학생 동무, 성적표 당당히 공개할 수 있나?

아버지의 이런 물음에 상철은 긴장한 마음이 순간 풀렸다.

– 상철 어머니한테 이미 드렸습니다. 상철 아버지께서 원하시면 다시 드리도록 하겠습네다. 상철인 자연 수재는 아니지만 맡겨만 주신다면 그저 인공 수재로 만들 자신이 있습니다. 상철이 아버지, 믿어 주십쇼.

– 대학생 동무, 내 하나 묻겠는데 김정은 원수님에 교육개혁 노작논문, 저서에 대해 한 번 외 보라.

영호 형을 향한 난데없는 아버지의 물음은 상철을 놀라게 만들었다. 상철은 영호 형의 사상이 해이해진 탓에 김정은 원수의 교육개혁 노작 같은 것을 알고 있을 리가 없을 것이라고 생각하고 있었다.

– 김정은 원수님은 전민 과학기술 인재화의 목표에 대해 말씀을 하시면서 조국과 인민, 후대에 대한 사랑을 지닌 원수님만이 펼칠 수가 있고 공화국 사회주의 교육제도에서만이 실현할 수 있는 교육전략이라고 말씀하셨습니다.

– 인민 모두를 인재로 키워 하루빨리 경제 강국, 문명국을 일떠세우려는 불타는 애국 의지와 선견지명이 맥박치고 있습네다.

분위기가 갑자기 숙연해지면서 과외선생은 벽에 있는 김정은 초상화를 향해 절을 했다. 과외선생의 기민한 대답에 만족한 듯 아버지는 김정은 노작의 한 대목을 같이 암송했다. 상철은 이런 분위기로 보아 뜻밖의 난관을 무난하게 넘기고 있다고 생각했다. 상철의 생각처럼 아버지는 처음보다 부드러운 말투가 되었다.

– 이왕 이리되었으니 대학생 동무가 내 아들애 인공 수재 만들어 달

라. 상철이도 이번 기회에 제대로 실력을 쌓아 장차 공화국의 자랑찬 일꾼이 되어야 하지 않겠니?

– 상철 아버지, 고맙습네다. 내 불피코 상철이 동물 인공 수재로 만들어 내겠습니다.

– 의지가 불타서 좋구나. 대학생 동무 어느 집 자제인가? 노동당 간부의 자제인가?

아버지의 마음이 이제 한결 부드러워지는 모양이었다.

– 아닙니다. 저는 고저 집안의 도움을 받지 못하고 혼자 힘들게 노력해서 김종대에 다니게 된 겁니다.

과외선생을 바라보는 상철의 표정은 많이 달라져 있었다. 뜻밖에 과외선생의 의지는 깊은 심장 너머에서 굳건히 자리 잡고 있었다.

– 그래. 학생 동무 같은 사람을 자연 수재라 한다더군. 아주 그냥 개천에서 선녀가 나왔구나~ 상철이 너 요 대학생 동무하고 공부 열심히 하라. 그저 아버지가 과외선생을 붙여야 하는 건데 흐음~

아버지는 미안한 표정을 짓고 방으로 들어가더니 정복을 벗어 외출복으로 갈아입고 나왔다. 아버지는 문을 열고 나가려다 상철이 과외선생과 마주 앉아 공부하는 모습을 넌지시 지켜보다 묵묵히 고개를 끄덕이며 나갔다. 상철은 이제 아버지 눈치를 보지 않고 과외선생과 공부를 하게 되었다는 생각에 마음이 한결 편해졌다.

– 상철이 네 아버지 보위부 간부 맞지? 아주 그냥 상철이 빽빽이래 든든하다이야.

– 영호 형, 자꾸 비겁한 소리 하지 마오. 어찌 정신 무장 다잡은 내게 나약한 의지를 보이는가 말이오.

상철은 말은 힘차게 하였지만 상당히 기가 죽은 상태였다.

– 언 짜식~ 아주 사상 무장이 하늘을 찌르는구나. 공화국에서 단연 최고가 아버지 배경이라는 거야 임마. 모내기 전투 빠지고 공부한 것만 봐도 넌 부모 빽으로 만년장수만수무강 할 속구구속셈 아니고 뭐이니?

– 자꾸 그딴 소리 지껄이려면 이깟 과외 관두오. 아버지 뒷배경 바랐다면 아예 어머니 요청부터 거절했을 것이오. 내가 형처럼 자연 수재 되지 말란 법 어디 있습니까? 내 힘으로도 뭐든 이룰 수 있단 말입니다.

영호 형의 핀잔이 거슬려 의기양양하게 말했다.

– 풀린 말자루라고~ 임마, 네 실력 보니 아직 형편없어야. 너 아마 평양 제1중이나 금성 제1중 학생들에 비하면 택도 없는 실력이란 말이야. 너 이런 지방 시 고등중학에서 아버지 빽 가지구 거드름 피워대는 모양인데~

– 아이 씨~ 형 정말 그딴 소리 할 거야? 과외를 배워주러 왔음 그냥 군말 않고 배워주면 그만이지 않소? 어찌 훈계를 하려 드는가 말이오.

아버지 뒷배경을 운운한 통에 상철은 정말 화가 났다.

– 임마, 평양 제1중 수재들이 누구한테 배우는 줄이나 아나? 평양 제1중 교원들은 말이야 죄 김종대 출신이란 말이야 어? 사범대 출신들이 배워주는 지방 고등중학 하곤 급이 다르단 말이야 어? 김종대 수재 출신 교원들이 배워주는 학습을 네들이 무슨 수로 당해낼 재간이 있겠나 말이지 어?

상철은 과외선생의 말에 더는 대꾸하지 못했다. 과외선생의 말에 대번 기가 꺾여버렸고 공연히 자신의 모습이 가엾어 보였다. 평양 제1중학이나 금성 제1중학이 공화국에서 얼마나 대단한 학교인지 말만 들어도 기가 죽을 판에 김종대 출신 교원들이 배워준다는 과외선생의 말은 상철의 빈틈을 사정없이 공격해 들어온 셈이었다.

그런데 난데없이 참이 동무의 얼굴이 떠오른 것은 무슨 까닭에서일까? 공부만은 상철이 아무리 발버둥을 쳐도 참이 동무를 따라갈 수 없다는 사실을 일찍부터 깨닫고 있었다. 참이 동무가 장차 자연 수재라는 말을 듣게 될 동무라는 것을 상철은 확신하고 있었다. 참이 동무가 마음만 먹으면 지방 고등중학에서 어떤 동무라도 능가할 수 있는 재능을 지니고 있다는 것을 상철은 모르지 않음이었다.

과외선생의 정신적 폭격 앞에 처참하게 무너진 상철의 자존심은 공연히 참이 동무를 생각함에 잠시 위로가 되는 느낌이었다. 그런데 참이 동무가 같은 아버지의 피를 물려받았다는 사실이 빳빳한 사상의 굴절을 느끼게 했다. 상철은 과외선생의 바짓가랑이를 꽉 움켜쥐고 공화국에서 보란 듯이 꿈을 이루리라 생각하고 있었다. 아버지의 배경을 의지하는 순간 참이 동무의 그림자밖에 되지 못하리라.

상철은 과외선생과의 말싸움에서 체면이 바닥으로 떨어지는 수모를 당했음에도 마음을 가다듬어 책을 펼쳐 들었다. 과외선생은 기 싸움에서 이긴 자신이 대견하다는 듯이 어깨를 우쭐거리며 김종대의 자랑거리라는 지식의 촉수를 상철의 뇌리를 향해 길게 내려 펼치기 시작했다.

과외선생이 돌아가고 밤이 늦어 돌아온 아버지가 말했다.

– 상철아, 아까 번엔 아버지가 경황이 없어 미안했다이야. 김정은 노작 어쩌구 난데없이 포를 놓아서 당황했지?

– 아닙네다. 아버지의 빳빳한 사상을 과외선생 앞에서 제대로 보여줬다 생각했지요. 정말 과외를 받고 싶었는데 아버지가 허락해 주시니 그저 고맙습니다.

– 기야 어느 부모가 아들애 앞길에 어깃장을 놓겠니. 내래 화가 난 것은 네 오마니가 아버지 몰래 고저 도둑고양이처럼 드나들지 않을까

염려해서란 말이지. 네 오마니 드나들면 내 체면이 고저 뭐가 되겠니?

이렇게 말을 하면서도 태산의 머릿속에는 오직 정숙 동무에 관한 생각뿐이었다.

– 내 어머니가 드나드는데 뭐가 문제입니까? 리혼한 어머니는 아들애 얼굴도 보지 못한다 이 말이에요?

– 상철아, 그런 말이 아니고 아버지 뜻은~

태산은 아들애 앞에서는 쩔쩔매는 공화국의 아버지였다.

– 아버지, 또 그딴 말 듣고 싶지 않습니다. 참이 동무하고 엮이는 거 억수로 싫다 이 말입니다. 그카고 참이 한테 엄연히 아버지가 있단 말이지요. 설마하니 리명호 력사 담당교원을 모르지 않겠지요?

– 어 그래 안다 알아. 상철이 너 맘도 알고~ 상철아, 지금 이딴 말로 아버지하고 소모 논쟁하지 말자. 내 너한테 당부하나 해야겠다. 듣자니까 요새 보위부 간부 집에 도청이 난무하다는 게야.

간부들에 대한 도청이 널리 퍼져있단 말이 진작부터 돌았었다.

– 아버지, 사상이 빳빳한데 도청이 뭐 겁이 납니까?

– 안다, 밤말은 쥐가 듣고 낮말은 새가 듣는다지 않나? 부모자식간 말도 골라서 해야 하니 거 과외선생한테 책잡히지 말라 이런 말이야. 네 오마니와 이 아버지는 엄연히 남남 아니니? 외간 여자 드나드는 거 이거 공화국에서 흠결이 아니고 머이니?

– 거 알았으니 염려 마세요. 남에 아낙네 넘보는 사내야말로 공타공개 타도 동무라는 말이 틀리지 않지 말입네다.

– 어찌 말에 뼈가 박혀 있나. 어서 들어가 자거라. 과외선생 여비는 아버지가 줄 거이니 네 오마니 다시 만나지 말라. 어린애도 아니니 뭐 오마니 젖이 그리울 리도 없잖나 말이야 어~

상철의 눈에 가볍게 흔들리는 아버지의 힘 빠진 어깨가 들어왔다. 공연히 참이 동무 말을 꺼냈다는 자책감에 군말 없이 방으로 들어왔지만 잠을 이룰 수가 없었다. 며칠 전에 노동단련소에서 출소했다는 강철이 동무가 보고 싶다는 생각이 들었지만 강철이 동무를 마주할 자신이 서지 않았다.

4

홍용희는 아침 일찍부터 분주하게 움직이기 시작했다. 아들애 상철을 위해 평양을 떠나 지방에서 살기로 작정한 마당이었다. 평양의 중심지에서 사회주의 문화와 예술을 즐기는 생활이 싫지는 않았지만 하나밖에 없는 아들애에 대한 그리움은 어떤 욕망보다 컸다. 아들애를 만나고 아들애의 내일날에 대비하여 과외선생까지 붙이고 나니 한결 마음이 가벼워지는 느낌이 들었다.

사람들이 모여서 사는 데는 어디나 나름의 즐길만한 문화가 있다는 것이 홍용희에게는 다행이었다. 어려서부터 음악 예술 활동에 익숙한 용희의 생활은 공화국에서 소수만이 누릴 수 있는 문화 권력이었다. 노동당 간부의 자식으로 애지중지 자라면서 꽃길만 걸어왔던 그녀였기 때문에 나그네와의 사이에 리혼이란 사실을 받아들이기 힘들었다. 되돌아보면 호상 자기의 주장이 강해서 가정을 지키지 못한 듯했다. 부모야 그렇다 쳐도 아들애를 생각하면 가슴 한쪽이 더욱 서늘하게 느껴질 때가 있었다.

평양음악무용대학현 김원균 명칭 평양음악대학에서 성악을 전공한 홍용희는 명문대 진학에 성공하고 만수대예술단 입단의 꿈을 꾸고 있었다. 그러나 만수대예술단의 녀성 중창조 그룹에 들어가 기량을 익힌 다음 공화국에서 존경받는 인민 예술가가 되고 싶었지만 그 꿈을 이루지 못하고 국립민족예술단에 잠시 적을 두었을 뿐이다.

평양 모란봉예술단의 전신인 국립민족예술단은 주로 봉화예술극장을 무대로 김일성 부자 우상화를 위주로 하는 작품을 선보였다. 홍용희는 이 예술단에서 잘 적응하지 못한데다가 사치가 심해 아버지와 충돌을 빚고서 예술단을 탈퇴하였는데 현재는 문예총조선문학예술 총동맹 산하 음악가 동맹에 적을 두고 있었다.

기업소나 공장 등에 조직되어 있는 예술소조는 문예총의 지휘 밖에서 독립적인 활동을 하고 있었다. 하지만 소조원들의 창작품을 발표할 공간이 문예총에 있었기 때문에 눈 밖에 나지 않으려고 애를 썼다. 각 지방의 소단위별로 기동예술선동대도 활발히 움직이고 있었다. 건설 현장의 근로자들이나 농촌 농민들의 사기진작을 위해 예술선전 활동을 펼치고 있는데 이러한 기동예술선동대에 들어가려는 지역 예술가들이 문예총의 관심을 받으려고 애를 쓰는 것은 당연한 이치였다.

홍용희는 미용술보급소피부미용전문샵에 들러 피부 마사지를 받았다. 나이가 들어가면서 모공이 넓어지고 기미가 가볍게 돋아나기 때문이었다. 지방으로 옮긴 지 일주일에 두 번 정도는 들르는 곳이었다. 그곳에서는 독특한 방식으로 주름살을 엷게 하고 탄력 있는 피부를 만드는 효과를 볼 수가 있었다. 옛날 방식을 활용해서 모발의 윤기까지 올려주는 미용술보급소가 평양은 물론 지방의 도시에도 자리 잡기 시작했다.

– 손님, 머리 형태를 어떻게 하시겠습니까?

– 지금 이 머리와 같도록 모양을 내주시오.

보급소마다 깜찍한 형태의 머리 모양과 우아한 형태의 머리 모양 등 다양한 취향에 따른 세련된 미용술이 인민들을 유혹하고 있었다.

– 얼굴이 갸름해 보이는 게 미인이네요. 피부색이 조금만 밝아지면 리설주머리도 어울릴 거야요.

– 고저 봉사원이 볼 때마다 친절하구만요. 리설주머리야 젊은 녀성 동무들 타입 아닙니까? 낯바닥 색깔도 어둡고~

홍용희는 자신의 모습을 거울에 비춰볼 때가 가장 행복한 시간이었다.

– 피부색이야 여기서 얼마든지 밝게 할 수가 있답니다. 한번 해보시겠습니까?

– 피부색을 밝게 해주시고 머리 형태는 이전 머리 형태로 해주세요.

– 알겠습니다. 먼저 옆방으로 옮겨 마사지부터 해 올리겠습니다.

홍용희는 세련된 말투까지 훈련을 받은 봉사원의 안내에 따라 옆방으로 자리를 옮겨 마사지부터 받기 시작했다. 애초에 피부관리는 이곳 미용술보급소에서 마련한 관리를 하나씩 받아보기로 했기 때문에 봉사원의 안내에 따르기만 하면 되는 것이었다.

조선공화국에서 중년녀성이야말로 자칫 방심하면 녀성의 매력을 잃을 수도 있었다. 하루를 치열하게 살아가는 주민들은 먹고사는 문제에 치여 외모를 가꿀 여력이 없었지만 일부 계층에게는 중년의 미모를 유지하는 일이 생계의 문제나 다를 바가 없는 것이었다.

– 손님, 이건 요즘 권하고 있는 식초 물입니다.

– 낯바닥이 시원한 게 감촉이 아주 좋네요.

공화국의 미용술보급소는 일석이조一石二鳥의 상품을 개발하여 공화국 상류층에게 시범을 보여주고 있었다.

– 묘향산 생수에 식초를 엷게 타선 이렇게 스킨처럼 바르는 겁니다.

– 아주 가벼운 식초 향이 그만이네요.

대접을 받으니 입에서 흘러나온 말도 품위가 넘치는 느낌이었다.

– 모공이 수축되고 기미를 없애는 데 탁월한 요법이지요.

이렇게 시작한 봉사는 시간이 흐를수록 깊이가 더해지는 느낌이 들었다. 나이가 마흔 중반이 되면서 피부가 거칠어지는 것은 당연한 현상이었다. 홍용희는 어릴 적부터 미모에 대한 주위의 부러움을 받고 자랐기에 아이를 낳고서도 한동안은 자신감이 넘쳤다. 하지만 나그네와의 사이에 리혼을 하면서 상처를 지니게 되었고 이런 상처는 마흔에 접어들면서 더욱 허탈감에 빠져들게 했다.

한약재와 달걀, 정종술을 섞은 팩으로 피부를 보다 하얗게 만들고 풍부한 미네랄이 들었다는 쌀뜨물에 녹두죽을 걸쭉하게 섞어 피부 탄력을 돋우고 주름의 골까지 메우고 나서 자리에서 일어났다. 머리 형태에 맞게 머리 폼을 내고서는 구기자를 창포물에 넣어 끓인 물로 세발을 하니 모발에 윤기까지 돌아 보였다.

– 1층에는 목욕 봉사도 안마 봉사도 있습니다.

– 오늘은 미용, 미안으로 족합니다.

용희는 일부러 팔의 소매 깃을 살짝 끌어올렸다.

– 어머, 손목시계가 참 품위 넘칩니다.

– 스위스제 품목이에요. 엠프리오 아르마니 뭐라나?

– 블랙인데 아주 앙증맞게 예쁘네요. 손님, 2층에 올라가시면 상점도 있고 식당도 있다는 거 아시지요? 머리 모양을 연구하는 보급실도 있으니 한번 다녀가세요.

홍용희는 봉사원에게 봉사료를 집어주고 미용술보급소에서 나와 자동차를 몰았다. 창문을 내리니 시원한 바람이 볼을 스쳤다. 음악을 켜니 콧노래가 절로 흘러나올 것만 같았다. 공화국 특유의 창법으로 노래를 부르는 녀성의 목소리에 흠뻑 빠져 자신도 모르게 흥얼거리고 있었다.

신의주에서 조금 떨어진 곳이지만 시간 반 넘게 달려 당도한 동림관광단지는 사람들로 붐비고 있었다. 공화국 주민들은 물론 외국 사람들도 많았고 동림폭포를 보려는 사람들로 호텔은 만원이었다. 호텔은 녹음이 짙은 숲으로 둘러싸여 있었고 동림폭포는 기암괴석이 돋보인 탓에 평양 부벽루 못지않게 사람들로 붐비고 있었다.

홍용희는 식당에서 접대원들의 봉사를 받으며 냉면을 먹었다. 호텔의 식당에는 봉사원들이 항상 대기하고 있었다. 고객의 짐을 옮겨주는 안내원을 비롯하여 호텔방을 관리하는 녀성관리원, 노래방이나 당구장 같은 유희시설의 봉사원들도 대기하고 있었다. 봉사원들은 매우 말쑥한 차림으로 친절하게 손님을 맞이하고 있었다.

– 의례원 동무, 물 좀 가져다주오.

– 필요한 반찬은 더 없습니까?

상냥하며 애교가 넘쳤다.

– 반찬은 충분합니다. 빙수나 한잔 가져다주오.

말쑥한 정장 차림의 접대원들은 마치 연속극 속의 서울 아가씨들처럼 명랑하고 상냥한 태도와 말투로 고분 고분 봉사를 하고 있었다.

홍용희는 가볍게 식사를 마치고 찻집에서 사람을 기다리고 있었다. 반 식경 되지 않아 보안원 차림의 젊은 청년이 자리에 나타났다.

– 오래 기다렸습니까?

– 아니오. 눈에 띄지 않도록 이쪽으로 불렀는데 미안하오.

마치 첩보작전을 하듯 용희는 주위의 눈치를 살폈다.

– 아닙니다. 여기 준비한 서류 가져왔습네다.

– 수고 많았어요. 고생감일거리을 맡겨 미안하오.

용희는 어려운 부탁을 한 데 대해 진심으로 미안해했다.

– 이런 고생감이야 뭐 운명이지요. 그리고 이거는 포착한 사진입니다. 말씀하신 세 녀성이 렌즈에 들어있는데 이거 하나는 참 민망해서리~

– 동무가 민망할 게 뭐 있소. 고저 이런 사실이 새어나가지 않도록 철저히 비밀 유지 해주세요.

– 염려 마십시오. 그럼 이만~

홍용희는 들가방에서 봉투를 꺼내 재빨리 사내에게 건넸다. 봉투를 받아든 청년은 봉투를 열어보지 않고 넙죽 절을 하고 재게 찻집을 빠져나가고 있었다. 보안원 차림의 청년이 돌아간 뒤 홍용희는 천천히 서류봉투의 내용물을 꺼냈다. 그녀의 마음은 공연히 불안했고 요동까지 치고 있었다. 그러나 한번은 이런 과정을 거쳐야 한다는 사실을 운명처럼 받아들이고 있었다.

홍용희는 손을 하들하들바르르 떨면서 서류를 꺼내 들었다. 서류 속에서 사진을 꺼낸 홍용희의 얼굴이 사정없이 굳어지고 있었다. 뜻밖에 녀성 동무의 생김새가 준수했고, 용희는 이 녀자가 태산의 가슴을 태우고 있는 녀자라는 것을 직감했다. 나그네와의 사이에 아들애 하나 딸애 하나를 두었고 나그네는 군인 가족 출신 고등중학 력사교원이었다.

– 흐응, 네 들은 영원히 사과족 아니면 포도족이지~ 겉이 붉은 사과가 어찌 속까지 붉을 수야 있나. 포도는 아무리 쥐어 짜봐야 겉과 속이 모두 붉을 수가 없는 거야~ 공화국에서 한번 낙인찍힌 족속이야 영원히 도마도 족이 될 수는 없는 거다. 겉도 붉고 속도 붉은 조선공화국의 핵심계층은 태어날 때부터 노동당의 입김을 입고 혁명열사의 대

열에 섰던 특별군중이란 말이지~

홍용희는 제풀에 흥분해서 그만 소리까지 내지를 뻔했다.

조선공화국은 주민들을 세 가지 계층으로 분류하고 있었다. 분류의 기준은 적색붉은색의 유무였다. 붉은색을 지니고 있느냐의 기준 즉 붉은색을 겉과 속에 모두 지니고 있느냐 아니면 겉과 속 어느 한쪽에 지니고 있느냐, 이도 저도 아니면 겉과 속에 모두 다른 색을 지니고 있느냐에 따라 그 사회적 지위는 천양지차가 되었다.

겉과 속이 모두 붉은 핵심계층, 주민들은 이를 도마도 족이라는 은어로 부른다. 겉이 붉지만 속은 흰 동요계층, 주민들은 이를 사과족이라 부르며, 겉도 붉지 않고 속도 붉지 않은 적대계층, 주민들은 이를 포도족이란 은어로 부르고 있었다. 공화국에서 감시의 대상은 당연히 동요계층의 사과족과 적대계층의 포도족이었다. 동요계층 가운데 열혈충성분자는 핵심 분자로 오를 수 있는 사다리에 올라탈 수가 있지만 반면에 자칫 방심하면 쇠사슬로 얽히는 적대계층으로 추락하는 것이었다. 또한 적대계층은 어떤 노력에도 불구하고 동요계층으로 연결된 사다리에 오를 수가 없는 구조였다.

하지만 핵심계층 아니 특별계층이라 하더라도 신분을 보장받을 수 있는 것은 아니었다. 김 씨 삼부자三父子의 말 한마디에 생사여탈이 달려 있기 때문이다. 한번 술탄군주 혹은 지도자은 공화국에서 영원한 신이며 술탄 외에는 공화국에서 모두가 술탄의 노예가 되어도 이상할 것이 없기 때문이다.

자동차를 몰아 시내로 돌아오면서 홍용희는 머릿속에 다지고 있었다. 어떤 일이 있어도 태산이가 오정숙이란 녀자에게 다가가는 것을 막아야 한다. 홍용희는 오정숙이란 이름을 떠올리기조차 싫었다. 용희가 태산으로부터 리혼을 당한 것도 오정숙이란 녀성 동무가 있었기 때문임을 잘 알고 있었다. 또한 태산이 동무와 오정숙 동무와의 사이에 아들애가 하나가 있으며 의붓아버지가 키워온 사실까지 알게 되었다. 홍용희가 답답한 마음에 차창문을 내리자 바람이 훅 불어와 머리카락을 펄럭였다.

– 흐응, 개개비 둥지를 빙빙 맴도는 뻐꾸기 꼴이로구나~ 내 아들애의 자리를 뻐꾸기 새끼한테 빼앗길 수는 없다는 말이지~ 포로 군인 신분에 정치범의 가족이라 치잇 어찌 이런 위험한 녀자를 태산이 동무는 곁에 두려 하는가 관절대관절~ 이런 녀자와 재혼가정을 꾸릴 셈이라니~ 흐응 누구 맘대루, 상철이한테 후어머니계모라 불피코반드시 내 막아설 거란 말이지~

홍용희는 마음이 급한 나머지 가속기를 점점 세게 밟아대고 있었다. 김덕순이란 녀자는 조기백 동무의 안해아내임을 용희는 잘 알고 있었다. 태산의 사무실로 쭈루루 달려와서 동무들의 흉을 보고 오직 노동당 당원이 되고자 죽기 직전까지 목을 매달던 동무가 바로 조기백 동무가 아니던가. 조기백의 말이 겉과 속이 다른 노란 목소리라는 것을 알면서도 동무의 방문을 반겼던 태산이 동무라는 것을 용희는 잘 알고 있었다.

태산이 동무가 조기백의 안해아내를 소조원처럼 곁에 두고 일을 부리면서 은근히 오정숙이란 녀자와의 연결 끈을 만들었다는 사실도 용희는 알고 있었다. 조기백의 묘지에 묘비를 세워주고 그 묘비까지 철폐한 사실도 이미 알고 있었다. 이악하기로야 누구한테 견줘도 지지 않을 태산이 동무지만 용희야말로 태산의 머리 꼭대기에 앉아 있는 것이었다.

용희는 공화국에서 마음만 먹으면 어떤 정보도 낚아낼 수 있다는 사실에 흡족했다. 공화국에서 진정한 승리라는 것은 총칼에 의한 싸움이 이미 아니었다. 열혈 충성 분자의 가슴팍에서 파랗게 돋아난 포자야말로 진정한 정보이며 그 정보를 자기 것으로 만드는 것이야말로 진정한 승리자라는 것을 충분히 숙지하고 있었다.

정보를 습득하는 자가 승리한다. 정보를 약삭빠르게 갈취하는 자야말로 진정한 승리를 쟁취할 수 있다. 공화국에서 뿌리를 깊게 박고 자생할 수 있는 힘은 정보의 지속적인 습득에서 나온다. 정보라는 것은 새로운 시대에 부응할 새로운 무기가 되리라. 공화국에서의 정보란 견주어야 하는 대방상대방의 오염된 포자를 추적하는 것이다. 한번 열린 홍용희의 머리는 별의별 상상을 하며 약진하고 있었다. 홍용희는 갑작스레 기분이 좋아졌는데 봉화예술극장에서 노래를 부를 때처럼 고조되어 노래를 부르기 시작했다.

봄날에도 가리라 겨울에도 가리라~
백두산 백두산 내 마음의 고향에~

공화국 전역에서 땅 뿌리를 흔들어대던 충성맹세의 노래 '가리라 백두산으로', 용희의 입에서 저도 모르게 이런 노래가 흘러나온 것은 우연의 일치는 아닐 것이다. 항일 혁명의 노정에서 필승의 신념을 불태우던 선열들의 노래, 오정숙 동무가 200일 전투의 거리 선전에서 목이 터지라고 불렀던 노래였다. 공화국 전역에서도 이처럼 새로운 노래가 울려 퍼지고 있었는데 더 나아가 주민들이 앞을 다투어 백두산에 오르는 열풍마저 불고 있었다.

폭풍에도 굽힘 없는 의지를 주고~

신념을 벼려주는 혁명의 전구~

성악을 전공한 사람답게 홍용희의 목소리는 꾀꼬리처럼 맑았고 소리가 마치 잔잔한 물결을 타고 흐르는 느낌이었다. 맑은 목을 쓰는 창법, 서양의 노래에 기초를 하여 꾀꼬리처럼 목을 맑게 내지르는데 마치 민요 가락의 부드럽고 자연스러운 소리와 다르지 않았다. 조선말의 의미를 살리도록 또박또박, 새가 부리로 낱알을 쪼듯 정확한 소리를 내는 것이 주체 발성의 특징이었다.

그래서 부드러운 소리가 흘러나오기 마련이었고 소박하지만 열정적인 소리가 터져 나오는 것이었다. 홍용희는 학창 시절에 배웠던 기억을 되살려 호소력 있는 목소리로 노래를 부르고 있었다. 머리를 공명시키는 소리가 아니라 깊은 데서 소리를 끌어내어 얼굴 앞쪽을 향해 몰아붙이는 것이 특징이었다. 무엇보다 노래의 굽이굽이 맺혀있는 의미를 쫓으면서 부르는 노래로 그녀에게는 칼바람을 헤치면서 백두산에 올라가는 장면이 장엄하게 뇌리 안에 박혀 있었다.

음악이 멈추면서 분위기가 가라앉자 용희는 세 번째 정지 사진을 펼쳐 들었다. 짐작은 하고 있었지만 그 청년이 어째서 민망하다며 얼굴을 붉혔는지 알 수 있었다. 태산이 동무이기 때문에 용희는 크게 이상할 것은 없다는 생각이 들었다. 어떻든 자신과는 리혼한 몸이고 평소에도 색기色氣가 강한 사람이기에 놀랄 일도 아니었다. 하지만 호텔 복도에서 낯선 젊은 녀성을 포옹하고 있는 사진은 공연히 가슴속이 비어진 듯한 허탈감을 안겨주었던 것이다.

홍용희의 자동차는 오정숙 동무의 기업소를 향하고 있었다. 기업소에 도착한 홍용희는 망설이지 않고 직포공장 지배인공장장을 찾아 들어갔다. 지배인공장장은 홍용희를 보고 깜짝 놀랄 정도로 깍듯하게 대해주었다.

– 아니 귀하신 분이 여기 어쩐 일이십네까?

– 지배인님, 기업소 선전대 오정숙 동무를 좀 만나러 왔소.

무표정한 낯바닥으로 용희가 말했다.

– 기업소 네거리에서 귀가하는 동무들에게 선전 선동을 하고 있는뎁쇼. 급한 볼일이 아니시면~

– 급한 볼일은 아니에요. 고저 요 앞 네거리라면 내 직접 가서 만나보겠소.

용희는 품위 있는 말투로 정중히 말했다.

– 도당위원장님은 강건하시지요?

– 만년장수만수무강 하고도 남지요.

용희의 얼굴에 웃음기가 가득 돌았다.

– 내 금년에는 도당위원장님 모시고 생산증대에 열중하겠습니다.

홍용희는 지배인의 환대에 머리 숙여 예를 표하고 기업소 네거리로 나왔다. 한복을 곱게 차려입은 선전원들이 열심히 구호를 외치고 있었다.

– 거리에 나무를 심읍시다.

– 거리에 나무를 심읍시다.

선전원들의 선창에 작업을 마치고 귀가하는 기업소 노동자들이 후창을 하고 있었다. 홍용희는 긴장된 마음으로 선전원들을 지켜보고 있었다. 용희의 눈에 유독 돋보이는 선전원이 보였다. 멀찍이서 보는데도 가름해 보였고 키대가 다른 선전원들보다 훌쩍 커 보였다. 정지 사진 속에서 확인한 오정숙 동무라는 것을 첫눈에 알아볼 수가 있었다. 가만히 지켜보니 주로 오정숙 동무가 구호를 선창하고 있었다.

– 집과 담장에 회칠을 합시다.

– 집과 담장에 회칠을 합시다.

네거리를 지나가는 주민들도 대열에 합류하고 있었다. 200일 전투의 반환점을 넘어 공화국 주민들은 고무되어 있었고 홍용희 역시 주민들과 보조를 맞춰 선전 문구를 외치고 있었다. 그러나 그 광경을 보면서 용희의 가슴속에 타오르는 것은 열혈 충성심이 아니라 서슬 퍼런 질투심이었다. 막상 태산의 가슴을 붙든 녀자와 마주하게 되니 가슴 속에서 방치질다듬이질 소리가 들리는 것만 같았다.

홍용희는 네거리 한쪽 모퉁이에서 한참 동안 선전원들 속의 오정숙 동무를 지켜보았다. 같은 녀자로서 미워할 수 없을 정도로 곱고 충성심마저 열성적이었다. 입성도 고와 보였고 자신이 사내라도 그녀에게 빠져 피눈이 되어버릴 것만 같았다. 하지만 아들애 상철의 내일날을 생각함에 정신이 번쩍 드는 것이었다. 정숙 동무가 아들애의 후오마니계모가 될 수는 없는 노릇이었다.

용희는 어느 순간 자신의 눈을 의심하기 시작했다. 시나 도의 지도원으로 보이는 사내들이 목에 표찰을 걸고 어깨 밑에는 완장을 두르고 나타났다. 그들은 선전원들과 보조를 맞춰 같이 소리를 지르고 같이 율동을 했다. 그런데 그들 중에 아무리 봐도 아들애의 아버지인 박태산 동무가 섞여 있는 것 같았다. 용희는 여전히 태양의 열기가 식지 않은 여름 저녁의 하늘 밑에 감전된 듯 서 있었다.

봄날에도 가리라 겨울에도 가리라~
백두산 백두산 내 마음의 고향에~

열기가 한껏 고조되면서 선전가가 울려 퍼졌다. 네거리의 열기와는 대조적으로 홍용희의 가슴에는 싸늘한 서릿발이 돋고 있었다. 자신들의 리혼의 중심에 오정숙 동무가 존재하고 있었다는 것을 알았기에 지금의 상황은 더욱 분노를 치솟게 만들었다.

폭풍에도 굽힘 없는 의지를 주고~
신념을 벼려주는 혁명의 전구~

선전원들의 열정은 하늘을 찔렀다. 태산이 동무가 저쪽에서 사진을 찰칵찰칵 찍고 있었다. 이런 모습을 보던 홍용희의 눈빛은 타들고 있었고 여전히 감전된 듯 경직되어 앞에 펼쳐진 모습을 놓치지 않고 눈에 넣고 있었다.

기업소 노동자들이 거의 자취를 감추고 선전원들이 대열을 이루어 한바탕 선창과 후창을 하며 선전 문구를 외치더니 선전가를 부르면서 마무리를 하고 있었다. 선전원들이 하나둘씩 자리를 뜨는 모습을 보고 홍용희는 자리에서 빠져나와 자동차로 돌아왔다. 자동차를 몰고 네거리에 도착하니 이미 선전원들의 모습은 보이지 않았다.

자동차를 몰아 평화동의 고층살림집 차마당주차장에서 밤이 늦도록 태산이 동무를 기다리고 있었다. 태산이 동무의 자동차가 밤이 늦어서야 들어서고 있었다. 홍용희는 색안경을 끼고 태산이 동무 쪽으로 걸어갔다.

– 상철 아버지~

– 게 용희 동무 아니나? 맞지?

용희 동무를 바라보는 태산의 표정이 어두워졌다. 용희 동무가 빈정거리는 투로 말했다.

– 아주 세상 살맛 났네요. 울 아들애 상철이가 아주 인정머리 없는 홀아비 아들 소리 듣게 생겼지요.

– 허, 무슨 그런 재장바른 말을~ 여길 어쩐 일이니? 평양에 있다고 들었는데~

홍용희는 색안경을 한번 매만지면서 태산이 동무 쪽으로 바싹 다가갔다. 태산이 몸에서 진한 향기물향수 냄새가 진동했다. 용희는 아주 아니꼽다는 표정으로 입술 끝을 삐죽거리며 같잖다는 듯이 야슬거렸다.

– 눈에 못가시이 정숙이 동무가 아니라 고저 태산이 동무가 맞네요.

– 아니 오랜만에 게사니거위처럼 나타나서리 게 무슨 이바구질이니? 아주 그냥 밤중에 하고 다닌 꼴이 좋다. 거 색안경이나 좀 벗자 용희 동무~

태산이 역시 용희 동무에게 밀리지 않았다.

– 네거리 선전대다 뭐다 임자 있는 녀성 동무 뒤꽁무닐 밤새 좇아다니고 그래 아들애 하나 있는 게 뭘 보고 배운다니 응?

하며 턱을 치켜들면서 용희는 색안경을 벗었다.

– 거 동무 보자 하니 아직 제 버릇 개 주지 못했구나야. 공화국에서 이거 남에 뒤꽁무니 캐고 다니는 게 엄연히 불법이란 말 못 들었나?

– 어떤 어미가 제 자식 앞길 막아대는 꼴을 보고만 있겠는가 말이요. 내 눈에 흙이 들어가기 전에는 상철이 앞에 후오마니계모 데려오지 마시오.

용희 동무의 마음은 항상 아들애의 앞날에 관한 걱정뿐이었다.

– 동무에 심청마음보 고저 변한 게 고작~ 내 상철일 위해서 늦도록 충성맹세하고 다니는 거를 지켜보았다면서 그러니~

– 흐응, 충성맹세라니~ 어찌 보위부 소관도 아닌 기업소 선전대에 나타나 찰칵찰칵 정지 사진을 박고 아주 그냥 엉덩이를 흔들어대고 참 자발 없더라니~

태산은 용희 동무의 말에 낯바닥을 쓸어내리며 객쩍은 마음에 헛기침을 했다.

– 홀애비 아들애 소리 듣게 하지 않을 테니 그저 너무 린색하게 굴지 말라우. 상철이 과외공부 너무 들이대지 마오. 상철이 세대주가 엄연히 여기 있는데 어찌 동무가 나서 립장을 난처하게 하는가 말이오.

태산이 등을 보이고 돌아섰다. 용희는 자신을 무시하고 돌아선 태산이 동무를 가로막으며 들가방에서 정지 사진 하나를 꺼내 불쑥 들이밀었다.

– 보위부에서 이걸 알면 동무의 운명이 어찌 되겠는지 한 번이라도 생각해 보았는가 말이요. 아버지한테 듣자니 당내에서도 공타공개타도 동무를 색출한답시고 난리법석이라오. 열성 당원인 듯하면서 뒤에서 빈둥거리는 까뚜리 새끼들을 찾아내겠다는데 어찌 이런 짓을 하고 다니는가 말이요.

용희는 마치 자식을 나무라듯 훈시를 했다.

– 자 자 용희 동무, 이거 소리 좀 낮추라. 내 성정 동무가 어찌 몰라서 이러는가~ 용희 동무하고 헤어진 지 여러 해인데 어찌 팔팔한 나이에 잠만 자고 있겠는가 말이야. 내 잘못 했으니 그만 어비~ 어비~ 어서 돌아가오.

– 동무 혼자라면 내가 이러지 않습네다. 비록 우리가 남이지만 아들애가 있잖는가 말이요. 태산이 동무 번번이 끌어내리려는 동무들 막아 세운 사람이 누군지 알아요? 상철이 외조 할아버지예요. 조기백 동무 공동묘지에 묘비를 세워준 것도 묘비를 뽑아낸 것도 저 위에서 모두 알고 있단 말이오. 앞 번에 중국 단동 어업회사하고 조업 계약 체결해서 어업권에 입어료에 아주 실적 올려댄 것도 알고 중국에 다녀온 대북 송금 브로커한테 꾹돈뇌물 받아 챙긴 사실도 죄 알고 있단 말이오.

용희는 자식을 구한다는 일념으로 푸념을 늘어놓았다.

– 야 세상이 아주 살벌하구나. 용희 동무가 고저 정보통이오.

– 오죽하면 정당정보당 수확고라는 말도 있겠소.

– 알지 그야. 내래 망책간첩망 우두머리 때려잡는 기술 간부 아니니~ 노동당 부위원장이 내게 몸소 손전화까지 걸어 주셨어야. 시 보위부에서 받기 어렵다는 스위스제 시계까지 받아내지 않았니?

– 그 시계 어디 있는지 좀 봅시다. 이 시계하고 같은 제품 맞지요?

용희는 손을 척 내밀어 자신의 스위스제 손목시계를 보여주었다. 태산은 머뭇머뭇 대답하지 못했다. 한참 만에 태산이 둘러대며 말을 했다.

– 귀한 시곌 어찌 손목에 두르고 다니니? 고저 장롱 속에 곱게 모셔두었지~

– 공화국에서는 그저 비밀정보를 은밀히 습득한 사람이 승리할 수 있단 말이오. 상철이만 아니면 그저 태산이 동무는 날개 부러진 새나 매한가지란 말입니다.

– 아니 세대줄 그냥 너무 몰아세우지 마오. 나도 앞길 창창한 사람이라니까 두루~

홍용희는 호텔 복도에서 찍힌 사진 앞에서 우쭐 놀라는 태산의 모습에 어깨를 으쓱 들어 올리면서 운전석에 앉았다. 자동차의 후시창백미러을 통해 태산이 힘없이 손을 흔드는 모습을 보고서야 자동차의 눈을 환히 밝혔다. 그녀의 자동차가 완만히 원을 그으며 차마당 모퉁이를 빼돌아져 나올 때까지 태산은 근심 어린 표정으로 꼼짝 않고 서 있었다.

제28장 인류무상(人類無常)

1

명호는 하루하루 불안한 마음에서 헤어 나오지 못하고 있었다. 메뚜기 장터에서 만룡이의 어머니를 만나 이상한 말을 들은 까닭도 있었다. 하지만 기업소 선전원에 10호 담당 선전원 임무까지 눈코 뜰 새 없이 충성을 해대는 정숙 동무가 연일 코피를 쏟고 있었기 때문이다. 밤새 끙 끙 앓다가 비몽사몽 잠에서 깨자마자 기업소에 나가 소릴 지르고 노랠 부르고 몸을 흔들어대는 통에 목소리까지 잠겨버렸다.

이러다가 정말 경을 치는 일을 당하는 것이 아닌가 생각할 때에 명호는 일부러 귀를 막아 듣지 않으려고 애를 썼던 만룡이 어머니의 말이 귓전에 맴을 돌았던 것이다. 만룡이를 만나러 처음 방문했을 때 들었던 부부 리별수라는 말은 사실 명호의 뇌리에서 하루도 떠나지를 않고 있었다. 게다가 팔순을 바라보는 어머니와의 리별수까지 만룡 어머니에게 듣고서부터 어느 하루 마음이 편할 날이 없었다.

– 정숙 동무, 너무 힘들면 오늘 하루 궐도결석를 내는 게~

– 그딴 소리 꺼내지 마시오. 짬 시간잠깐도 아까울 판에~

정숙의 열정은 집에서도 남달랐다.

– 아니 제 몸도 성치 못해서 밤새 끙끙 앓아대고 잠결에 헛소릴 해대지 않나~ 고집부리지 말고 정숙 동무 그저 제발 하루만이라도~

– 일없소. 내 몸뚱이가 부서진대도 공화국에서 열혈 충성 분자로 살아남을 것이오.

명호의 간절한 요청에도 거들떠보지 않았다.

– 여러 번 말 했잖나, 목에 아무리 빛나는 메달을 걸고 훈장을 받아

내도 우리 속까지 붉어질 수 없는 거라고~

정숙을 생각하면 명호의 가슴이 안타까움으로 타들었다.

– 그러니 죽을 둥 살 둥 기를 써대야 하는 거지요. 내 걱정일랑 말고 명호 동무 몸이나 잘 보전 하오.

명호는 고집을 피우며 흔들삐쭉 골목으로 멀어지는 정숙의 안타까운 모습을 대문 앞에서 오래오래 서서 바라보았다. 명호는 무슨 수를 내서라도 아들애 참이의 공민증에 새겨질 요시찰 대상자 숫자 조합을 막아 내리란 말을 정숙에게 하지 못했다. 명호의 머릿속에 태산이란 존재가 먼저 떠올랐기 때문이다. 태산의 이름에 더욱 민감하게 반응하는 정숙 동무의 심정을 헤아리고 있었기 때문이다.

– 꼭두새벽에 어머니 더 주무시지 않구~

– 누워 있다고 잠이 오나~ 그저 요글막에는 무슨 영문인지 네 아바지도 통 보이지 않는다니까~

명호는 파리한 어머니의 얼굴을 빤히 바라보았다.

– 공동묘지에 누워 있는 아버지가 무슨 수로 어머닐 만나러 오겠어요?

– 내 묘지에 올라가 볼 수도 없구~ 그저 남쪽 네 큰오마니네 무슨 일이 있대나?

어머니 입에서 남쪽에 관한 얘기가 튀어나오는 것도 명호는 이제 반갑지 않았다.

– 걸그걸 무슨 수로 알겠어요. 남쪽 형님 목소리 듣고 싶지 않습네다. 어찌나 괄시를 하는지 원~

– 아니 괄시라니 무슨 소리이니?

명호는 자신을 빤히 올려다보는 어머니의 시선이 부담스러웠다. 어

머니의 시선을 피하면서,

– 아닙니다. 그저 우리보다 잘 산다고 우쭐대니 하는 소리지요 머~

– 잘 사니 우쭐댈 만하지 않나, 남쪽 도움받지 않았음 너 몸도 성치 않았을 거다. 아쉬울 땐 그저 남쪽 형님이지~

아픈 데를 콕 꼬집는 어머니의 말에,

– 일없습니다, 어머니. 오죽하면 남쪽 력사책 낱장 뜯어 태웠겠어요? 사내라는 게 기깟 목숨 떨어질까 무서워 책 가지고 불장난을 하겠어요?

– 언~ 그래도 피를 나눈 형제 아이니? 덜컥 통일이라두 되는 날엔 그저 남쪽 형님 붙들어야 송팔 사탕 하나라도 얻어먹지 않겠나 무렴아무렴~

어머니가 입을 오물오물 비쭉거렸다.

– 쳇, 통일은 얼어 죽을 통일이에요. 빽 하면 처형질에 선동질에 그저 대대손손 말뚝 박고 인민들 주리 틀어잡을 셈인데요.

명호는 일부러 누가 들으라는 냥 목소리를 세워 말했다.

– 언~ 누가 들으면 어쩌려고 그런 숭한 얘길 하는~

– 깟거 뭐 죽는대도 겁날 거 없습니다.

혀를 쯧쯧 차면서 궁시렁 궁시렁 소리를 흘리며 어머니는 퇴마루에 앉았다. 명호는 공연히 어머니 앞에서 푸념을 늘어놓는 자신이 서글퍼졌다. 팔순을 바라보고 있는 어머니의 연치나이를 생각하면 입에 좋은 말을 매달아도 아쉬울 판이었다. 그런데 자꾸 명호는 뭐에 불만이 있는지 자신도 모르게 어깃장을 놓고 있었다.

– 네 아바지도 참 무정하다. 남쪽 큰오마니 치마폭에 그저 푹 빠졌나 보아~

어느새 퇴마루에서 일어나 장독대 너머 담벼락에서 먼산바라기를 하는 명호의 등 뒤에 대고 어머니가 심심파적으로 말을 늘어놓았다.

– 어머니도 차암, 죽어 넋이나마 편히 살아야지요. 이제 그만 놓아 드리시라요.

– 하기는 뭐가 그리웁다 여겔 다시 오겠나. 그저 얼마나 한이 맺힘 한날 한시 략속이나 한 듯 그래 이승 떠났을까만~ 어미 이제 죽어도 여한 없다. 그저 어민 죽으면 저 마전동 공동묘지 아바지 옆에 묻히면 여한 없는 게여.

– 만년장수만수무강 하시라요. 참이 봄이 혼인하는 거도 보아야지요. 나도 빨리 두벌자식손자 품에 안아보고 싶습니다.

– 하하~ 지나가는 개가 하품을 하겠구나. 나나이 아직 중늙은이도 못된 사람 입에서 나오는 소리라니? 말이 나온 김에 하겠다만 참이 저거 지 아버지 핏줄 찾아 줘야 하지 않니? 핏줄은 못 속인다는 데 태산인 그저 밤낮 반동 사냥질하느라 정신없다지~

어머니 입에서 태산이 동무 말이 흘러나오자 명호는 인상을 찌푸렸다.

– 어머니, 태산이 동무 이름자도 꺼내지 말라고 몇번이나 당부를 했소? 참이도 뭐 이케 살아온 마당인데 내 자식 아니냔 말입네다.

– 지 운명을 생각하면 마냥 떳떳할 게 없지 않니? 여기보다는 힘 있는데 둥지를 틀어야 뭐가 되도 되지 않겠느냐 말이라~

아침부터 어머니와 말의 실랑이질을 하는 것이 싫어 아침밥도 거르고 자전거 페달을 밟았다. 어머니의 말이 전혀 그릇된 것도 아닌데 공연히 화를 돋워 마음을 상하게 했던 것이 못내 마음에 걸렸다. 참이를 생각하면 가슴 한쪽부터 아려오는 것은 뼈를 물려준 부모가 아니라도 어렸을 적부터 함께 험한 생활을 견뎌내며 살아왔기 때문일 것이다.

정숙 동무를 연분하지 않았다면 아들애 참이의 내일날이 지금처럼 어둡지는 않았을 터이다. 타고난 팔자는 죽는 날까지 떼어놓지 못한다는 말마따나 이제와서 무엇을 돌이킬 수 있다는 말인가. 명호의 운명은 여전히 공화국에서 계속되고, 그 운명이 계속되고 있는 한 공화국에서의 참이의 삶이 고난의 길이 되지 않을까 두려운 일이었다. 명호는 정신없이 페달을 밟아 다른 때보다 일찍 학교에 도착했다.

학교에서도 상학수업시간에 다른 날과 달리 집중이 되지 않았다. 게다가 낮전오전 상학시간을 마치고 복도에서 양대국 과학 선생과 대거리를 하고 말았다. 양대국 선생은 일찍부터 명호에게 반감을 지닌 사람이었다. 명호의 말에 살갑게 대하지 않고 그저 닭이 텃세하듯 말로 어깃장을 놓기 때문이었다.

– 양 선생 아이들이 어째 자리를 많이 비웠던데요.

– 력사 선생이 언제부터 내 아이들한테 관심을 가졌소?

과학 선생의 말에는 언제나 찬바람이 실려 있었다.

– 무슨 섭섭한 말씀을 하시나 그래. 동실이도 만룡이도 강철이도 그냥 보이지 않아 내 염려돼서 물어보는 소리라오.

– 강철이한테 애초 병을 준 게 상철이 아버지라면서요? 아니 병을 주었으면 약도 밀어 넣어 줘야 하지 않나 이런~

과학 선생의 입에서 뜻밖에 상철이 이름이 튀어나왔다.

– 어찌 나한테 화풀이를 하고 그러시나~

– 력사 선생한테 고저 화풀이 안 하게 생겼나 보오. 만룡이 가슴에 상처를 입힌 게 력사 선생 아니냔 말이오.

이제 숫제 시비를 걸어오는 모양새였다. 명호는 제자리에서 펄쩍 뛰었다.

– 아니 어다 대고~ 어찌 내가 만룡이 한테 상처를 줬단 말이오? 아니 살다 살다 내~

– 미제 놈들 단칼에 무찌르자며 자원입대 들쑤신 사람이 력사 선생 아닙네까? 만룡이래 자원입대 수표서명하고 그 길로 김정은 최고 존엄 앞에 혁명 보위의 총대를 틀어잡겠다고 하지 않았나 글쎄~

김정은 최고 존엄이란 말에 명호는 한걸음 뒤로 물러났다.

– 아니 게 뭐가 잘 못 되었다는 말이오?

– 초모징집 체력검살 두 번이나 받았답니다. 아니 그저 묻겠습네다, 력사 선생님. 만룡이 출신성분이야 모른다손 치더라도 만룡이 키대체격야 날마다 두 눈으로 새겨보듯 보고 다니지 않았소? 아니 도 병원에 두 번이나 갔음 만룡이 작은 가슴에 얼마나 상처를 받았겠나 이런 말이지요. 만룡이 결석한 게 다~

명호는 얼른 과학 선생의 말을 무찔렀다.

– 아니 과학 선생, 이 보오~

– 만룡이는 어린 게 뭐 점쟁이가 되었다나 어쨌다나~ 강철이 아버지래 요 장마당에서 중고 가전제품 매대를 하고 있는데 강철이 걱정되면 몸소 한번 들러보시지요. 흐응~

– 아니 만룡이가 머이 어드래요?

명호는 사정없이 자신의 가슴을 쥐어 짜놓고 달아나듯 멀어지는 과학 선생을 멍하니 바라보고 있었다. 세상에 어처구니없는 일이라는 것이 이런 것을 두고 이르는 모양이라고 생각했다. 과녁을 겨냥해 당긴 시위가 난데없이 자신의 심장을 향해 날아드는 화살로 바뀌어 있었다.

만룡이가 점쟁이가 되었다는 말에 명호는 머리를 한 대 쇠망치로 얻어터진 느낌이었다. 그리고 강철이 아버지가 장마당에서 중고 가전제품 매대를 하고 있다는 뜻밖의 사실에도 명호는 깜짝 놀라고 있었다. 학생들을 배워주는 교원이라면 담임의 여부를 떠나 학교에 나오지 않는 학생들에 대하여 관심을 갖는 것은 당연한 일일 것이다.

명호는 자전거를 타고 학교에서 나와 장마당의 중고 가전제품 매대에 들러보았다. 강철이 아버지가 중고 가전제품 매대를 한다는 얘기는 매우 뜻밖이었다.

– 강철이 아버지 되십네까?

– 누굴 찾아왔소?

나이 지긋한 사내가 시큰둥한 표정으로 물었다.

– 난 저기 고등중학 교원인데 내 학생 아버지가 여게서 중고 가전제품 매대를 한다 하더만요.

– 그럼 앞 번에 여기서 장사를 했던 김복수 동물 얘기하나 보오. 난 여기 관리소에 세를 내고 장사한 지 며칠밖에 되지 않았다오.

사내는 궁색한 모습으로 가전 매대의 먼지를 털어내고 있었다.

– 그럼 강철이 아버지는~

명호는 공허한 마음에 하늘을 쳐다보았다.

– 기야 어쩌다 얼굴은 비치더만요. 여기서 장살 하다 허가증이 취소되었으니 딱하게 생겼지요. 나도 언제까지 여기에서 장사 할 수 있을지는 모른다오. 내야 관리소에 일당 장세 내고 하는 처지인지라~

명호는 묵묵히 장마당을 빠져나왔다. 장마당에서 장사하는 주민들은 형편이 나을지 알았는데 허가증이 취소되었다니 공화국에서 인민들의 처지란 어디서나 마음 편히 살아갈 수 없다는 사실에 명호의 가슴은 답답할 뿐이었다.

급히 자전거 페달을 밟아 집으로 돌아오니 봄이가 퇴마루에 엎드려

공부를 하고 있었다. 자전거를 담벼락 옆에 눕히기도 전에 봄이가 말했다.

– 아버지 이제 오세요?

– 어 봄이 그저 문화어표준말 쓰니 듣기 좋구나.

언어의 습관처럼 고치기 어렵다는 것을 명호는 늘 느끼고 있었다.

– 동무들이 죄 아랫동네 드라말 따라 하더란 말입니다.

– 기야 듣기 좋으니 그만이지~ 뭐 남조선 이마내흉내를 내든 뭐를 내든 말투까지 공화국에서 틀어잡을 수가 있나~

명호 역시 남쪽의 언어가 상냥한 게 듣기에도 좋았다.

– 아버지도 문화어 쓰세요. 어머니한테 마냥 야단 들으면서~

– 응 그래. 아바지는 입에 그냥 달라붙어서 맘은 그렇다만 그저 입도 간지럽고~ 참이는 아직 학교에서 안 돌아왔냐?

명호는 집안을 한번 휭 휘둘러보았다.

– 아버지, 오빠는 오자마자 가방 저기 저렇게 내팽개치고 동실 동무네 갔어요. 무슨 일이 있는 모양이예요.

– 저런, 가방이 저게 뒹굴고 있구나. 근데 일은 무슨 일이 있을라고?

공연히 요즘 애들의 일이 눈에 밟혔다.

– 아니 뒤따라 가봤더니 동실 동무 집 앞 공터 있잖아요.

– 네들 머리 박고 춤춘다는 데 말이니?

– 예, 아버지. 거기서 그냥 마구 대거리를 하더라고요.

봄이의 입에서 서슴없이 심한 말이 튀어나왔다. 명호는 아비로서 봄이가 녀자답지 못하고 투박한 게 늘 마음에 걸렸다.

– 아니 뭐 대거리를 하더라구? 이놈들이 그저 동무들끼리 마냥 사이

좋게 지내라고 입이 닳도록 얘길 해도 그냥~

– 아버지 근데 만룡이란 참이 오빠 동무 있잖아요?

– 봄이 네가 만룡일 어드렇게 아니?

딸애가 만룡이를 알고 있다는 사실에도 명호는 놀랐다.

– 참이 오빠랑 극장에도 가구 집결소에서 함께 춤도 춰서 알고 있지요.

– 음~ 만룡이 이놈이 점쟁이가 되었다지 아마~

명호는 혼잣말처럼 푸념을 늘어놓았다.

– 점쟁이가 되었다구요? 키 작은 그 오빠도 지금 동실 동무네 있을 거예요.

– 아니 만룡이가 동실 네에? 무슨 일이기에 만룡이가 동실 네에 왔다니~ 그래 동실 오마니는 좀 어드러 하든?

덕순 동무를 생각하니 명호의 마음이 금세 울적해졌다.

– 모르겠어요. 방에 드러누워 계시는 모양이예요.

– 참 큰일이로구나. 그저 몸이라도 강건해야 할 텐데~ 에이 참~

명호는 방에 들어가 어머니를 뵙고 동실 네로 향했다. 어머니의 모습도 이제 하루가 다르게 수척해지고 있었다. 밤에 잠을 자야 아버지를 만나볼 수 있다며 아버지 돌아가신 이후 부쩍 잠이 많아지신 어머니, 이제 꿈에서도 모습을 보이지 않는다며 투정을 하시던 어머니의 모습을 보면 명호의 가슴속이 아려올 뿐이었다.

명호는 공연히 마음이 급한 나머지 달음질치듯 하여 동실네 공터에 도착했다. 공터에 모여 있던 동실 등이 먼저 명호가 오는 것을 알아보았다.

– 저기 력사 생코선생 온다.

– 네들 여게서 뭐를 하고 있나?

명호의 갑작스런 방문에 동실 등은 놀라며 엉거주춤 고개들을 숙였다. 동실은 예전보다 많이 수척해져 있었고 만룡이 역시 몸이 비쩍 말라 있었다. 명호는 무엇보다 강철이를 만나게 되어 몹시 반갑다는 생각이 들었다.

– 선생님, 강철입네다.

– 어 그래, 강철이가 어찌 동실 네 왔나? 그래 강철이 고생 많았지?

강철이를 보게 되니 자식 본 듯 반가웠다.

– 견딜만 했습네다.

– 견딜만 하기는~ 어제날과거에 이 생코선생도 노동 단련대에 붙들려 피똥 싸도록 노동을 했다. 거게 갔다 오면 그저 누구나 몸져눕기 일쑤라지 아마~

명호는 제자들을 하나씩 끌어 안아주었다. 애들을 하나씩 안아주는데 공연히 명치 아래서 불쑥 뜨거운 기운이 올라오더니 눈물이 핑 돌았다.

– 마, 만룡이 넌 키대가 어, 어찌 그대로이니?

명호의 입술 끝에 대롱대롱 매달린 말은 겨우 흐느낌이 되어 밖으로 나왔다. 이제 어머니 죽으면 고아나 다름없을 동실의 처지, 쪼그만 몸으로 영원히 공화국의 감시를 받으며 살아가야 하는 점쟁이 만룡이, 부모마저 일터를 빼앗기고 단련소까지 끌려갔다 나와 방황하는 강철이, 무엇보다 평소 만룡이나 동실 등과 어울리지 않던 강철이가 몸소 동실네 집까지 찾아와 어울리고 있다는 사실에 명호는 놀라고 있었다. 명호의 말에 만룡이 시무룩이 볼웃음을 지었다.

– 동실아, 오마니 몸은 좀 어떻나?

– 방에 누워 계십네다.

동실은 언제 보나 철이 없는 애들이었다.

– 어 그래, 오마니 한번 봐야 하니 같이 들어가자.

– 예 선생님.

명호는 동실을 앞세워 덕순의 방에 들어갔다. 명호가 갑자기 들이닥치자 덕순이 깜짝 놀라며 거북한 몸을 일으켜 세웠다.

– 아니 난데없이 력사 선생님이래~

– 여게 그냥 누워 계시라요. 몸은 좀 어드런가요?

흉한 꼴로 누워있는 덕순 동무를 보니 속에서 한숨이 나왔다.

– 몸이 파괴되니 머~ 간복수만 아니면 고저 견뎌 보겠는데~

– 진료소에는 언제 다녀왔습니까?

명호는 덕순 동무의 몸을 만져주고 싶어도 차마 만질 수가 없었다.

– 어방대중어림짐작 헤아려 보니 사나흘 지난 거 같기도 하구~

동실이가 심드렁한 표정으로 한숨을 흘리면서 밖으로 나갔다. 명호는 덕순의 아랫배를 보니 기백이 동무의 모습을 보는 듯이 안타까움이 더했다.

– 부이붓는 증세가 가라앉아야 할 텐데~ 아니 닮을 데가 없어 동실 오마닌 기백이 동물 닮아대나 원~

명호는 혼자 사는 아낙인 덕순의 방에 오래 머물 수가 없었다. 덕순이 오히려 부담이 갈지도 모른다고 생각하며 자리에서 일어설 생각이었다.

– 정숙이 동문 그저 200일 전투에 10호 담당 선전원 하느라 바쁘지요?

– 하루가 멀다 하고 몸살이 까이빠지다는데 아니 그냥 상세초상 나지 않음 다행이지요. 동실 오마니, 그저 강건해야 할 텐데~

명호는 덕순 동무를 한번 뚫어지게 응시했다. 몰골이 말이 아니었다.

– 리 선생님, 렴치 없다만 내 죽으면 울 동실이 잘 챙겨 주시오.

– 아니 동실 오마니, 여게서 넘어져도 열 번을 박차고 일어서야 할 판에 무슨 뚱딴지같은 소리예요?

이런 말이 아무 소용이 없다는 것을 알면서도 튀어나온 말이었다.

– 아네요. 내래 배울 만큼 배운 녀자인데 내 병이 덧굳히는 것쯤 모를 턱이 없지요. 그저 마전동 공동묘지 기백이 동무 옆에 눕고 싶다오.

– 못난 기백이 동무 뭐가 좋아 곁에 눕고 싶다 하는가요. 기깟 세대주 꼭지자리지위 하나 지켜대지 못하고 도망치듯 떠난 동무 말이야~ 당최 기딴 생각 마시라요. 오래오래 버티고 살아 내셔야지요. 동실이 허우대 저래 멀쩡한데 무슨 못난 뚱딴지같은~

명호는 울먹이며 끄응 다리에 힘을 주고 일어섰다. 그러나 이상하게 다리에 힘이 풀려 바들바들 떨리고 있었다. 명치끝에 눈물의 그림자가 드리워지는 바람에 어금니를 앙다물었다. 덕순 동무 앞에서 사내가 눈물을 흘리는 것이 남세스럽다는 생각이 들었지만 그보다 덕순 동무의 마음을 허탈하게 하고 싶지 않았기 때문이다.

– 리 선생님, 그저 내 말 좀 들어나 보오.

– 아니 무슨 더 하실 말씀이란 게~

명호는 떼던 걸음을 우뚝 멈추고 등을 돌려 덕순을 바라보았다. 덕순의 눈가에 눈물이 그렁그렁 맺혀 있었다. 실은 덕순의 눈가에 맺힌 물기를 보았기에 자리에서 일어섰던 것인데 떼치고 달아나듯 하는 게 마음이 아팠다.

– 게 좀 앉아요. 봄이 아바지~

– 아니 봄일 어찌 찾나, 덕순 동무 오늘 뭐 좀 곡기라도~ 뭐 끼니감끼닛거리은 어찌 하고 있나 원~ 아니 몸져누운 사람이야 입 건사를 해

야 하지 않나~

덕순 동무가 명호의 바짓가랑이를 잡아당겼다.

– 봄이 아바지, 기깟 때식끼니이야 그럭저럭 때여 가면 되는 거예요. 동실이 아바지 묘비를 누가 철폐했는지 알아요?

– 뭐예요? 난데없이~ 아니 기백이 동무 묘비를 누가 철폐를 했단 말이오?

명호는 바짓가랑이를 잡힌 채로 고개를 갸웃거렸다.

– 태산이 동무가 고만 강도짓을 한 거예요. 강도짓을~

– 태산이 놈이 죽은 동무 무덤 앞에 묘비를 어찌~

명호는 그 자리에 철퍼덕 주저앉았다. 기백이 동무 묘비를 어찌 태산이 동무가 철폐를 했다는 말인지 도대체 이해가 되지 않았다. 덕순이 눈물을 뚝 뚝 흘리면서 서러운 심정을 담아 저간에 일어난 일들을 말해주었다.

– 언 내 살다 살다~ 내 옛적 기백이 동무한테 태산이 놈이야 그저 희지만 곰팡 슨 놈이라고 했지 않았는가~

– 하니 봄이 아바지, 그저 정숙 동무 힘껏 붙들어 달란 말이지요. 내 품에 있을 적 내 안해아내라는 말 하나도 그른 데가 없더라니~ 녀자는 그저 요물이에요. 조선공화국에 돈 때 오르지 않는 녀자 하나도 없단 말이지요.

덕순 동무의 말이 틀린 말은 아니지만 명호는 퉁명스럽게 대꾸했다.

– 덕순 동무, 난데없이 무슨 말을 하려는지 모르겠지만 정숙 동문 그저 떼어 놓자도 떼지지 않은 녀자란 말입네다. 아니 교원 살림살이 팍팍한 것두 서러운데 어찌 안해아내 건사까지 걱정해야 한다는 말인가~

– 기백이 동무 묘비를 철폐한 동무래 호시탐탐 정숙 동무 노려보고 있잖은가 말이요. 내 봄이 아바지만 보면 답답해서 이런단 말이오. 내 죽으면 누가 이런 말을 해주겠나요?

덕순 동무가 상체를 일으키려다 벌렁 뒤로 누웠다.

– 에구 거 거북한 몸뚱이 움직이지 좀 마오. 덕순이 동무, 나는 태산이 동무 이름자 듣기 싫습네다. 내 처지가 아무리 궁해도 쥐돌곰팡 냄새 나는 태산이 동무 생각하기 싫단 말이지요. 동실 오마니, 나는 가겠습니다. 아니 공연히 돌아가는 사람 붙들어 쥐돌 냄새를 풍기는~

명호는 괜히 화가 돋아 자리를 털고 일어섰다. 태산의 이름자만 들어도 경을 치는 정숙을 생각하면 마음이 편치 않았다. 덕순을 바라보는 명호의 마음도 편할 리가 없었다. 기백이 동무의 죽음이 어떻게 닥쳐왔고 어떻게 끝나게 되었는지 명호는 또렷이 기억하고 있었다. 당장 상세가 난다 해도 이상할 것이 없는 덕순의 모습에서 명호는 기백에 대한 기억을 떠올리고 있었다.

동실의 집 앞 공터에는 여전히 참이와 동실, 만룡, 강철 등이 둘러앉아 뜻밖에 진지한 모습으로 얘기들을 나누고 있었다. 명호는 아이들의 이런 모습을 처음 보았던 것 같았다. 땅바닥에 머리를 처박고 춤을 추거나 들리지도 않을 말을 흥얼거리며 노래를 하던 기억밖에 떠오르지 않았던 것이다.

– 네들 여태 무슨 얘기들을 그리하고 있나? 아랫동네남한 아이돌 춤을 공모하는 거도 아닐테고~

명호의 말에도 아이들은 얘기에 빠져들었는지 대꾸하지 않았다. 명호가 한 발짝 더 그쪽으로 다가가자 그때서야 기척을 느꼈는 모양이었다.

– 력사 생코선생 이쪽으로 다가 오신다~

– 언 녀석들 아니 무슨 꿍꿍이길래~ 어비 어비 저 창새끼사회안전원 온다 그저~

부러 장난기를 부려보는 명호의 마음이 애달팠다.

– 에이 선생님, 놀랬잖소. 거 랭수냉수 끼얹지 마시라요.

하고 만룡이 자리에서 일어나 휘둘러보며 투정을 부렸다.

– 아니 네들 지금 무슨 공모를 하는 거이니? 선생님이 이래 다가와도 그저 코를 박고 뭐를 하는?

– 아네요, 아네요.

애들이 아무것도 아니라는 듯 마구 도리질을 했다.

– 아니 네들 정말~ 에이 그래 참아 일찍 들어오너라.

– 예 아버지.

명호는 자신을 경계하는 아이들의 모습에 그만 간섭하지 않고 집을 향해 걸음을 돌렸다. 집에 돌아오니 봄이는 거울을 들여다보고 있었다. 그러더니 갑자기 심통을 부리는 듯이 거울을 내던지고 짜증을 부리는 것이었다.

– 아니 봄이야, 게 무슨 짓이니?

봄이는 여전히 불만이 가득한 듯 인상을 찌푸리고 있었다. 공책과 연필이 퇴마루 끝에 어지럽게 널려 있었다.

– 배 깔고 착실히 엎디어 공부하던 애가 난데없이~

명호는 공연히 가슴 한쪽에 허허로운 느낌이 들었다. 봄이의 생뚱맞은 행동을 명호는 이해할 턱이 없었다. 명호는 쓸쓸한 표정으로 담벼락에 기대어 마전동 공동묘지 쪽을 바라보았다. 갑자기 아버지며 기백이 동무가 그립다는 생각이 들었다. 기백이 동무를 생각하니 절로 입술 끝이 잔즐대며 주절거리기 시작했다.

에이 곰팡 슨 자식, 하고 명호의 입에서 절로 속말이 터져 나왔다. 오죽 답답했음 나그네남편 동무 찾아가 하소연을 했을라구. 기백이 동무 살았을 적 관곌 생각한다면 그렇게 내팽개치듯 해선 아니 될 일이잖나. 동무에 묘비를 철폐하다니 그저 막돼먹은 자식 아니랄까 봐 흐응, 갑자기 태산에 대한 분노가 치솟아 올랐다.

답답하고 꽉 막힌 마음에 고개를 들어 하늘을 쳐다보니 하늘이 제법 높고 푸르렀다. 뭉글뭉글 꽃구름이 잇달아 피어나는 것이 가을이 바싹 다가선 느낌이었다. 누렇고 붉은 고추잠자리 떼가 마구 날아들 때가 되었다. 흉년이 심할 때는 도시에서조차 매미채를 휘두르면서 잠자리를 잡겠다는 아이들이 극성을 부렸다. 잠자리를 볶아 먹는다는 말이야 귓결에 넘겨들어도 좋을 말이지만 무엇이든 손에 쥐어야만 불안함이 줄어들던 날들이었다.

정숙이 이날따라 일찍 들어왔다.

– 아니 말 타고 꽃구경을 했나? 어찌 이렇게 이른 시간에~

– 몸이 파김치처럼 처지네요.

정말 파김치처럼 정숙의 몸이 축 늘어졌다.

– 물 건너가는 호랑이도 제 몸을 아낀다는데~ 거 5호니 10호니 염려 붙들고 좀 들어가 누우라.

– 누울 시간이 어데 있나요. 애들은 아직~

아낙네란 일터에서 돌아오면 그저 자식 걱정이란 말을 명호는 되새기고 있었다.

– 아니 봄이 그저 각시놀음을 하는 것도 아닐 텐데 거울을 집어 던지구, 못된 에미나 같으니~

– 봄이 아버지 그저 말본새 조심하오. 애들 듣는데 에미나 에미나~

명호는 정숙의 말에 퉁명스럽게 대꾸했다.

– 깟 거 들으라면 들으라지~ 아니 애들조차 세대주를 어찌 우습게 보구 내 참~

정숙이 누가 들을세라 입을 쉬쉬하며 명호의 옷자락을 잡아끌었다. 명호는 정숙의 힘에 이끌려 걸음을 떼면서도 뭔가 은밀한 비밀의 구석을 엿보는 느낌에 얼굴이 붉어졌다.

– 려보, 봄이 아버지~

– 무슨 은밀한 얘기라두~

정숙 동무의 말투가 은밀한 비밀 얘기를 할 때의 호칭이었기 때문이다.

– 봄이한테 서겁다 여기지 마시라요. 봄이 그저 녀자구실하느라 심술부리는 겁니다.

– 녀자 구실이라니?

명호는 정숙 동무의 말을 알아듣지 못했다.

– 사람이 살아가면서 응당 치러야 하는 게 어디 한 둘이나요?

– 아니 봄이는 어릴 적 소역홍역 잘 치러 냈잖아~

명호는 아직도 정숙의 말을 알아차리지 못하고 있었다.

– 봄이 아버지 참 촉기눈치 없구만요. 봄이 그저 어린아이 아니란 말입니다. 아이 참 내~

– 아니 다 큰 처녀이니 내 이래 역성을 내는 게 아닌가~ 다 큰 처녀가 아버지가 뭐라 하면 대꾸라도 해야 하지 않는~

명호는 자신을 가볍게 대하는 딸애의 태도가 못마땅해서 여전히 푸념을 늘어놓고 있었다.

– 봄이 그저 달거리월경 시작하느라 그런다 말입네다. 녀자가 달거리 뚫릴 땐 매사에 그저 짜증이 돋는다니까는~

정숙의 말에 명호는 꼭뒤를 한 대 얻어터진 느낌이었다. 딸애의 처지를 헤아리지 못하고 야단부터 쳤다는 생각에 낯바닥이 화끈거렸다.

– 어이쿠 내 그저 명색만 세대주이구나야.

– 그야 앉아서 장원이라는 말도 있잖소. 애들 배워주는 교원이란 사람이~

명호의 낯바닥이 화끈거렸다. 명호는 얼른 화제를 다른 데로 돌렸다.

– 임자까지 너무 놀리지 마오. 거 동실이네 다녀왔는데 에이 참 낯바닥이 부끄러워서 내 뭐라 말을 해야 할지~

– 아니 덕순 동무한테 무슨 일이 있습네까?

명호는 이번에야말로 태산이 동무의 체면을 넙죽 뭉개버릴 생각이었다.

– 거 한 번 들여다보라.

– 동실 아버지 증세하고 똑같지요?

명호는 분위기를 살살 감정의 꼭대기로 몰아붙였다.

– 거야 뭐 아니라면 간지럽지~ 한데 말이야 에이 이걸 꼭 내 입으로 말을 해야 하나 말아야 하나 원~

– 뭔데 성질 급한 사람 속 터지게 뜸을 들이나요?

정숙 동무의 관심이 고조되는 순간을 기다려 명호가 대답했다.

– 정숙 동무 글쎄 들어 보라. 기백이 동무 묘비를 도둑맞았다는데~

– 아니 언 미친놈이 남에 묘비를 훔쳐 간단 말이에요?

정숙 동무의 입에서 야무진 욕설이 흘러나올 때 명호는 순간 짜릿한 복수의 감정에 빠져들었다.

– 그러니 내가 간지럽다지 않나.

– 그 훔친범절도범을 잡기는 했답니까? 살다 살다 묘비 도둑맞았다는 말은 처음이에요.

— 내 입술이 간지러워 더는 말하기 싫다. 정숙 동무가 직접 묘비 훔친범 얘기도 들어 볼 겸 동실 네 다녀오라.

명호는 정숙 동무 앞에서 차마 태산의 이름을 꺼낼 수가 없었다. 더군다나 묘비 도둑 얘기를 듣자마자 미친놈 소리를 내뱉으며 과민한 반응을 보인 정숙의 태도에 맞장구를 치고 싶지 않았다. 하지만 정숙의 과민한 반응을 보고 명호는 답답한 가슴이 순간 뻥 뚫리는 느낌을 받았다. 태산의 막돼먹은 행동은 그 누구한테도 비난을 받아 마땅한 짓임을 알기에 명호가 느끼는 비난에 대한 쾌감은 상당했던 것이다.

정숙이 동실 네 집에서 참이와 함께 돌아온 때는 늦은 시간이었다. 명호는 희미하게 흔들리는 불알백열전등 밑에서 책을 들여다보다가 인기척을 느끼고 책을 덮었다. 정숙이 방문을 열고 들어섰을 때 명호는 그녀를 쳐다보지 않고 잠을 자는 시늉을 했다. 묘비 훔친범 얘기를 듣고 참이와 함께 들어오는 정숙의 모습을 차마 쳐다볼 용기가 서지 않았기 때문이었다. 정숙이 스적스적 잠옷으로 갈아입고 위생 향수를 쳤다. 불알을 낚아채어 소등을 하자 어둠 속에 불알이 어지럽게 그네를 타고 있었다.

정숙이 몸을 오그리며 조용히 이부자리를 들추는 소리가 들렸을 때 명호는 일부러 코를 곯았다. 정숙의 입에서 태산이란 이름이 튀어나올까 명호는 내심 조마조마하고 있었다. 그날 밤 잠자리에서 정숙은 명호에게 한마디의 말도 하지 않았다.

명호는 밤새 잠을 이루지 못하고 뒤척이고 말았다. 박수무당이 되었다는 만룡이는 정숙 동무를 보고 무슨 말을 꺼냈을까. 메뚜기 장터에서 만룡이 어머니한테 들었던 낯선 말들이 하나씩 제 모습을 찾아들듯 머릿속에서 생각히우고 있었다.

2

복수는 일찍부터 비장의 무기를 가슴에 품고 기회를 보고 있었다. 목숨 걸고 버텨보겠다는 결의는 마음뿐이었지 아무런 소득이 없었다. 학습 강연 불참이란 꼬리표는 복수에게 결국 반동이란 꼬리표를 안겨주고 말았다. 아들애 강철이가 몸은 상했지만 불행 중에도 살아서 돌아온 사실에 만족하고 있었다.

복수는 마음에 칼을 가는 것으로 성에 차지 않아 정말 실제로 새파랗게 칼을 갈았다. 허가증까지 빼앗기니 죽은 목숨이나 다름이 없었다. 복수는 시간이 흘러갈수록 분을 이기지 못해 더욱 날카롭게 칼을 갈고 있었던 것이다.

– 아버지, 날마다 칼을 갈아 어디에 쓰시려구요?

– 아니야. 그저 이케 해야만 아비가 숨을 쉴 수 있을 것 같애서~

복수는 아들애의 염려스런 표정을 뒤에 두고 숫돌에 칼을 갈고 있었다. 이런 자신의 행동이 무리라는 생각은 하지 않았다. 지렁이도 밟으면 꿈틀댄다는 말이 복수의 마음에 위로가 되었던 것이다.

– 강철 아바지, 공연한 짓 그만하오. 이녁 속만 타지 않습네까?

– 내 속이야 시커멓게 타서 뭉개진 지 오래인데~

복수 씨는 속이 타서 뭉개진 얘기를 서슴없이 뱉어냈다.

– 아이쿠 바위에 그만 대못 박지 마오. 될성부른 싸움을 해야지~

– 아침부터 바위타령이나~ 깟 거 바위도 힘을 합치면 뽑을 수는 있지 않겠나 말이야~

이때, 강철이가 복수의 뒤에서 지켜보다 다시 끼어들었다.

– 아버지, 허가증 받아낼 테니 염려 마오.

– 네가 무슨 수로 취소된 허가증을 받아낸단 말이냐? 택도 없는 소리 하지 말고 그저 네넌 공부나 열심히 하라.

복수 씨의 가슴에는 예전부터 공부하지 못한 한이 담겨 있었다.

– 아버지, 조선공화국에서 우리 같은 사람들은 공부해봐야 소용없어요.

– 강철이 너 걸 말이라고 지껄이나?

한심하다는 듯이 한숨을 내쉬며 독녀가 끼어들었다.

– 어머니, 공부야 그저 까막눈 면하면 되는 거야요. 아무리 공불 잘해도 상철이 동무 밑바닥밖에 되지 못한다니까요.

– 상철이 동무는 상철이 동무 처지가 있고 강철이 넌 강철이 네 처지가 있는 거 아니나? 그저 여게서도 사람 구실하려면 공불 해야 한단 말이야. 강철이 너 알아듣냐?

– 에이 기딴 공부 싫습네다.

강철이는 공부하라는 말이 제일 듣기 싫었다.

– 언 녀석, 아니 네 아빌 보구서두~ 배운 게 없으니 이래 당하고 사는 게 아니나? 그저 배운 게 있어야 힘 있는 놈들한테 당하지 않는다 말이지~

복수는 마음속에 칼을 품고 집에서 나왔다. 마음속에만 품은 것이 아니었다. 가슴의 품속에는 매일 시퍼렇게 갈아진 칼을 품고 있었다. 복수가 집에서 나갈 때 독녀가 염려스런 표정으로 말을 꺼냈다.

– 강철 아버지, 독거미비밀요원한테 함부로 대들면 아니 되는 거는 알지요?

– 내 저놈들 뒷구멍치기암거래 하는 거야 훤히 알고 있지~

복수 씨는 독거미의 비밀을 알고 나서부터 당당해졌다.

– 알면 아는 거이지 뭐 대수 있나요. 그저 속이나 풀고 곱게 들오시라요. 강철이도 돌아왔으니 세 식구 그저 똘똘 뭉쳐 살아 보잔 말입네다.

– 걱정하지 마오.

복수 씨는 속으로 한숨을 흘렸다.

– 략속 하자구요. 그저 기름만 동동 떠다니는 돈수대근탕을 먹고 살망정 괜히 화를 부르지 말잔 말이에요.

– 아니 글쎄 바깥 나가는 나그네더러 미주알 고주알~

독녀는 기운이 빠진 복수 씨의 뒷모습을 아들애 강철과 나란히 서서 하릴없이 바라만 보았다. 독녀는 천만 근의 바윗덩이가 가슴을 짓누르는 듯 답답하기 그지없었다.

복수는 구두끈을 고쳐 매면서 어쩌면 자신의 생이 마지막이 될지도 모른다는 생각을 했다. 집에서 멀어질수록 뒤에 남아 하염없이 바라보고 있을 가족의 모습이 그리워지기 시작했지만 약한 모습을 보이지 않았다. 자꾸만 돌아보고 싶은 마음을 다잡느라 목에 대차게 힘을 주며 걸었다. 골목을 꺾어 돌면서도 가슴 저 밑에선 자꾸 뒤를 돌아다보라 재촉했지만 이를 악물며 뒤돌아보지 않았다.

– 어이 김 씨, 어딜 그래 정신없이 가나~

동네 주민의 물음에도 복수는 대꾸하지 않고 묵묵히 걸었다. 그저 복수의 머릿속에는 장마당의 매대를 빼앗기도록 일을 꾸민 보위부 비밀요원의 생각밖에 없었다. 장마당까지 걸어가면서 복수는 수없이 마음을 가다듬었다. 죽는 한이 있더라도 비밀요원에게 복수를 하고 싶은 복수 씨였던 것이다.

– 복수 동무, 어찌 또 장마당에 나왔나?

– 내래 바보 아닙네다.

– 바보 아닌 사람이 빈 달구지 같은 사상학습에 발목이 걸리나 그래. 내 딱해서 하는 소린데 암맹장 암만 만나봐야 저 발바닥만 아프잖나 거 잘 알면서니~

복수는 아는 동무의 말에 흘긋 쳐다보았다. 장마당 조직의 여자 위원장 따위 만나봐야 꾹돈에 눈이나 어둡지 소득 없다는 것쯤 모를 바가 아니었다.

– 누가 기딴 암맹장을 만난대나? 보오 동무, 장마당 차대철 독거미비밀요원 보지 못했소?

– 때 되면 나타날 텐데 뭐 걱정이나. 메뚜기 장터에 아까 왜리사회안전원 놈들 나타났더만~

주민들 눈에도 암맹장이나 독거미는 눈엣 가시 같은 존재로 보이는 것이었다.

– 안전 사업 안전 사업, 그저 주민 틀어잡는 안전 사업이라지~

– 에이 쯧 쯧~

복수는 아는 동무가 혀를 쯧 쯧 차는 소리를 듣지 못하고 바삐 걸음을 옮기고 있었다. 습관처럼 복수의 발끝이 장마당 가전제품 중고 매대를 향하고 있었다. 매대를 봐야 속만 상한다는 사실을 알면서도 저절로 두 발이 예전 자신의 매대를 향했다.

– 동무, 자꾸 여게 나타나면 내 맘이 불편하단 말이오.

– 내 입 뻥긋하지 않는데 뭐라나?

– 나도 하루 장세 바치며 장사하는 몸이라서 그런다오. 거 정히 서 있을 요량이면 저쪽에 있으오.

복수는 마치 실성한 사람처럼 자신의 매대를 뚫어지게 바라보고 있었다. 아낙네와 같이 나란히 앉아 도란거리며 일을 하던 모습이 손에 잡힐 듯 뇌리에 생생했다. 장마당 손님들이 오락가락하는 모습을 보면 공연히 기분마저 좋았었다.

장사가 잘되지 않았어도 장마당에서 숨을 쉬며 주민들과 더불어 살아가고 있음에 나름 괜찮았던 시절이었다. 이제 정말 꿈속에서 그랬던 것처럼 지난 일이 되고 말아버린 것인가. 생각하는 복수의 목구멍에서 울음의 찌꺼기들이 한꺼번에 솟구쳐 올랐던 것이다. 길을 잃은 새끼짐승처럼 숫제 정신을 놓고 이리저리 헤매다가 메뚜기 장터 꼭대기에서 아는 동무한테 보위부 비밀요원의 행방을 전해 듣게 되었다.

– 복수 동무, 아니 매대를 딴 사람한테 넘겼다 들었는데~

– 뭘, 넘긴 게 아니고 그저 쫓겨났댔지~

이렇게 말하는 복수 씨의 가슴에서 뜨거운 불이 타올랐다.

– 아니 무슨 잘못을 했게 매대에서 쫓겨났다니?

– 잘못은 무슨~ 차대철 독거미 농간에 허가증 빼앗긴 게야. 내 독거미 행방을 찾고 있는 중인데 동무, 놈을 보지 못했소?

복수 씨는 당장 독거미를 잡아 짓이겨버릴 기세로 거침없이 물었다.

– 아니 복수 동무가 독거미 행방을 찾아 뭐를 하나? 동무 그저 잊으라. 동무만 무장 더 뜨건 불구멍에 빠지지 말구시리~

– 아니 관절대관절 살 수가 있나. 내 분통이 터져 독거미 만나 한번은 화풀이를 해대야 살 수 있겠단 말이라~

– 거 괜히 얼뜬 봉변이나 당하지 마오. 정히 동무 맘이 편하겠다 하면 내 귀띔해 주지. 저 장마당 너머 용광로에 가면 있을 게여. 지도원 강석호 놈도 함께 있던 걸~

강석호란 지도원 역시 차대철 비밀요원과 더불어 장마당을 무대로 은근히 힘을 행사하고 다니는 사람이었다.

– 아궁이 말이나? 잊을 만하면 개구리 울 듯 왁작 대는~

– 뱀 앞에 떠는 개구리들이 울어대니 그저 시끄러울밖에~

아는 동무 역시 공화국의 용광로를 비난하고 있었다.

– 고맙소 동무~

– 아니 저 동무래 정말 무슨 일을 저지를 셈인가~ 개구리 주저앉는 뜻은 멀리 뛰자는 뜻이라는데~

복수는 아는 동무의 말이 끝나기도 전에 마음이 급해 자리를 떴다. 장마당 초입 너머에 있는 아궁이는 주민들의 집회장이었다. 정기적으로 주민들을 모아 각종 선동질을 하는 장소를 일컬어 아궁이라 불렀다. 주민들 사이에는 용광로란 말로 흔히 불리고 있었다. 당국에서는 주민들을 모아놓고 각종 선전에 열을 올리는데 그 뜨거운 열기를 비웃는 뜻이 숨어 있는 말이었던 것이다.

위에서 나온 관리자들이 몇 보였고 관리자들 중 뚱뚱한 사내는 금방 쥐를 잡아먹은 뱀의 뱃속처럼 아랫배가 볼록했다. 백마白馬의 불알같이 희고 기름진 얼굴의 선전원이 연단 위에서 열변을 토하고 있었다. 강석호 지도원의 얼굴은 보이지 않았고 연단 곁으로 차대철이 앉아있었다. 차대철은 낮은 의자에 앉아있었고 앞에 앉아있는 일꾼들을 세심히 살펴보고 있는 중이었다. 복수는 어금니를 앙다물며 먼빛으로 독거미를 뚫어지게 노려보았다. 자신의 품속에 날선 칼이 있다는 것이 새삼 든든하다는 생각마저 들었다.

'흐응, 깟 거 오늘 너 죽고 나 죽고 하는 거이야~' 복수는 속으로 수없이 되새기었다. 연단의 연탁판을 내리치며 선전원은 아궁이에 모인 주민들을 마치 죄인 다루듯 질리도록 다그치며 선동질을 하고 있었다.

복수의 시선은 여전히 독거미에 붙박여 있었다. 오늘 여기에서 한 걸음도 물러서지 않으리라 복수는 품속을 더듬으며 각오를 다지고 있었다. 어느새 뒤따라 붙었는지 독거미의 행방을 말해주던 장마당의 아는 동무가 살며시 용광로에 들어서고 있었다.

선동원이 선창을 했다.

– 김정은 동지의 두리에 굳게 뭉쳐 위대한 김일성, 김정일주의 위업을 달성하고 사회주의 위업의 완성을 위하여 힘차게 앞으로 나아갑시다.

선동원의 선창에 참석한 일꾼들이 목이 터져라고 후창을 하고 있었다.

– 위대한 수령님들의 사상을 생명선으로 틀어쥐고 위대한 김정은 시대를 빛내이는 보람찬 투쟁에서 우리 모두 빛나는 영웅이 됩시다.

참석한 일꾼들이 손뼉을 치며 외치고 노래를 불렀다. 김정은 위원장을 목숨으로 사수하리라는 노래를 주악에 맞춰 합창을 하고 있었다. 그리고 마치 최고의 존엄이 참석한 듯이 벽에 붙은 초상화를 우러러보며 폭풍같이 만세를 외쳤다. 아궁이를 꽉 메운 일꾼들을 향해 아랫배가 볼록한 관리원이 손을 흔들어 격려를 하였고 백마 불알처럼 하얀 얼굴의 선전원도 부동자세로 서서 손뼉을 치고 있었다.

복수는 공연히 뜨거운 분위기에 압도되어 한쪽 어깨가 더욱 처지는 느낌이었다. 행사가 끝나면서 관리자들이 앞서 먼저 나오고 독거미가 관리자들 틈에 끼어 나오고 있었다. 그들이 나올 때 일꾼들이 일어나 박수를 쳤다. 일꾼들이 자리에서 일어나면 혼잡할 것만 같아 복수는 아궁이 밖으로 나와 벽을 등지고 몸을 숨겼다. 독거미는 여전히 복수를 보지 못한 모양으로 아궁이 앞에서 관리자들과 헤어져 어디론가 걸어가고 있었다.

복수는 아는 동무를 손짓으로 내치고 바람처럼 독거미의 뒤를 밟았다. 독거미는 어디론가 손전화를 하더니 분주히 걸어가고 있었다. 복수는 자세를 낮춰 독거미를 따르고 있었다. 보위부 정복을 입고 허리에 권총집을 덜렁거리며 바삐 걷는 독거미를 복수는 섣불리 막아설 수가 없었다. 독거미를 복수의 힘으로 제압하기에는 무리였기 때문이었다. 하지만 복수는 마음만은 절대 쫄지 않았다. 선수를 친다면 독거미가 권총을 꺼내기 전에 급소를 먼저 공격할 수도 있다고 생각했다.

그러나 복수는 하루 내내 독거미가 장마당 근처에서 어슬렁거리고 다니는 것을 바라만 볼 뿐이었다. 단둘이 마주칠 기회를 좀처럼 잡지 못했는데 어둑한 저녁 무렵이 되어서 수상한 장면을 엿보게 되었다. 복수는 은밀히 숨어서 손전화를 꺼내 차림표메뉴의 사진기를 눌러댔다. 문득 새로운 희망의 등대를 만난 느낌이 들었다. 독거미에 대한 복수가 대결에서 거래의 방식으로 전환되어가는 느낌이었다.

– 석호 동지, 어찌 되었는가?

– 책임 지도원 동지, 우덜이 합작으로 큰 건 하나 낚았습니다.

그들은 틈만 나면 뇌물에 관한 얘기였다.

– 것 봐 내 말이 맞지? 그럼, 당장 덮쳐 성경책부터 압수해 버리자.

– 이거 독거미 노릇 십수 년에 하나님 나라 적발하는 것은 처음 올린 실적이에요.

강석호가 스스로 독거미라고 입에 올리며 흥분한 나머지 호들갑을 떨었다.

– 거 강석호 동진 주둥이 단속부터 하오. 어찌 내 입으로 독거미라 실토를 하나~

어둠이 깔리기 시작한 골목을 두 명의 독거미가 빠르게 걸으면서 말했다. 복수는 몸을 웅크리고 바람처럼 뒤따르면서 독거미에게 벌어질 일을 짐작할 수 있었다. 하나님 믿는 사람을 적발한 모양이었다. 조선 공화국에서 하나님을 믿는 일은 절대로 있어서는 안 되는 일이었다.

공화국 주민들에게는 오직 경외하는 김정은 지도자 동지만이 존재해야 하는 것이다. 조선공화국은 오직 김일성, 김정일, 김정은 3 부자의 독재로 하나님에 맞서왔다. 하나님의 복음이 조선공화국 주민들에게 전파될 때 김씨 일가의 독재는 와르르 무너질 것이기 때문이다. 김일성, 김정일도 초기에는 하나님을 영접했다. 그러나 이런 사실을 공화국에선 은밀히 날조할 수밖에 없었다.

김일성의 어머니며 김정일의 할머니인 강반석은 공화국에서 한때 조선의 어머니로 추앙 받는 인물이었다. 강반석이 한때 독실한 기독교 신앙인이었기 때문이다. 이런 까닭에 김일성과 김정일 역시 세례를 받은 이력이 있다는 소문이 회자 되었다. 공화국에서 이런 사실은 독재의 칼날 앞에 철저히 날조 되었던 것이다.

하지만 공화국에서는 지하조직으로 은밀히 포자를 퍼뜨리며 기독교의 복음을 전파하는 일이 종종 일어나고 있었다. 결국 당국에서는 성경책을 소지하거나 지하에서 은밀히 예배를 보는 자를 반동분자로 취급했다. 발각되면 처형을 당하거나 정치범수용소에서 늙어 죽을 때까지 노예처럼 살다 생을 마감해야 했다.

두 놈의 독거미들은 불시에 지하에 쳐들어갔다. 하나님을 믿는 예닐곱 명의 믿는 자들이 은밀히 성경책을 낭독하고 있었다. 독거미들이 들이닥치지 믿는 자들은 순간 저항해 보았지만 차대철이 허리에 찬 권총을 빼어들자 항복하고 말았다. 하나님을 믿는 자들은 차대철과 강석호 독거미들이 시키는 대로 땅바닥에 납작 엎디었다.

복수는 멀찍이 떨어져 몸을 숨긴 채로 이런 장면들을 찰칵찰칵 찍어 저장했다. 믿는 자들의 목숨은 이제 두 놈의 독거미들의 것이나 다름없었다. 하나님을 믿는 자들은 발각되면 죽은 목숨이라는 것을 똑똑히 알고 있었다. 이런 상황을 지켜보던 복수의 마음은 타들었다. 이제 믿는 자들이 살아남을 수 있는 길은 오직 돈이었다. 돈이 있으면 살고 돈이 없으면 죽는다.

당국에서는 믿는 자들을 체포하면 심문을 하고 결국 처형을 시키는 것이었다. 운이 좋으면 정치범수용소에 끌려가 노예로 사는 길이었다. 처음 얼마 동안은 믿는 자들을 색출해서 주민들이 보는 광장 같은 데서 본보기로 일제히 총살을 시켰다. 그러나 믿는 자들을 색출해 총살이라는 무서운 박해를 가할수록 믿는 자들은 세포분열을 하는 것이었다. 믿는 자들의 세포는 은밀히 포자가 되어 지하에 씨를 퍼뜨렸다.

– 동무들, 공화국에서 절대신은 누구인가?

차대철이 권총을 믿는 자들의 뒤통수에 겨누며 기선을 제압하고 있었다.

– 형제님, 우린 죄가 없소.

믿는 자들 중 나이 지긋한 남성 동무가 작은 소리로 말했다. 강석호가 다가가 구둣발로 믿는 자의 엉덩이를 걷어찼다.

– 아이쿠~

– 조선민주주의인민공화국에서 절대지존은 위대한 김정은 동지밖에 없다는 것을 네놈들은 모른단 말인가?

– 형제님, 하나님은 영원한 영이시오.

– 뭐이? 영원한 영이 뭐는?

독거미의 표정이 굳어졌다.

– 영은 자유이고 평화입니다.

– 이런 반동분자 같은 새끼 보라지!

하고 차대철이 권총의 방아쇠에 손가락을 밀착시키며 믿는 자의 뒤통수에 총구를 바싹 가져다 대자 믿는 자들이 몸을 파르르 떨었다.

– 형제님, 저희들을 죽여도 좋지만 형제님의 영혼은 죄를 짓는 것입네다.

– 아니 이 짜식이 어데서 설교질이야? 너들 정말 총질을 당해야 정신을 차리겠니? 이보, 강 동지~

책임지도원은 준비된 시나리오 단계로 진입했다.

– 예, 책임지도원 동지.

– 거 포박해서 보위부로 압송하라.

이렇게 나오면 꼼짝없이 뇌물을 들이밀기 때문이었다.

– 알겠습네다, 책임지도원 동지. 당장 여게서 포박해 압송~

– 거 오늘따라 강 동지 말꼬리가 어찌 기나? 당장 포박하란 말이다.

차대철의 꼬장꼬장한 지시에 강석호의 손놀림이 빨라지기 시작했다. 강석호는 주머니에서 기다란 포승줄을 꺼내 믿는 자들의 손목을 하나씩 굴비를 엮듯 엮었다. 강석호의 동작은 얼마나 훈련이 되었는지 매우 신속했다.

– 형제님, 딱 한 번 용서해주시오.

– 예, 선생님. 우릴 살려주십시오.

독거미의 존재에 대해 믿는 자들이 모를 리가 없을 것이다. 독거미 집단이 얼마나 악랄하고 피도 눈물도 없는 존재들이란 것을. 믿는 자들 가운데 제일 나이 들어 보이는 녀성 동무가 진심이 묻어나는 투로 애걸을 하고 있었다.

– 아니 동무들, 여기에서 상부로 보고하면 어찌 된다는 거야 알고

있지?

– 아이쿠 선생님, 알고 있고 말고지요.

그들은 손을 싹싹 빌었다.

– 동무들 목숨이 걸린 일인데 어찌 맨입으로 용서를 하겠나~

차대철이 노골적으로 꾹돈뇌물을 요구하고 나섰다. 독거미들이 노리는 것은 믿는 자들을 색출해 상부에 보고하는 것이 아니라 적절히 이들을 활용해 뇌물을 받는 일이었다.

– 그저 많지 않지만 섭섭잖게 드리지요.

– 이번뿐이란 걸 명심 하오.

강석호의 말은 단호했지만 열 번을 걸려도 뇌물만 주면 용서해줄 것 같은 표정이었다. 믿는 자들의 손에서 포승줄이 풀리고 믿는 자들은 마치 준비라도 했다는 듯이 봉투를 내밀었다. 복수는 멀찍이 숨어 흐릿하지만 믿는 자들이 독거미들에게 뇌물을 건네는 장면을 놓치지 않고 손전화에 담았다.

강석호가 봉투를 받아 차대철에게 건넸다. 차대철이 입을 동그랗게 벌려 봉투에 바람을 불어넣더니 눈으로 액수를 가늠하고 있었다. 차대철은 마음에 들지 않은 표정으로 머리를 좌우로 흔들어대더니 하나둘씩 믿는 자들을 꼼꼼히 바라보았다. 복수는 눈으로 차대철의 표정을 자세히 읽어낼 수는 없었지만 차대철 독거미가 고개를 좌우로 흔들어대는 것이 마음에 들지 않을 때의 행동이란 것을 잘 알고 있음이었다.

– 동무들, 오늘 운들 좋은 줄이나 알라.

– 그러믄입쇼. 그저 고맙습네다. 하나님이 역사하셔서 이렇게 좋은 선생님들을 보내주셨습니다~

목숨을 걸고 믿는 자들은 끝까지 하나님을 의존하고 있었다.

– 동무 그저 설교질 하지 말라. 내 귀에 그저 씨알 먹히지 않는 소리니까니~

– 다신 여기 모여 반동짓들 하지 마오. 다음엔 일절 용서 없으니까~ 그카고 뭐 다른 데서도 걸리지들 마오. 다시 적발되면 우리도 더는 책임 못 진단 말이오.

– 예, 예, 예~

믿는 자들은 연신 허리들을 숙였다. 독거미들은 입단속을 철저히 시키며 만족한 표정들로 돌아서고 있었다. 복수는 재빠르게 몸을 움직여 지하에서 올라왔다. 독거미 차대철에게 복수할 절호의 기회를 잡았다는 생각에 복수의 걸음은 한결 가볍게 느껴졌다. 차대철을 칼로 공격해 복수하는 일보다 가만히 앉아 손도 대지 않고 코를 풀게 생겼다고 생각했다. 칼로 차대철을 공격하는 경우 복수의 목숨도 장담하기 어렵기 때문이었다.

복수는 어두운 골목을 빠른 걸음으로 달리고 있었다. 한참 달려온 다음 뒤를 돌아다보니 독거미 두 놈이 건들거리며 골목을 걸어오는 모습이 멀리서 보였다. 복수의 가슴에 공연히 설레는 바람 같은 기운이 느껴지고 있었다. 차대철의 행위는 절대적으로 공화국에 대한 반동 행위라고 복수는 생각하고 있었다.

수령만이 유일한 신이어야 하는 공화국에서 하나님을 숭배하는 주민이 늘어난다는 것은 독재체제가 붕괴하고 있는 것과 마찬가지인 것이다. 더군다나 현재 공화국에서는 수령이란 신이 주민들의 배를 채워주지 못하고 있었다. 하나님의 복음은 공허한 주민들의 가슴속에 은혜와 사랑이라는 축복으로 채워줄 수가 있었다. 하나님이 공화국 주민들에게 새로운 지도자로 세워질 때 독재정권의 아성은 걷잡을 수 없이 균열이 생기게 될 것이다.

복수는 공연히 들뜬 마음으로 집에 돌아왔다.

– 강철 아바지 뭐 기분 좋은 일이라도~

– 깟거 죽으라는 팔자는 아닌 게여~ 아무려나 호랑이 잡고 볼기를 맞을라구~

복수 씨는 독거미들의 뇌물수뢰 장면을 고스란히 입수한 탓에 날아갈 것만 같았다.

– 흐응, 게 또 무슨 소리예요? 호랑일 잡았으면 장하고도 장한 일인데 누가 벌을 받는답쇼?

독녀 씨가 공연히 들떠서 들어온 복수 씨를 보고 물었다

– 독녀 동무, 이거 보오. 내 오늘 독거미 두 놈을 잡았다~

– 예에? 아니 웬 흉한 말을~ 품속에 칼 품고 나간 사람이 그저 무사히 돌아와서 다행이라 생각하는데 두 놈을 잡다니요?

– 내 참, 쥐구멍에 볕 들 날 있다는 얘긴 그저 공념불이더나? 이걸 그냥 보구서야 영문을 알아먹겠나 그저~ 하하하~

복수의 웃음소리가 통쾌하게 들렸다. 복수는 손전화의 차림표에서 사진기를 쓰윽 눌렀다. 뇌물을 받아 챙기는 독거미들의 모습이 사진기 속에 박혀 세상 밖으로 튀어나올 날을 기다리고 있었다. 장마당의 중고가전 매대를 되찾을 수 있다는 생각에 복수는 밤잠을 이루지 못했다. 복수는 안해아내와 정말 오랜만에 호탕하게 웃어보았다.

3

홍용희는 태산에게 경고를 받았지만 아들애에 대한 애착은 떼치지를 못했다. 떨어져 지낸 시간만큼 아들애에 대한 그리움이 사무쳤다. 과외선생을 붙이고서야 시도 때도 없이 시달렸던 불면不眠의 밤에서 벗어나게 되었고 먹던 잠약수면제도 밀어내게 되었다. 홍용희는 지금의 생활에 아주 만족하진 않았지만 불평할 정도는 아니었다.

용희는 자동차를 몰고 나오면서 자신의 인생에 대해 생각해 보았다. 평양의 명문대에서 성악을 전공한 사실에 지금은 만족하고 있었다. 만수대예술단이야 꿈의 무대가 되었을 것이지만 한때나마 국립민족예술단에 적을 두었던 것으로 위로를 삼고 있었다. 미용술보급소에 가는 것도 미루고 용희는 급히 차를 몰고 있었다. 공화국의 하늘이 며칠 사이 꽤나 높아졌고 창공이 넓게 드리워져 있었다.

그녀의 자동차가 멈춘 곳은 태산의 고층살림집아파트이었다. 차마당주차장에 자동차를 대고 승강기엘리베이터를 타고 고층살림집에 당도했다. 다행히 승강기 운전공은 자리를 비운 터였다. 주민들의 이동이 많은 시간대에는 유니폼을 멋지게 입은 승강기 운전공이 공손히 안내를 했다. 남의 집이나 다름없는 고층살림집에 드나들다 보니 승강기 운전공의 시선이 삐딱하게 꽂혀오는 것이었지만 봉사료를 찔러준 뒤부터 없던 친절까지 베풀었다. 용희는 승강기의 녀성 운전공과 버성겨져서사이 나쁨 좋을 것이 없다고 생각했다. 어찌 보면 승강기의 녀성 운전공은 용희에게 정보의 수납장이 될 수도 있음이었다.

– 어머니, 어찌 일찍~

– 상철아, 네 아버지 언제 나갔니?

홍용희는 숨을 몰아쉬었다.

– 새벽드리새벽같이 나갔습니다.

– 과외선생은 어째 맘에 들더나?

어렵게 구한 김종대 출신의 과외선생이었다.

– 맘에 들고 자시고가 어데 있습니까? 공부 배워주는 로보트로봇지요.

– 그저 열심히 하라. 돈 없고 힘없는 애들은 어찌 이런 호사를 누리겠나. 그저 배움길방도 있을 때 두루 배움의 꽃대문이지~

어제날에 아버지한테 들었던 말이었다.

– 어머니는 매사 복행복 하십니까?

– 어미라고 어찌 매사 복할 수야 있겠니. 살다 보면 불행사不幸事라는 것도 있게 마련인 거이지~

홍용희는 아들애의 말에 가슴이 뜨끔하면서도 어린 애가 벌써 자라 어른 같은 소리를 한다고 생각하니 감회가 달랐다. 어미와 헤어져 지내면서 느꼈을 외로운 날들을 생각하니 가슴이 시려왔다.

용희는 지그시 가슴을 누르면서 안방으로 들어섰다. 아낙네 없는 홀아비의 방이라고 보기 어려울 정도로 방은 잘 정돈되어 있었다. 용희는 안쪽 벽에 눌러앉은 장롱을 열었다. 그곳에는 공화국에서 어떤 녀자가 봐도 민망할 장면이 눈 앞에 펼쳐지고 있었다. 용희는 태산이 동무에게 기벽奇癖이 있다는 것을 모르지 않았지만 붉은 속옷으로 가득한 장롱을 바라보고 있자니 어이없는 웃음이 삐져나왔다.

잠자리에서 유난히 난잡을 떨던 태산의 성정을 알기에 용희의 마음은 일순 무겁게 가라앉았다. 잠자리를 치르고 나면 용희는 항상 나락으로 빠져드는 느낌에 치를 떨었다. 름름늠늠한 태산의 남성은 식을 줄을 몰랐고 이상한 짓거리를 하려 드는 통에 기겁을 했다. 끝내 용희는 새끼집자궁이 터져 병원 신세를 져야 했는데 그로 인하여 태산과의 잠자리를 피하게 되었다. 그런 날들은 기벽이 심한 태산에게는 어쩌면 욕망의 적체로 인한 불만의 시기였을지 모른다. 하지만 용희는 태산과의 사이에서 맞게 되었던 리혼의 배경에는 정숙이란 녀성 동무의 존재가 큰 몫을 했다고 믿고 있었다.

홍용희는 애써 낯 뜨거운 장면들을 털어내며 시계를 넣어두었을 만한 데를 샅샅이 살펴보고 있었다. 그런데 안방을 샅샅이 되누벼도 시계를 찾아낼 수가 없었다. 차마당에서 태산의 입을 통해 시계를 장롱에 넣어두었다고 분명히 들었는데~ 옷가지를 이리저리 들춰봐도 시계의 흔적을 찾지 못했던 것이다.

홍용희는 태산의 고층살림집에서 나와 일전에 들렀던 직포공장을 향해 자동차를 몰았다. 모든 면에서 정숙 동무와 비교할 수 없을 정도의 위치에 있었지만 녀성으로서 누려야 할 복락을 누릴 수가 없었다. 아들애의 입에서 터져 나온 복행복하느냐의 말이 귓가를 맴돌고 있었다.

태산이 동무 옆에 정숙이란 녀자가 있다면 언젠가 이것은 아들애의 내일날에 덫이 되리라고 용희는 생각했다. 그녀의 식전 나들이는 공연한 녀자로서의 질투가 아니요 아들애의 내일날에 가로놓일 장막을 막는 일이었다. 아들애가 덫에 걸려 바둥거리는 모습을 무심히 지켜보고 있을 공화국의 어머니는 어디에도 없을 것이다. 직포공장 지배인공장장은 여전히 앞 번처럼 깍듯이 그녀를 맞아주었다.

– 그저 이렇게 거듭 방문해 주시니 저희 기업소가 화사 하구만요.

– 렴치 없지만 오늘은 꼭 선전대 오정숙 동무를 만나야 하겠습니다.

지배인공장장은 용희의 부탁에 송수화기를 집어 들어 어디론가 전화를 걸더니 말했다.

– 거 이상합네다. 두분이서 숨박곡질을 하시누만요.

지배인의 말에 용희는 머리를 갸우뚱했다.

– 게 무슨 소립니까?

– 방금 전에 짬을 내어 자릴 비우고 밖에 나갔다고 합니다. 이 보, 직장장 동무!

작업복 차림의 사내가 지배인의 방에 들어오자 지배인이 말했다.

– 아니 외부에서 손님이 오셨구먼요.

– 거 직장장 동무, 인사 올리오. 우리 기업소 밀어주시는 도당위원장님 따님이시오.

마치 하인처럼 용희 동무를 정중히 모셨다.

– 아이쿠 이거 누추한 델 어떻게~ 저는 여 공무동력생산부서 직장장 이올시다.

– 열렬히 환영해 주시니 감사합니다. 그럼 또 뵙지요.

용희는 행정식형식적 인사발림 인줄 뻔히 알면서도 허리 숙여 정중히 예를 표하고 기업소에서 빠져나왔다. 흐응, 기깟 선전원 주제에~ 용희는 뜻밖에 정숙 동무와의 만남이 쉽지 않다는 것을 깨달았다. 실은 막상 만난다고 하더라도 무슨 말부터 꺼내야 할지 몰랐다. 무작정 태산의 가슴속에 숨어 있는 녀자라는 사실만으로 질투심이 느껴지는 것이었다.

자동차를 몰아 기업소 네거리를 빠져나왔다. 도당에서는 신의주를 특히 개발하고 있었다. 중국과 지척인 데다 지리적 입지가 좋아 몸집을 불리기 시작한 것은 용희가 태어나기 전부터였다. 직포공장이 터를 잡고 있는 방직동은 동면동과 신풍동의 옆구리에 제지동의 팔을 떼어내어 방적동에 병합하며 몸집을 불렸던 것이다. 직포공장, 화학공장, 신발공장 등 도내 살림과 일자리의 근간이 여기 몰려 있었고 심지어 공화국의 기간산업으로 자리매김하고 있었다.

용희는 도당 위원장인 아버지를 따라 매해 중요한 행사 때마다 그곳에 모습을 드러냈다. 용희는 주로 축하 행사 때 초대받아 미모와 노래 실력을 뽐내게 되었고 아버지의 영향으로 도당 중요 행사 때는 빠짐없이 참석했다. 직포공장 기업소에도 도당에서 시찰을 나갈 때 몇 번 참석한 적이 있었다.

홍용희는 공연히 마음이 급한 나머지 가속기를 세게 밟았다. 정숙이란 동무가 아들애 상철의 걸음에 큰 걸림돌이 될 것 같은 느낌에 공연히 밉살스럽게 여겨지고 있었다. 띄엄띄엄 뽀뿌라포플러가 지나쳐갔다. 용희는 한순한순간 저도 모르게 한숨이 흘러나왔다. 스위스제 고급시계는 어디에 있을까? 조선공화국에서 스위스제 시계는 당장 달러와 같은 의미를 지니고 있었다.

방향 손잡이를 잡은 용희의 손이 부르르 떨렸다. 뱃속에서 초기허기가 올라왔고 허저부레한허접한 지역을 지나 평화동의 발목을 지나고 있었다. 난데없이 운수차화물차가 경적을 울리며 쏜살같이 지나가고 있었다.

– 저런 부루휜말만도 못한~ 에이 쌍붙을흘레 놈아~

용희는 공연히 지나가는 운수차에 화풀이를 하고 있었다. 흙몽당이 용희의 자동차를 어지럽게 휘감아버리고 있었다. 용희는 흙몽당에서 벗어난 다음에야 간지러운 마음에 얼굴을 붉히며 창문을 내렸다.

서늘한 바람에 빰이 거칠어질 것 같은 생각에 바로 재게 창문을 닫고 가속기를 밟기 시작했다. 용희는 달리면서 자신에게 몇 번이고 되물었다. 자기가 정말 스위스제 고급시계를 탐내고 이러는 것인가. 하지만 돌아오는 대답은 냉정했다. 시계는 공연한 피탈핑계에 지나지 않는다고 말이다.

4

정숙은 큰맘 먹고 태산의 사무실을 찾아갔다. 지난날 아들애의 알판 사건으로 시 보위부 정문을 명호 동무와 같이 들어갔던 것이 처음이자 마지막이었다. 정숙은 찬바람이 불던 복도, 빨간 콘크리트 벽이 혼령처럼 공포감을 주던 기억을 떠올리고 있었다. 아들애의 일만 아니라면 아무리 처지가 다급해도 이렇게 불쑥 태산을 찾아오지 않았을 것이다. 무슨 꿍꿍이인지는 모르지만 기업소 선전원 행사장에 부쩍 모습을 드러내는 태산에게 아들애의 일을 애걸하고 싶지는 않았다.

꾸불꾸불한 복도를 지나 어둑한 계단을 두 번이나 더 내려가서 지하실 고문 방에 당도했던 일을 생각하면 소름이 돋았다. 남조선 드라마가 담긴 알판녹화물을 보다 적발되어 반동으로 몰린 아들애를 꺼내러 왔던 지난 일에 도리질을 하는데도 기억이 꺼지지 않고 솟아나고 있었다. 아들애를 부탁하러 오지 않았기에 명호 동무에 대한 정숙의 심정은 떳떳했다.

– 아니 정숙 동무가 갑자기~

– 엄벙뚱땅얼렁뚱땅 들렀소.

정숙이 기별도 하지 않고 사무실에 나타나자 태산은 송수화기를 들고 어딘가에 욱박윽박지르다 갑자기 소리 없이 잠수하는 무잠이잠수부가 되어버리는 듯했다. 전화종이 따르릉 정신없이 울려대고 있었다. 정숙이 나타나자 쩌렁쩌렁 사무실에 울려 퍼지던 태산의 목소리가 물을 머금은 듯 낮게 가라앉았다.

– 게 좀 앉지 정숙 동무~

– 짬새 많지 않소. 일이 급하니 다바삐급히 가야 한단 말이오.

태산은 보위부 직위에 어울리지 않게 정숙 앞에서 경황이 없어 보였다. 몸소 찻잔을 내어 녹차를 타고 상수건냅킨을 들이밀었다. 태산의 손길이 가늘게 떨리고 있었다.

– 무슨 용무기에~ 아니, 왔으면 그저 좀 앉아 녹차나 한잔 마시라.

– 나 좀 도와주시오.

정숙이 의자에 앉지 않은 채로 뜸 들이지 않고 말했다. 태산은 도와달라는 정숙의 말에 서류철을 책상의 한쪽으로 밀어놓고 정숙의 곁으로 다가왔다. 정숙의 말에 태산은 대답 대신에 정숙의 어깨를 가만히 눌러 의자에 앉도록 했다. 정숙이 약간 망설이듯이 의자에 앉으며 찻잔을 집어 들었다.

– 이렇게 정숙 동무가 내 방에 와주니 좋구나. 내 정숙이 한팔이 되어줄 테니 걱정하지 마오. 아니 그저 선전원이다 뭐다 살이 깎였다이야~

– 한팔이 되어준다면야 고맙지만 오해는 하지 마오.

정숙은 자신의 이런 행동이 공연히 태산이 동무로 하여금 오해를 불러올지도 모른다는 생각이 들었다.

– 아니 정숙 동무 여게 와서까지 어찌 이러나~ 나한테 너무 서겁게섭섭 하지 말라. 태산이 알고 보면 고독스러운 사내란 말이야~

정숙은 들가방에서 선물꾸러미를 꺼냈다. 태산에게 받은 고급시계였던 것이다. 서랍 속에 숨겨놓았던 스위스제 시계. 선물꾸러미를 앞에 내놓자 태산의 표정이 지숙할 정도로 어둑해졌다.

– 어찌 이케 곱게 내놓나? 정숙 동무 팔이 빛나야 하지 말이야. 내 이거 되 못받는다야~

태산이 시큰둥하게 말했다.

– 동무한테 건네는 거 아니에요.

– 머야? 아니 지금 이케 건네고 있잖나?

태산은 영문을 모르겠다는 듯 눈을 깜박거렸다.

– 태산이 동무, 이 시계 당장 팔아주오.

정숙은 말이 떨어지지 않았지만 머밋머뭇거릴 수가 없었다. 당장 덕순이 동무를 살리자면 돈이 필요했다.

– 정숙아, 이거 노동당 높은 양반 특별지시로 받은 선물이야~ 이걸 어찌 내다 파느냐?

태산이 펄쩍 뛰었다. 시계를 당장 팔아달라는 정숙의 말에 태산의 입은 벌어진 채로 한참이나 다물어지지 않았다.

– 시세는 알겠지요?

– 내 참 일이란 게 난처하누나~

태산은 길게 한숨을 토해내며 말했다.

– 상가上價는 받아내야 한단 말이에요.

정숙은 점점 마음이 급해질 뿐이었다. 덕순 동무의 목숨은 이 시계를 파느냐 여부에 달려 있다는 생각이 들었다.

– 어 참 가관이구나야. 시세도 모르고 값을 내놓나 정숙인?

– 게 무슨~

이번에는 정숙이 태산을 빤히 올려다보았다.

– 새침덕이 골로 빠진다더니~ 아니 정숙아 묻자. 관절 난데없이 달려와서 시겔 팔아달라는 저의가 머이니?

태산은 알 수 없는 게 녀자들 마음이란 말을 떠올리고 있었다.

– 그저 때식끼니은 거르지 말아야지요. 입건사는 해야 하지 않아요?

정숙은 얼른 말을 틀었다.

– 아니 공화국 사정이 아무리~ 에이 명호 동무 이런 사내구실도 못한 짜식~ 내 일전에 정숙이 기업소 지배인을 만나지 않았나~ 살림 바라지 잘만 하고 있다는데~ 어찌 정숙이가 여기 와서 가난 설움에 눈물을 빼나 그래~

정숙이 눈에서 어느새 눈물이 흐르고 있었다. 자신의 처지도 그렇지만 덕순 동무를 생각하면 눈물부터 흘렀다. 하지만 태산에게 덕순의 처지를 차마 말하지 않았다. 태산의 성정을 알기에 말을 꺼내 득이 될 것이 없겠다고 생각했기 때문이다.

– 이 시계는 넣어두라. 윗사람한테 선물 받은 거를 어찌 내다 팔 수가 있나~

– 태산이 동무, 이거 불피코 팔아야 정숙이 살 수 있단 말입니다.

정숙의 말은 더욱 애절해졌다.

– 아니 보라. 이 태산이가 누군데 정숙일 죽게 놔두겠니? 거야 걱정 말라. 내 회계계획가 있으니 정숙 동무 그저 걱정 붙들라.

태산이 선물꾸러미를 정숙의 들가방에 와닥닥 집어넣었다. 정숙은 태산이 건넨 시계에 대한 욕심은 없었지만 내심 지니고 있다는 것이 마음에 위로가 되었었다. 고급시계야말로 언제든 달러나 마찬가지임을 알고 있기에 위급할 때 처분할 수 있다고 믿었다. 그러나 덕순의 처지를 살핀 순간 당장 시계를 처분해야만 했던 것이다. 정숙은 끄응 자리에서 일어섰다.

– 아니 벌써 가려 하나?

– 직장 세대가 마냥 앉아있을 수 있나요?

정숙은 공연히 왔나 싶어 마음이 불편했다.

– 내가 기업소까지 태워다 줄 테니까 그만 차나 마저 마시고 가오~

– 그냥 빠스 타고 갈 거니 애쓰지 마세요. 태산이 동무~

정숙은 순간 공연한 말은 아닐까 생각했지만 이렇게 둘밖에 없을 때 하는 것이 옳다고 생각했다. 태산이 큰 키를 일으켜 세우며 정숙을 똑바로 바라보았다.

– 아는 놈이 도둑놈이란 말 들어 보았지요?

– 어째 나 들으라 하는 소리이니? 아는 놈이 도둑질을 하지 모르는 놈이 도둑질을 하나?

태산은 정말 정숙 동무의 말이 자신을 향한 화살처럼 들렸다.

– 기백이 동무 묘빌 어떻게 철폐를 할 수가 있나요?

– 누가 그딴 소릴 하더나? 아니 내 살다 살다~

태산이 정색을 하며 펄쩍 뛰었다. 그러나 덕순의 말이 틀리지는 않을 것이기에 정숙은 속으로 비웃고 있었다.

– 덕순이 동무한테 들었단 말입니다.

– 아니 동실이 놈 교도대에서 빼줬더니 기깟 한대는 소리하구니~

정숙은 태산의 사무실에서 걸어 나왔다. 태산이 바람처럼 정숙을 뒤따랐다.

– 차마당주차장으로 가자. 태워준다니 글쎄~

– 알았소.

태산의 습성을 알기에 정숙은 거절하지 못했다.

– 정숙 동문 어찌 내 맘을 몰라주나 그래~

차마당을 향해 걸으면서 정숙은 마음이 몹시 불편했다. 태산이 동무의 지나친 친절이 큰 부담이 되었다. 애초 이렇게 태산을 찾아온 것이 불찰이었지만 정숙의 입장에서는 어쩔 방도가 없었다. 정숙은 태산의 말에 응대를 하지 않고 묵묵히 걸음을 재촉했다. 그러다가 맘속에 접어둔 속말을 망설임 끝에 꺼내고 말았다.

– 저 동무~

– 아니 또 무슨~ 어지간하면 차에 가서 얘기 하자우.

태산이 자동차 쪽으로 빨리 걸으면서 말했다.

– 참이 공민증에 새겨질 숫자 놀음 말이에요.

– 알고 있지~ 내 저번 날에 말하지 않아서? 인민보안성이야 내 손아귀에 있다니깐 글쎄~ 언 넘들이 울 아들애한테 숫자 놀음을 한단 말이니?

정숙 동무와 아들애의 일을 논의하는 자체로 태산은 기분이 좋았다.

– 거 태산이 동무 말 좀 삼가오. 울 아들애라니~

– 정숙 동무, 내 언제까지 외짝사랑을 해야 하나?

태산은 정숙을 보면 항상 몸이 닳아 미칠 노릇이었다.

– 듣지 않은 걸로 하겠어요. 내래 그딴 사랑놀이 할 때 아니란 말이오.

차량들 사이에서 우뚝 태산이 걸음을 멈췄다. 정숙은 이런 상황이 답답하고 우울했다. 태산과의 사이에 태어난 아들애만 생각하면 숨이 막혔다. 핏줄이란 것이 어느 부모에게라도 기쁨이 된다는 생각에는 변함이 없지만 태산이 동무와 얽혀드는 것은 죽도록 싫었기 때문이었다.

그런데 바로 그때 느닷없이 뒤에서 낯선 녀자의 목소리가 들렸다.

– 어데루 갔나 했더니 거 동무가 바로 여게로 와서 숫자놀음 얘길 하고 있구만요.

– 아니 동무는 누구신데~

정숙은 기분이 착잡한 가운데 덧대어 불마당질을 당하는 느낌이었다. 짙은 색안경을 끼고 잔뜩 꾸며 입은 폼이 대방상대방의 기를 질리게 만들었다. 정숙의 말에 녀자는 바로 응대하지 않고 괜한 비웃음을 매달아 넌지시 정숙을 바라보고 있었다. 정숙은 태산의 말을 듣고서야 여자의 정체를 알게 되었다.

– 아니 뽄새 없는 녀자가 어디라구~ 상철 오마니 그저 청도깨비낮도깨비도 아니고 어찌 여게 나타나 패악질이다니 응?

– 아주 동무들 그냥 세월 좋다이야. 태산이 동무, 어찌 그림에 선녀 가지고 시간 낭비를 그리하는가 말이오~

정숙은 태산이 동무의 상철 오마니라는 말을 듣고서야 태산이 동무의 이전 안해아내라는 것을 알았다. 아들애 참의 인민학교 개학식 날, 먼빛으로 잠깐 보았던 거만한 차림새의 녀자! 옛적 정숙의 처지를 옹색하게 만든 사람이 바로 눈앞에 있는 녀자였던 것이다. 태산이 동무와 혼인을 준비할 때 당돌하게 나타나 운명을 비틀어버린 사람인 것이다.

– 아니 용희 동무 보라. 남에 뒤꽁무니 쫓는 거 이거 공화국에서 반동 짓거리 아니니? 어찌 정낮에 이럴 수 있는가. 머이 그림에 선녀라구? 우덜 사이에 아들애가 있는 몸인데 머 어드래서 가로 쏘아 보는가 말이야~

태산은 드러내놓고 정숙 동무 편을 들었다.

– 정숙 동무, 내 시퍼런 정낮에 념려되어 하는 말인데 우리 상철이한테 이붓의붓 어미 소리 들을 생각일랑 마오.

– 흐응 기가 막히누나. 태산이 동무, 내 뱃속에 태胎를 앉혀놓고 바꿈질소꿉질한 녀성 동무가 바로 이 동무 맞지요?

정숙은 공연히 화가 나서 한마디 하지 않을 수가 없었다. 순식간에 세월의 걸음을 어제날과거로 되돌리자 이상한 감정의 회오리에 빠져들었다.

– 아니 지금 내 처지가 이거 다 뭐이니? 내래 곰팡 슨 종자밖에 되지 않는 행색이란 말이지~ 아 나 녀성 동무들이 고저 심장을 찢는구나~

– 정숙 동무, 명심하오. 울 아들애 후오마니계모 꿈도 꾸지 말란 말이에요.

용희 동무의 말이 단호했다.

– 인류무상인생무상이 저 앞인데 어찌 동무가 오랍동생오라비처럼 내 앞길에 오라를 씌우오? 내 동무 때문에 뽕 빠진 거는 알고 있지요? 혼인 자리 물 건너가고 박상깨짐이 되어 숨어서 아들애를 낳아 키운 녀자의 심정을 생각해 봤어요?

정숙은 자신의 내면과는 다르게 마구 거친 말들이 밖으로 빠져나왔다. 정숙이 살아오면서 이토록 앙칼지게 대방을 향해 말의 포문을 쏟아부었던 기억은 없었다. 젊은 시절의 기억들을 반추하여 건져 올린 말의 기억들이 새롭게 눈을 뜨고 있는 모양이었다.

태산은 정숙과 용희 동무 사이에서 발을 동동 굴렀다. 정숙 동무가 이렇게 제 발로 태산을 찾아온 날에 하필 용희 동무가 찾아오다니. 태산은 정숙에게 염치가 없어 정작 낮에 나온 도깨비처럼 우왕좌왕하고 있었다. 그러면서도 정숙 동무가 용희에게 뜻밖에 말의 포문을 열어 불마당질을 해대자 입이 쩍 벌어졌다.

– 흐응 누가 반동분자 아니랄까 봐 그저 꼭꼭 숨었지요? 동무 뱃속에 태를 꺼내지 못해 해방처녀남자관계 복잡한 미혼모 되었단 것도 알고 있소.

– 아니 머이? 해방 처녀? 요 에미나 조둥이주둥이에 고뿔이 들었나~

정숙은 해방처녀라는 말에 버럭 소리를 질렀다. 용희 동무는 전혀 물러서지 않고 예상하지 못한 말의 포사격을 퍼부었다.

– 태산이 동무가 안긴 자본주의 품목들 가지고 이문 남겨 당새장사를 했대지? 아주 자본주의 맛을 단단히 본 교활한 동무 말이지~

정숙은 교원대학 다닐 때의 순간들이 뇌리에 떠올랐다. 태산이 동무에게 받은 의복과 장신구를 팔아 돈을 만들었던 지난날의 기억이 어지럽게 머리에 달라붙었다. 정숙은 사상의 비판 무대에서 말자루를 빼앗기고 집중 포사격을 당한 끝에 철추해머로 머리를 얻어터진 느낌이었다. 정숙은 공격할 기회를 잡지 못하고 씩씩거리며 화를 가라앉히고 있었다.

– 태산이 동무가 안긴 서울 도쿄 체화품재고품들 말이야, 동무들한테 녕악영악한 당새장사를 해댄 그 반동 체화품들 거 죄 내래 패낭주머니에서 빠져나간 것들이란 말이야, 어데서 고개를 빳빳이 쳐드나?

– 참이 아버지, 어찌 이지러지는 모습 가만 보고만 있시오. 난데없이 나타나 강짜를 보이는 이 동무 입까풀입술 좀 닫아매 주오.

정숙의 입에서 까닭 없이 마음에도 없는 말이 튀어나왔다. 태산은 정숙 동무의 입에서 참이 아버지라는 말이 튀어나올 때 귀를 의심했다.

– 정숙 동무 지금 입으로 뭐라 했나? 내 귀가 먹먹해서리~

– 참이 아버지 이녁 바쁘지 않음 기업소까지 태워주오. 저녁날엔 그저 울 식구들 저 남상동 민족식당 가서 염소 불고기나 뜯자우.

태산은 마치 정숙과 단꿈을 꾸고 있는 느낌이었다. 태산의 머리가 어질어질했다.

– 아이쿠 정숙 동무, 그리하자 이녁이 하자면 그리 하구 말구~어서 차에 타오.

정숙은 태산의 자동차에 당당히 올랐다. 용희 동무에 대한 화풀이로 마음에도 없는 말을 하고 있는 자신을 잊고 있었다. 용희 동무가 뼈가 박힌 말을 흘렸다.

– 하루 강아지 범 무서운 줄 모른다더니~ 어디 하루 낮만 기다려 보라. 범에 아가리 무서운 맛을 톡톡히 보게 될 테니 흐응~

정숙을 태운 태산의 자동차는 용희 동무를 뒤에 따돌리고 유유히 보위부의 정문을 빠져나가고 있었다. 정숙은 공연히 화가 치올라 여전히 입술 끝에서 쉬쉬 소리가 나고 있었다. 자동차가 보위부의 정문을 한참 벗어난 뒤에 정숙이 다급히 말했다.

– 태산이 동무, 여게서 내리겠소.

– 내 기업소까지 태워준다니까~

태산은 여전히 정숙 동무와의 단꿈에 젖어있는 느낌이었다.

– 아녜요. 괜히 말밥에 오르기 싫단 말이에요.

– 거 참 정숙 동무 애간장 타게 하누나. 아니 정숙이 입으로 참이 아버지며 이녁이라 할 땐 두루 언제구~

이럴 때는 정숙 동무가 마냥 원망스러웠다. 마음을 주고 싶어도 맘껏 다가갈 수 없는 게 정숙 동무였던 것이다.

– 내 그 녀성 동무한테 화가 나서 그리한 거예요. 오해하지 마오. 어서 내려주오. 남상동 민족식당 얘긴 없는 일이에요. 알겠소?

– 언 내 참~ 어째 간밤 잠자리가 뒤숭숭하다 했더니, 하여간 정숙 동무가 원하니 그리 하라. 내래 당장 달러 만들어 달려갈 테니 그 시계 내다 팔지 말라우. 그거 조선공화국에서 장하고도 자랑찬 당감투란 말이야~

정숙은 자동차에서 내려 기업소로 돌아왔다. 그리고 기업소에서 돌아와 거리 선전 준비를 하고 있는데 지배인의 호출을 받았다. 지배인을 통해 용희 동무에 관한 얘기를 들었고, 도당위원장의 딸애라는 것을 알고 순간 낮전의 일들을 후회하고 말았다. 도당위원장의 힘이 어느 정도인지 정숙이 모르지 않았기 때문이다. 차마당을 벗어날 때 들었던 용희 동무의 뒷말이 오래도록 메아리를 남기고 있었다.

제29장 돛괭이바람

1

아침에 집을 나설 때 태산은 갑자기 심한 어지러움에 몸이 잠깐 휘청거렸다. 돛괭이바람회오리바람 같은 어떤 까닭모를 기운이 태산의 몸속에 순간적으로 파고드는 느낌이었다. 까마귀 떼가 머리 위에서 선회하는 것을 고개를 쳐들어 바라보다 태산은 몸을 한차례 흔들어 정신을 추스르며 숨 가쁘게 자동차를 몰아 사무실에 도착했다.

– 지금 한 척당 얼마를 받고 있다고 했나?

태산이 사무적인 목소리로 부하에게 물었다.

– 한 척당 12만 5천원한화 2천만 원 이지요.

– 아이쿠~ 석 달에 12만 5천이라~ 너무 헐값에 넘겼구나야~

태산의 얼굴에 안타까운 빛이 역력했다.

– 어로합작이란 게 뭐 우덜이 궁바가지딱한 처지를 타고 났으니 어쩔 수 없는 일이지요.

– 부과장 말이 맞다. 굶는 놈이 흰밥 조밥 가릴 수야 없는 일 아니니? 단동에 몇 개 회사가 들어갔다 했나?

– 세 개 업체입네다.

– 응 그래. 우리 성산이 사회민간회사에 밀리면 안 되지 않나? 신진, 828 저 넘들 아주 약삭빠른 넘들이란 거 알고 있지?

– 아다마다요. 하지만 저넘들하고 긴밀히 합작하지 않으면 일이 매끄럽지 않으니 원~

태산은 묵묵히 부과장의 말에 고개를 끄덕거렸다.

– 이게 어로 허가증입네다.

– 어로 허가증은 우리 조선공화국 배에 내주도록 되어 있는 거 아이니?

– 그렇지요. 중국 측 배에 이거를 붙여서 위장을 하고 들어오는 거지요.

부과장이 뚱뚱한 몸을 어색하게 한번 흔들었다. 위장이란 말을 들을 때 태산의 입술에서 흐음, 하는 소리가 새어나왔다.

– 흐음, 위장이라는 게 허술하기 짝이 없구나이야.

– 종이에 그저 우덜 공화국 배 이름을 써서 번호를 매겨 붙이면 끝나는 거야요.

– 비가 오면 어쩌나? 뜯겨 나가지 않니?

태산은 공연한 염려를 하고 있었다. 그러나 공화국의 일이란 것이 더러 허술하기 짝이 없는데도 탈하나 없이 지나가는 것을 여러 번 보았기 때문에 걱정할 일은 아니라고 생각했다.

– 그야 비닐을 덮어씌우면 그만이지요.

– 어 그래, 비닐 하나면 그저 복닥물홍수이 들이친대두 까딱없을 거이야. 부과장 동지~

– 예, 말씀 하십쇼.

태산은 말을 하려다 말고 한참동안 피끽질딸꾹질을 했다.

– 물을 가져다 드릴깝쇼?

– 아, 아니 흐음~ 공민증 교체작업 대대적으로 하는 거는 맞나?

태산은 정숙 동무와 아들애 참을 생각하면 피끽질딸꾹질이 올라왔다. 정숙 동무와 용희 동무가 한바탕 대거리를 하고서부터 찾아온 몸 속의 변화였다. 가슴 밑바닥에서 마치 마른돋버짐이 피어올라오는 듯 목구멍을 간질이더니 여지없이 피끽질을 하였던 것이다. 이마에 난데없이 식은땀까지 맺히는 것이었다.

– 그러문입쇼. 인민반장들이 집집이 다니믄서 공지를 하더만요. 요지간요사이 사진들 박느라고 난리인뎁쇼. 아이쿠 이런 어찌 난데없이 이마에 땀이~

부과장은 말을 하면서 의미모를 미소를 지었다.

– 언 나~ 내래 우습강스러워서 웃나?

– 아 아니야요. 공민증 애길 갑자기 꺼내기에~

– 주민문건이래 인민보안성 소관 맞지, 부과장 동지?

– 공민증이야 뭐 내각 인민보안성 소관이지요. 신청서를 제출받아 작성을 하는뎁쇼. 한데 어찌 자자분한 일에~

– 내용확인은 어데서 하나?

– 그야 공민등록과에서 하지 어데서 한답네까? 인민반장이 동 주재 안전원을 경유해서리 인민보안성에 제출하는 거이지요.

– 공민증 숫자놀음 여전하지?

– 149호 말이에요?

149호는 내각결정 149호를 말하는 것이었다. 불순분자를 색출하여 추방하고 거주지를 제한하기 위해 내각에서 만든 법령으로 적대계층으로 분류된 주민의 문건에 149호 도장을 찍어 표시하는 일이었다.

– 아니 거 말고~ 여 공민증에 기록하는 숫자놀음 말이야~

– 아 공민증 번호 말이지요? 거야 뭐 당연하지요. 주민 통제하고 감시하는 데에는 그저 명 대안 아닙네까? 주민들이야 번호에 비밀선을 알 턱이 있어야지요.

– 부과장 동지 내 한 번~ 아, 아니라~

– 어째 말을 하려다 그만~

– 아, 아니지. 내 공연한 생각을 했다이야. 그저 부과장 동지 하던 일 하오. 내 부부장 동지 방에 다녀올 거니~

– 예 그리 하기요.

태산은 부과장에게 부탁하려다 말고 마음을 고쳐먹었다. 일이 그르칠 수도 있다는 생각이 들었기 때문이었다. 공화국 당국에서 하는 일을 설령 아무리 깜깜한 정밤한밤중이라 해도 묽히기 어려울 것이었다. 태산은 공연히 용희 동무의 일도 마음에 걸렸다. 눈이 아니라 뜹자리를 보는사물 볼 줄 모르는 눈 어리석음을 범하고 있는 것은 아닌지 자신에게도 역스러웠다.

부부장의 방에 들어가니 부부장이 태산을 반갑게 맞아주었다. 크고 작은 행사차 평양에 가는 길엔 태산이와 동행하는 것을 좋아하는 부부장이었다. 단동과 가까운 신의주에서 시 보위부가 주축이 되어 어로협약이란 묘수를 짜내 외화벌이를 하게 된 이후 부부장과의 관계는 더욱 각별해졌다. 또한 노동당 부위원장으로부터 직접 손전화를 받고 스위스제 고급시계 선물까지 받은 이후에는 부부장 동지가 마치 평반에 물 담은 듯이 조심스레 대했다.

– 어서 오라, 박 과장 동지.

– 부부장 동지, 문까지 닫아 매고 뭘 그리 골몰하고 계십네까?

태산이 의젓하게 말했다.

– 게 앉으라. 이거 큰일이구나야.

– 아니 부부장 동지, 무슨~

– 평양 한복판에서 삐라 살포 사건이 발생했다는데~

부부장 동지의 말에 태산의 몸에 전기가 관통하는 느낌이었다.

– 기야 뭐 하루 이틀 일이나요? 반체제 류인물~

– 노동당 간부 짓이니 하는 말이야. 것도 공공장소에 구겨 던지고서리 달아났다 검거 됐대는 거이야.

부부장 동지가 파르르 몸을 떨었다.

– 아주 목숨을 걸고 혁명을 했구만이요.

– 개새끼니 나 어린놈이니 뭐 가관이었대지~ 중국 외화벌이 상납금에 손댔던 간부라는데~ 거 조심들 해야지~

태산은 가슴이 타들었다. 공화국 핵심체제의 이탈 징후라고 생각했다. 김정은 체제 이후 공포통치에 대한 불만이 인민들의 턱까지 치솟았다. 과도한 공사를 다그치느라 인민들의 인심도 멀어졌고 가족 간에도 호상 감시를 하도록 만들었다. 태산은 외화벌이 돈에 손을 댔던 적이 여러 번 있었다. 이번에도 중국 단동 어업회사를 통해 외화벌이 기회를 잡으면서 상납금에 손을 대지 않을 수가 없었음을 알고 있기에 속이 뜨끔했다. 태산은 애써 마음을 진정시키고 있었다.

– 낙지 어업권 말입네다.

– 어 그래. 보고 받긴 받았는데 어찌 되어가고 있나?

부부장의 귀가 솔깃했다.

– 낙지와 멸치로 한정했지요.

– 그래, 중국 배는 몇 척이 들어오나?

부부장은 머릿속으로 생각해두었던 숫자를 떠올리는 듯했다.

– 우선 300척까지 들어오도록 허용했습네다.

– 이 넘들 하는 거 보고 장차 더 늘려야 하지 않겠나?

부부장의 생각과 거의 맞아떨어졌지만 욕심이 생겼다.

– 기야 당연하지요. 입어료가 한 척당 인민폐 12만 5천 원한화 2천만원에 우리 쪽 선원 세 명씩 작업에 참여시켜 월급으로 인민폐 2천 5백

원한화 40만원을 받게 됩네다.

– 응 잘하고 있구나야. 어업권이야 뭐 안보리 제재 대상도 아니니깐 두루~

부부장 입장에서 보면 박태산의 일처리는 항상 마음에 드는 편이었다.

– 딸려 나간 우리 쪽 선원에겐 당 자금하고 세금으로다 절반을 떼내는 것으로 협의를 마쳤습네다.

– 그저 박 동지 머리 하난 잘 돌아 가는구나이. 응당 그리해야지~ 이거 한 푼이 아쉬운 시절 아니니? 거 대금은 우리 보위부에서 직접 단동에 나가 받아야 하는 거 명심하라.

부부장 동지의 낯바닥에 웃음꽃이 피었다.

– 그저 명심하고 있지요. 당 창건일10월 10일이 얼마 남지 않았으니 바짝 허리띨 졸라매야지요.

– 공화국에서 그저 외화벌이만큼 열혈충성 대열에 앞장서는 일이 또 어디 있겠나? 박 동지, 그저 열심히 한번 하라. 최룡해 부위원장에 신임을 받고 있는 데다 이래 공화국 살림에 충성을 해대니 박 동지 앞길이 이거 훤하구나이야.

태산은 부부장 동지의 말에 어깨가 으쓱해졌다.

– 부부장 동지께서 잘 이끌어 주셔야지요.

– 내야 뭐 이 의잘 박 동지한테 물려주고 떠나면 그만 아니니? 이제 나나이도 먹을 만큼 먹었잖나~

부부장의 이마의 주름살이 더욱 깊어 보였다.

– 어이쿠 이거 송구스럽게스리~

태산은 주빗거리며 부부장 동지의 방에서 나왔다. 공화국이 아무리 어려운 처지라 해도 자신에게는 길이 열려 있다는 생각이 들었다. 최룡해 노동당 부위원장이 탄탄하게 걸어가는 한 자신의 길도 탄탄하게 닦여질 것이라고 생각하고 있었다. 부부장 동지의 의자뿐만 아니라 부장 동지의 의자인들 마다할 까닭이 없었다.

태산의 이런 당찬 생각에도 불구하고 늘 마음 한구석에 얹혀있는 것이 있었다. 정숙과의 사이에 태어난 아들애 참의 문제에다 골이 깊을 대로 깊어진 명호 동무와의 관계였던 것이다. 당장 공민증을 발급받게 되는 문제에 당면함에 태산의 가슴속이 타드는 것은 당연한 것이었다.

태산은 자동차를 몰고 정숙의 기업소로 향했다. 정숙은 기업소 내부 강당에서 선전대원으로 공연에 참석하고 있었다. 태산은 정숙 동무가 여성중창 '조선의 마음'을 열렬히 노래하는 것을 멀리에서 지켜보았다. 태산은 여성중창이 끝나고 이어지는 선동극을 관람하며 이상하게 자신의 가슴속에서 맥박이 힘차게 튀어 오르는 기운을 느끼고 있었다. 당과 공화국, 기업 등이 일체가 되어 힘든 시기를 헤쳐나가자는 정책을 반영하고 있는 아주 훌륭한 공연이었다.

태산은 공연이 계속되는 동안 기업소 지배인의 방을 방문했다. 지역 기업소에서 가장 두려워하는 데가 보위부였기 때문에 지배인은 태산을 알아보고 허리를 굽실거렸다.

– 아니 여기까지 어찌된 일입네까?

– 여 기업소 선전대원을 만나러 왔다가~

태산은 은근히 낯바닥이 붉어졌다.

– 저런, 지금 한창 공연 중이지 않나요? 그래 기업소 선전대 누굴~

– 오정숙 동물 만나러 왔습네다.

태산은 사실대로 말했다.

– 오 동무야 그저 교원대 출신에 미모 빼어난 데다 능력도 있고 열

성분자이지요. 한데 어드런 일로~

– 아니 그저 잠간 낮얼굴이나 볼까 해서 왔는데~

태산은 지배인의 얼굴을 빤히 들여다보았다.

– 거 참 간 번지난번에는 도당 위원장 따님이 찾아왔더래는데~

– 아니 뭐이요? 홍용희 동무가 여겔~

태산의 머릿속이 순간 복잡하게 돌아갔다.

– 예, 한 번도 아니고 두 번씩이나 찾아 왔습지요.

– 아니 두 번씩이나~

– 그렇습지요. 내 그래 두 사람이 숨박곡질 한대는 말까지 했대는 뎁쇼.

태산은 지배인의 말에 갑자기 볼이 뜨겁게 달아오르기 시작했다. 간 번에도 그럼 정숙 동무의 뒤를 밟았던 것이 아닌지 의구심이 일었다. 홍용희가 정숙의 주위를 맴돈다는 것은 태산에게 이득 될 일이 하나도 없음이었다. 태산이 염려한 것은 이보다 정숙에게 끼칠 악영향이었다. 용희 동무의 예리한 눈초리를 정숙 동무가 쉬이 받아내기 어려울 것이라고 생각했던 것이다.

– 오 동무 만나보고 가시지요. 사이극막간극만 끝나면 곧~

– 내 급히 뒤치닥거리 할 일이 생겨 이만 가 봐야겠소.

태산의 마음이 급해졌다.

– 아니 그럼 오 동무한테 뭐라 다녀갔다는 옆말이라두~

– 아닙네다. 내 다시 발품 팔아 들르겠시오.

태산이 허둥지둥 지배인의 방에서 빠져나오는데 지배인은 한사코 허리를 숙이며 문밖까지 냄배웅을 나오고 있었다.

태산은 지금껏 자기 계획대로 착, 착 일이 진행되고 있다고 생각했다. 명호 동무의 심장은 태산이 쥐고 있음이나 같았다. 언제든지 마음만 먹으면 붙잡아 들여 반동분자로 몰아세울 만한 준비가 되어있었다. 명호 동무의 운명이란 언제든 태산에게 저당 잡힌 것과 같은 것이었다.

참이 역시 공민증을 받을 만큼 성장했고 이제 정숙 동무의 마음만 얻으면 된다고 태산은 생각하고 있었다. 공화국에서 나그네 없이 정숙 동무 혼자 살아갈 수는 없을 것이다. 명호 동무의 존재만 사라진다면 정숙 동무야말로 정해진 자리길궤도처럼 태산에게 다가올 것이라고 생각했다. 간 번의 만남에서 정숙 동무로부터 들은 참이 아버지며 이녁이라는 말이 여전히 태산의 귓가에 맴돌고 있었다.

태산은 자다가도 그 순간을 떠올리면 그저 가슴이 설레곤 했다. 그러나 용희 동무가 끼어들어 자꾸 불안해지는 마음을 떨쳐버릴 수가 없었다. 용희 동무가 정숙 동무를 만나는 까닭은 오직 하나일 거라고 생각했다. 상철에게 후오마니계모를 데려와서는 안 된다는 것은 핑계일 터이었다.

홍용희의 앙가슴가슴속에는 정숙 동무에 대한 질투심과 증오심으로 활 활 불타고 있었다. 혼인을 하고 아들애를 낳아 살면서도 밤마다 있었던 잠자리 투정의 이면에는 정숙 동무가 자리하고 있었다는 것을 태산은 이미 알고 있었다. 이부자리 속에서조차 정숙 동무의 생각에 부러 용희 동무에게 이상한 행동을 하곤 했다. 태산의 거친 몸놀림을 당해내지 못하고 고통을 호소하며 태산을 밀어내던 용희 동무와 끝내 위험을 무릅쓰고 리혼을 했던 것이다. 조선공화국에서는 잠자리에서 아낙네에 대한 나그네의 불만 요인은 리혼 사유가 되는 것이다. 공화국 보위부 요원의 리혼은 흉한 일이었기에 직職을 걸어야 했지만 다행히도 위험한 고비를 뛰어넘었던 것이다.

태산은 차마당에서부터 자동차의 가속페달에 힘을 주어 달리기 시작했다. 그러나 막상 기업소에서 빠져나오니 자동차의 방향을 어디로 틀어야 할지 망설여졌다. 기업소 네거리 한쪽 모퉁이에 자동차를 세우고 의자를 뒤로 젖혀 길게 누웠다. 까닭모를 불안함이 마치 고뿔이나 올 것처럼 스멀스멀 파고드는 듯했다. 마가을늦가을도 아니고 이제 계절의 초입인데 죽을 놈은 다 나오라는 날씨이듯 몸이 으슬으슬 떨리고 있었다.

태산은 다시 자동차를 몰아 장마당으로 향했다. 장마당에 가서 정통편이라도 사서 먹을 생각이었다. 중국에서 제조되어 들어온 정통편은 공화국 주민들에게 마치 만병통치약과도 같은 약이었다. 일종의 마약성 성분이 함유되어 있기 때문이었다. 공화국에서 아편에 중독된 주민들이 아편이 필요할 때 대신 정통편을 수십 알씩 구입해 먹었다. 혈압약이 듣지 않아 대용으로 정통편을 먹는 사람들도 있었다.

태산은 장마당에서 정통편을 구입해서 먹으니 10분 정도 되어 몸에서 땀이 나기 시작했다. 장마당 근처 후미진 곳에서 자동차를 세우고 의자를 뒤로 젖혀 눈을 붙였다. 깜빡 잠이 들었던 모양으로 잠에서 깨어보니 주위가 어둑해져 있었다. 태산은 평소 아끼는 시당 지도원 동지에게 손전화를 걸어 급히 만나기로 하고 자동차를 몰았다. 지도원은 멀리 떨어져 있지 않았기에 30분 뒤에 찻집에서 만나 은밀히 봉투를 건넸다.

– 지도원 동지가 그저 직포공장 오정숙 동무에게 은밀히 전해 주시오.

– 그야 물론입지요. 아이쿠 어찌 이마에 땀이~

태산이처럼 지도원 동지 역시 안절부절못했다.

– 내 고뿔이 드려는지 정통편을 몇 개 먹었더니~

– 아니 근데 이게~

달러 봉투를 보고 지도원 동지가 매우 놀랐다.

– 정숙 동무가 급히 돈이 필요하다기에 마련한 달럽네다. 그러니 속히~

– 아이쿠 내래 당장 기업소 네거리로 달려 가갔습네다.

태산이 보다 마음이 더 급한 지도원이 엉덩이에 불이 붙은 듯이 자리에서 벌떡 일어섰다.

– 거 지도원 동지~

– 예 말씀 하십쇼.

태산이 지도원의 귓전에 입을 가져다 대고 낮은 소리로 말했다.

– 홍용희 녀성 동무를 알고 있지요?

– 아다마다요. 도당 위원장 따님애 아니에요? 아이쿠 그러고 보니 박 과장 동지에 첫 번째 사모님~

지도원의 입을 태산이 틀어막았다. 태산은 홍용희와 얽힌 문제에 자신이 지나치게 예민하다는 것을 알고 있었다. 용희 동무와 연인인연을 끝내고 쉬쉬하며 살아왔지만 지역사회에서 알 만한 사람들은 다 알고 있는 모양이었다. 이런 터에 태산이가 정숙 동무에게 장달음줄달음질하는 것이 쉽지 않았지만 정숙을 향한 태산의 마음은 식을 줄을 모르고 있었다.

– 그러니 하는 소리 아니요. 용희 동무에게 이 사실을 드러내선 아니 된단 말이지요.

– 아이쿠 그저 하나 하면 둘이지요. 염려 마십쇼.

지도원이 찻집에서 나간 다음 한참 지나서 태산은 밖으로 나왔다. 이제 조금 오슬오슬한 기운이 달아난 듯 몸이 가벼워졌다.

집에 돌아오니 상철이가 과외 선생과 공부를 하고 있었다. 태산은 그저 고개만 한번 끄덕거려 주고 방으로 들어와서 정복을 벗고 누우려다 벽 쪽에 붙어있는 장롱의 문이 살짝 열려져 있는 것을 보았다. 장롱을 열어보니 속옷들이 흩어져 있었다.

– 상철아~

– 예 아버지.

상철의 표정은 평소와 다름이 없었다.

– 너 장롱 열어 보았대나?

– 아니 아버지 방에 들어가지도 않았는데요.

상철이가 머리를 절래절레 흔들었다.

– 상철이 네 오마니 여게 다녀갔더랬지?

상철이 쭈뼛거리다가 마지못해 고개를 천천히 끄덕이고 있었다. 태산은 아들애의 이런 모습을 보고 더 확인할 필요가 없다고 생각했다.

차마당에서 고급 시계의 행방을 묻던 용희 동무를 태산은 떠올리고 있었다. 홍용희에게 시계가 필요하지는 않았을 것이다. 용희 동무의 팔뚝에도 번쩍거리는 스위스제 고급시계가 채워져 있었기 때문이다.

녀자의 직감이란 것이 이런 것인지도 모른다. 정숙 동무에게 선물로 줘버린 시계의 행방을 찾아 나선 모양이라고 생각했다. 이런 용희 동무의 직감은 대체 어디에서 비롯되는 것일까. 아아, 태산은 장마당에서 구입한 정통편을 하나 더 덥석 입속에 털어 넣고 나른한 잠속에 빠져들었다.

2

중국 단동의 외곽 교회 분위기는 마치 소금만 넣고 끓인 염소대조탕을 하루종일 입에 우물거리는 형국이었다. 중국 공안원들이 성분조사를 한다며 아침 일찍 들이닥쳤다. 마침 리춘희 등의 탈북 대기자들은 작업장에 나간 뒤였다. 장동식 목사 부부와 김국기 선교사는 성분조사를 받았고 중국 공안원들은 화풀이하듯 무덤 속 조상의 뼈다귀까지 들추어낸 다음에야 돌아갔던 것이다.

장동식 목사와 김국기 선교사는 간번에 들은 소문 이후 몸을 낮게 움츠리고 있었다. 조선공화국 공안원들이 수년간 알고 지내던 목사와 선교사들을 일시에 포획했다는 소문이었다. 캐나다에 이민 간 교포 배 목사와 한국계 미국인 최 선교사는 하루 이틀 조선공화국에 드나들던 분들이 아니고 십여 년 경력의 사람들이었다. 경력이 오래다 보니 국경 지역의 보안원들과 자연스럽게 알게 되고 수시로 꾹돈도 찔러주면서 호상 균형을 잡아 활동하고 있었다.

안면을 트고, 호상 보이지 않으면 안부를 물어올 정도의 사람들이 갑자기 돌변한 연유야 김정은 정권의 불안함 때문이었다. 조선공화국에 김정은 체제가 더욱 독재화되고 인민들에 대한 가혹한 탄압이 더해지고 있었기 때문이다. 팽팽히 당겨진 고무줄이 한번 풀리면 무차별적으로 풀리는 것과 같이 억압과 탄압 등 독재의 방식만으로는 김정은 체제의 보장을 장담할 수가 없기 때문이기도 했다.

– 선교사님, 정말 뜻밖이지요?

장동식 목사는 여전히 믿기지 않는다는 표정으로 김국기 선교사와 마주 앉았다.

– 최 선교사야 그렇다 쳐도 배 목사님을 체포하다니 원~

– 미국인 청년을 구금했을 때 이런 일이 장차 벌어지리라는 것을 짐작은 했지만 막상 닥치고 보니 믿기지 않습니다.

하는 장동식 목사의 말에 작은 키에 목만 길어 보이는 김국기 선교사가 말시답을 하고 있었다.

– 한낱 관광객까지 억류를 하고 구금을 하다니 김정은이 똥줄이 어지간히 타긴 탄 모양이지요.

– 미국 명문 공립대 다니는 아주 엘리트 청년이더만요. 미국에서 풀어 달라고 압력을 넣고 있다는 데도 어느 개가 짖느냐는 식이니 원~

장 목사의 얼굴이 순간 우울해 보였다.

– 아니 무슨 죄를 졌다고 노동교화형 15년이란 말인가요?

– 뭐 양각도 호텔 벽에 걸린 선전물 훔친범으로 몰려 이 지경이 되었다지요. 사람의 속을 알 턱이야 없는 일이지만 젊은 청년이 안 됐지~ 미국 놈들이 가만있지 않을 텐데 어찌됐건 젊은 사람이 힘껏 버텨야 할 텐데~

터무니없이 죄를 뒤집어씌우는 조선공화국의 행태를 생각하면 가슴부터 먹먹했다.

– 우리도 각별히 조심해야겠습니다.

– 그래 말인데 김 선교사님, 당분간 신의주에 들어가는 일은 보류하시지요.

– 글쎄 걱정입니다.

김국기 선교사의 얼굴바닥에도 너웃너웃 어둠의 그림자가 깔리고 있었다. 대수롭지 않게 능능청을 떨던 호탕함도 보이지 않았다. 죽음을 무릎쓰고 국경을 넘어 조선공화국을 밟던 용기는 무색하게 물에 젖고 말았던 것이다.

– 여보, 당신도 조심하세요.

옆에서 묵묵히 듣고 있던 목사의 부인 이희순이 조바심 섞인 목소리로 말했다. 중국 단동에서 작은 교회를 열어 쉼터 역할을 하는 데는 목사의 부인의 힘이 컸다. 중국 단동지역에 사는 교포들은 물론 조선공화국에서 국경을 넘어 단동에 은신하고 있는 탈북자들에게 인도적인 도움을 주고 있었다.

– 성경책 하나 소지하는데 정치범이라니~ 하나님이 어찌 이런 큰 시련을 주시는지 모르겠구만~

목사 부부에게 가장 큰 소명은 복음을 전파하는 일이었다. 하나님 말씀을 전하고 기도하며 성경공부를 하도록 하는 일이 부부의 일이었다. 목사 부부나 김국기 선교사나 평범한 가정을 이루지 못했다. 목사 부부는 말씀 봉사를 하다 만나 가정을 이루었다고 한다. 목사의 아내 이희순이 말했다.

– 기적을 보여주시려는 것이지요. 하나님의 계획이 엉뚱할 때가 좀 많았나요. 그저 믿고 기도 해야지요.

목사 부부는 여느 부부와 달리 아이를 낳지 않고 살고 있었다. 하나님 말씀 전하다 때가 되어 부름에 임하리라는 것이 이들 부부의 사명이었다. 김국기 선교사가 말했다.

– 목사님, 이럴 때일수록 강인해져야 할 것 같습니다. 우리에게 닥친 시련이 클수록 이겨냈을 때에 우리에게 보여줄 하나님의 영광은 창대하지 않겠습니까?

김국기 선교사 역시 가정을 이루지 못하고 오직 조선공화국 선교사업에 매진하고 있었다. 국경을 넘어 공화국에 들어가기 위해 김국기 선교사는 한국 국적을 버릴 수밖에 없었다. 캐나다에 이민 간 이후 단동에 들어왔기 때문에 캐나다인 신분으로 공화국 왕래가 가능했던 것이다. 장동식 목사가 이마의 주름살을 끌어올리며 말했다.

– 김 선교사님 말씀이 맞습니다. 한낱 독재자의 주권이야 하나님의 크신 주권에 어찌 대적할 수야 있겠습니까?

– 목사님이 그렇게 말씀해 주시니 더욱 용기가 생기는군요. 목사님, 아무래도 국경을 넘어 신의주에 한 번 다녀와야 할 것 같습니다.

– 아무렴 때가 좋지는 않지만 하나님이 우리 사역을 내버려 두실 분이 아니지요. 김 선교사님이야 십수 년 왕래하며 벗한 보위부 동무들도 있으니 뭐 무슨 일이야 있겠습니까. 그래도 마귀 떼떼 닮은 사람들이니 조심하십시오. 사역 동참동료들도 발자국 단속시키시고요.

– 예, 그래야지요.

– 국경 이탈자들한테는 선교사 직분이지만 조선인민공화국 주민들한테야 인도주의자인데 뭐 겁낼 거야 없지요.

하고 목사의 부인 이희순이 끼어들었다.

김국기 선교사는 목사 부부의 도움으로 조선공화국에 들어가 어려운 주민들을 돕는 구제사역을 하고 있었다. 공화국 주민들을 돕는 데는 따뜻한 말 한마디보다 생활에 필요한 의복이나 의약품이 더 소중했다. 오랜 세월 국경을 넘어 왕래하다 보니 자연스레 주민들과 가까워지게 되었다. 처음에는 자잘한 먹을거리나 의복가지 등을 주어 마음을 얻기 시작했다. 시간이 흐를수록 공화국 주민들에게 절실한 물품을 제공해 주었다.

농기계를 구입해 주고 전기 발전기를 구입해 넣어주었다. 가정에서 필요한 재봉틀도 구입해서 넣어주었다. 나중에는 두부를 만드는 기계며 빵을 굽는 기계까지 종류를 늘려 지원해 주었다. 장동식 목사나 김국기 선교사의 도움이 공화국에 절실한 힘이 된다는 것을 공안 당국에서도 알고 있었다. 그렇기 때문에 이들이 국경을 넘어 조선공화국에 왕래하는 것을 마다할 이유가 없었던 것이다.

김국기 선교사가 컨테이너에 생필품과 필요한 기자재를 싣고 들어가 공화국 주민들을 도울 수 있었던 배경에는 아랫동네의 적극적인 도움이 있었다. 한국에 적을 두고 있는 여러 교회와 노회에서 하나같이 아낌없는 지원을 해주고 있기 때문에 국경지역에서 여러 선교사들이 구제사역을 펼칠 수 있는 것이었다.

조선공화국이 주민에게 종교의 자유를 허락하지 않고 있기 때문에 종교 활동은 엄격히 금지되고 있었다. 김국기 선교사 역시 이런 공화국의 실정을 알고 있기에 행동에는 큰 제약이 있었다. 가방에 성경책을 넣고 다니다가 심문에 걸리면 곤혹을 치르게 되어 있었다. 그래서 선교사들은 주민들에게 전할 하나님 말씀을 숫제 머릿속에 통째로 집어넣을 수밖에 없었다. 조선공화국이 종교를 허용하지 않기 때문에 아주 작은 종교 활동이라 하더라도 간첩 행위라는 죄목이 붙었다. 간첩행위라는 죄목은 단박에 처형을 당할 정도로 무서운 죄목이었다.

밤이 이슥한 시간에 교회로 돌아온 춘희는 선교사부터 만날 생각이었다. 국수공장에서 노예처럼 일을 하는 것이 힘이 들었지만 마음의 허허로움에는 미치지 못했다. 중국 단동에서 한 걸음도 앞으로 나아가지 못하고 있었기 때문이다.

브로커들의 말이 사실이었더라도 이렇게 무작정 노예처럼 일만 하며 시간을 허비하기에는 너무 절박한 처지였다. 조선공화국 보위부에서도 어떤 움직임을 취하지 않고 있음에 춘희의 마음만 더욱 오그라들었다. 오라 속에 잡힌 짐승처럼 저들의 행태를 지켜볼 수밖에 없는 참혹한 심경이었다. 공화국의 바람피우는허황된 짓들이야 따져 물을 필요조차 없음에도 춘희의 마음은 공연히 타들어가고 있었다.

꿈속에서 춘희는 공연히 누군가에게 쫓기는 꿈을 꾸었다. 밤마다 악몽에 시달렸고 달아나려고 애를 쓸수록 걸음이 떨어지지 않았다. 죽음을 무릅쓰니 낭떠러지로 몸이 떨어졌고 깨어보면 꿈이었다. 목이 달아난 사람들이 춘희를 향해 손을 뻗어 잡으려고 하면 실제로 춘희의 몸부림이 일어났다. 온몸이 흥건한 땀으로 젖어 있었다. 악몽에서 깨어보면 어머니 얼굴이 떠올랐다.

리명호 선생의 얼굴도 떠올랐고 그때마다 춘희는 가슴이 찢어지는 느낌이었다. 꿈에서 깨었는데 여전히 꿈속처럼 비몽사몽이었다. 용길씨의 모습은 이상하게 또렷하지 않았지만 검은 그림자의 모습이 되어 춘희로부터 달아나는 모양이었다.

난데없이 춘희의 가슴을 짓누르는 검은 형체의 모습도 보였고 그 검은 형체는 무거운 돌덩이가 되어 춘희의 가슴을 마구 짓누르고 있었다. 춘희는 꿈에서 깨면 막연한 두려움이 엄습했다. 이러다가 영영 꿈에서 깨어나지 못할지도 모른다는 불안함이 가슴을 짓눌렀기 때문이었다.

– 춘희 자매님, 어서 오오.

김국기 선교사가 가방을 챙기다가 반갑게 춘희를 맞아주었다.

– 선교사님, 제발 춘희 도와주십시오.

춘희의 목소리는 어느 때보다 간절했다.

– 노역이 힘이 들지요? 쉬는 날도 없이 하루 10시간이라니~

김국기 선교사는 절로 고개를 흔들어댔다. 쉬는 날도 없이 하루 10시간이면 공화국 노동단련대 일상이나 다를 바가 없었다.

– 노예처럼 일하는 게 힘이 든 게 아네요. 우리가 노예처럼 채찍질을 당해 힘들다는 게 아니란 말이지요.

춘희의 눈에서 눈물이 뚝 뚝 떨어지고 있었다. 이제 눈물이 메말라 나오지 않을 법도 하지만 이상하게 목사 부부나 선교사를 보면 눈물부터 흘렀다.

– 춘희 자매~

하는 김국기 선교사의 입에서 한숨이 흘러나왔다. 춘희뿐만 아니라 일행들 역시 시간이 흐를수록 불만이 커졌다. 중국 공안의 단속이 철통처럼 강화되어 제3의 장소로의 이동이 거의 봉쇄되어 있었다. 목재공장에서 돌아와 목사 부부의 만류에도 외출을 했던 남성 동료 하나는 결국 중국 공안의 검열에 붙들려 북송되고 말았다.

– 브로커 선생님들 기별은 있습네까?

– 연락은 닿지요. 한데 저 조선공화국 분위기가 심상치 않아요.

선교사의 표정이 금방 비가 뿌릴 것처럼 어두웠다.

– 게 무슨 소리예요?

– 국경 넘나들던 목사님, 선교사님들이 공화국 검열에 체포 되었답니다.

– 아니 조심들 하시잖구서~

공화국 검열에 체포되었다는 선교사의 말에 춘희의 손이 바들바들 떨렸다. 춘희의 손에는 작은 성경책이 들려져 있었다. 김일성 사상이라는 주체사상으로 무장된 조선공화국 인민들에게는 하나님의 존재 자체가 미신이었다. 공화국은 헌법상 종교의 자유를 인정하고는 있지만 주민들에게 종교는 그저 가까이해서는 안 되는 대상이었다.

– 조심한들 뭐가 달라졌겠습니까? 작정하고 잡아들인 거란 말입니다. 여행 온 미국 청년까지 구금을 했다지요?

– 미국 청년까지~ 어머나, 죄목이 머이길래~

공화국의 짓거리들을 짐작할 수 있었지만 막상 선교사로부터 듣게 되니 말문이 막혔다.

– 뭐 죄목이야 입맛대로 끼워 맞추면 그만이니 머~ 무슨 선전물 사진을 박았대나 어쨌대나~

– 기깟 사진을 박았다구~

춘희는 단동의 외곽 교회에 거처를 두고 국수공장에 나가 노예처럼 일을 하면서 조선인민공화국의 기만과 허상에 눈을 뜨기 시작했다. 공화국에서는 종교에 대해 무지했고 형식상 종교가 있다고 하더라도 그 존재를 부정하고 탄압으로 일관하면서 김일성, 김정일에 대한 신격화를 철저히 강화시키고 있었다. 생명의 창조나 예수, 하나님 등의 말씀은 김일성, 김정일이라는 존재 앞에 조금이라도 얼굴을 내밀 수가 없었다.

– 아무래도 한번 들어갔다 와야겠어요.

– 정말 다녀오실 수 있갔습네까? 아무런 일이 없어야 할 텐데~

선교사를 바라보는 춘희의 마음은 걱정뿐이었다.

– 이럴 때일수록 더욱 조심해야지요.

– 하믄 춘희에 편지 하나 전달할 수 있겠소?

공화국에 다녀와야겠다는 선교사의 말에 춘희의 표정이 활짝 밝아졌다. 춘희는 이곳 교회에서 처음에는 예수니 십자가니 하는 말들이 허황되게 들렸었다. 하지만 몸이 힘이 들어 지치고 마음에 상처가 깊어진 탓에 무엇이든 의지할 대상이 필요하다는 것을 느꼈다. 춘희의 가슴에 하나님의 따뜻한 기운이 전해지는 데는 그리 오랜 시간이 걸리지 않았다.

– 글쎄, 자매님의 편지야 날아가고 싶겠지만 검열도 심하고 통제도 심해졌다기에 뭐 장담할 수야 없는 일이지요. 북녘땅에 남은 가족한테 소식 전하게요?

– 아, 아냐요. 가족이 아니라 저를 배워주신 선생님한테 불피코 전할 말이 있어서 말입네다.

춘희의 마음에 돋아난 선생님에 대한 송구스러움은 단단한 응어리로 남아 있었다.

김일성, 김정일, 김정은 삼부자에 대한 무조건적인 충성과 노동당 위에는 어떤 것도 설 수 없다는 절대성이 공화국 주민들을 억누르고 있었다. 오직 절대자에 대한 충성심만이 주민들 사이에 존재하는 최고의 가치였다. 절대자를 위해서 하는 짓은 무슨 짓을 해도 죄악이 되지 않는다고 생각했다.

– 국경관문 신의줄 벗어나지 않음 발품 팔아 은밀히 해볼만은 하지요. 뭐 같은 신의주라도 관문동 일대라면 더욱 좋고 말입니다.

– 시내 중심에서 좀 떨어진 고등중학입네다. 청년역에서 멀지 않은 듯한데~

춘희의 가슴이 순간 기대감으로 차올랐다.

– 그럼 다행이네요. 설마하니 위화도 상단리에 심부름을 시키나 했지요.

– 아니 위화도라니요. 선교사님 그저 웃음락담樂談도 할 줄 아시누만요.

춘희와 선교사가 모처럼 끼드득 대며 웃었다. 춘희는 하나님의 말씀을 받아들이기 시작하면서 심한 죄책감에 시달렸다. 공화국의 은밀한 꼬임에 붙들려 리명호 선생에게 몹쓸 일을 저지르고 말았던 간번의 일이 바위덩어리처럼 가슴을 눌렀다. 리명호 선생에게 무슨 일이 닥칠지 모르는 터라 춘희의 마음은 타들었다.

– 예전 광명구역이던 백사동이니 채하동이니 거 시내 중심에는 기웃대기 쉽지 않단 말입니다. 세상이 급변하니 뭐 천지개벽이니 하는 말들이 남쪽 동네 발전상 보고 하는 말이 아니라 공화국 역시 하루가 다르게 변하고 있어요.

– 맞아요. 저녁노을이 예쁘게 비껴간대는 채하동엔 그저 쭉 쭉 뻗은 고층살림집들이 늘어서 있어 노을 구경하기조차 어렵다 하더란 말입네다.

고층살림집을 생각하면 가슴이 뛸 때가 춘희에게도 있었다.

– 채하동도 발전 많이 했지만요. 어쩌나 속도전 속도전 하는 바람에 그냥 국경 넘어 들어가 보면 하루가 다른 게~

– 선교사님, 그럼 내 속히 편지 써서 드릴 테니 떠나기 전에 불피코 춘희 보고 가시라요. 내 목숨보다 귀한 편지이니 못 보고 가시면 내가 평생 후회하게 될 거니까~

춘희의 마음이 급했다.

– 그러지요. 자매님, 그럼 속히 밤새워서라도 써서 주오. 이거 피곤할 텐데 사정이 여의하면 새벽에 목사님하고 같이 기도나 하시지요.

– 예, 그리하렵니다. 아직 기도가 뭐인지 하나님 말씀이 뭐인지 통 모르겠지만 그저 다소곳이 앉아 잘못했던 일을 뉘우치고 궁겁다궁금는 것을 형제자매님들 앞에 내붙이는토론 것이 좋더란 말입네다.

춘희에게 여전히 하나님은 막연한 존재였다.

– 하하하~ 이거야 원 최고 령도자 김정은 원수님께서 휘황한 자매

님의 변화를 보아야 할 터인데~

– 아이 에그나~ 점점 선교사님 웃음락담 하시고~ 내 그럼 북송돼 죽으라는 소리 아닙네까?

– 하하하~ 춘희 자매님 그저 웃자고 하는 소리지요.

춘희에게 목사 부부나 선교사는 이제 가장 믿을 만한 사람들이었다. 같은 처지의 동무들도 각자가 어떤 생각들을 하고 있는지 알 길이 없을 뿐만 아니라 처음에 믿었던 공화국 브로커나 중국 교포 브로커는 더욱 믿을 수가 없었다. 너무나 돈을 밝히는 데다 교회 옥상에서 엿들었던 은밀한 수작질들 때문에 더욱 믿기 어려웠던 것이다.

춘희는 숙소로 돌아와 밤새 엎디어 리명호 선생한테 편지를 썼다. 용길 씨 연락처로 편지는 어떻게 전달했느냐는 물음에서 시작해 자신의 현재 처지를 상세히 썼다. 용길 씨의 연락처는 사실 보위부 요원의 지시에 의해 조작된 연락처임을 편지에 밝혔다. 혹시 용길 씨에 전할 편지를 아직 가지고 있다면 김국기 선교사로부터 편지를 받는 즉시 불에 태워버리라고 썼다. 편지에 넣었다는 달러에 대한 것도 사실대로 밝혔다. 달러를 춘희 자신이 넣지 않았고 200달러라는 말은 보위부에서 그렇게 전하라는 지시였다는 사실도 편지에서 밝혔다.

그리고 떨리는 팔을 겨우 진정시키면서 보위부 정보원의 꼬임에 넘어가 리명호 선생과 은밀히 만나 탈북을 의논한 사실과 국경 너머에서 남쪽 어머니와 손전화를 시도했던 사실들을 정보원에게 발설하게 되었다고 고백했다. 시키는 대로 연락 브로커 손전화 번호를 따서 건넨 얘기, 브로커의 지시를 곧장 보고한 얘기, 보위부의 비호를 받으며 안전하게 압록강을 건넌 얘기 등을 자세히 적었다.

보위부의 간부라는 사람이 리명호 선생을 반동분자로 보고 있다는 사실을 적을 때는 팔이 정말 심하게 떨렸다. 춘희의 뜻과 다르게 검정새치가 되고 말았으니 용서해달라는 얘기와 함께 각별히 주의할 것을 당부드렸다. 보위부 간부라는 사람이 어째서 리명호 선생을 반동분자로 몰아 당장 검열을 하고 체포할 것처럼 날뛰는지, 그 사람이 리명호 선생의 벗이라는 분이 맞는지 되돌아올 회답 편지는 기약할 수 없는 일이지만 또박또박 물었던 것이다.

조선공화국 보안원들이나 중국 공안들의 검열이 심해 움직일 수가 없다는 것과 국수공장에 다니며 노예처럼 하루 10시간 이상 노동을 하고 있다는 사실도 빠짐없이 적었다. 이제 이곳 교회에서 좋은 목사 부부와 선교사를 만나 마음속에 하나님을 영접하게 되었다는 말도 빼먹지 않고 적었다. 밤을 새워 수많은 사연이 적혀진 그 편지는 춘희가 흘린 눈물로 얼룩져 있었다.

춘희의 팔이 격정적으로 흔들린 대목에선 끝내 숨김없이 보위부 간부의 억센 힘에 춘희의 여성마저 빼앗긴 사실을 적었다. 춘희의 몸이 마치 전기에 감전이라도 된 듯 부들부들 떨렸지만 춘희는 온 힘을 다해 진정시키며 마지막 글을 채웠다.

춘희는 편지의 끝에 덧쓰기추신까지 하고서 눈물 젖은 편지를 접었다. 봉투에 곱게 넣어 봉함을 하고 봉투 상단에 동부인同夫人 이라고 적었다. 동부인이란 말을 어떻게 적게 되었는지 모르지만 손이 이렇게 움직인 것은 리명호 선생이 부인과 함께 이 편지를 보게 되길 내심 바랐었기 때문일 것이다.

왜냐하면 경우에 따라 가족이 함께 국경을 넘어야 하는 상황에 직면할지도 모르기 때문이었다. 만약 리명호 선생이 위급한 순간에 직면하게 된다면 가족끼리 협의할 시간을 줄일 수도 있고 신속히 행동을 취하는데 유익할 것 같았기 때문이었다. 춘희는 움직이지 못할 정도로 몸이 까라졌지만 잠시도 눈을 붙이지 못했다.

몸은 까라지는데도 눈을 붙일 수 없는 것은 복잡한 생각이 거미줄을 치고 있었기 때문이었다. 이렇게 리명호 선생한테 편지를 보내는 일이 사람이라면 마땅히 해야 할 도리라는 생각이 들었다. 무엇보다 하나님 앞에 떳떳한 자녀가 되기 위해 자신의 잘못을 이렇게나마 뉘우쳐야 한다는 생각이 앞섰다. 편지쓰기를 마치니 지난날들의 과오過誤에서 벗어나 이제 새로운 삶을 맞이할 수 있다는 희망으로 춘희의 낯빛이 조금 밝아졌다.

새벽 먼동이 트기 시작할 무렵 춘희는 예배당 뒤편 기도실로 향했다. 기도실에는 목사 부부와 선교사가 벽에 걸린 십자가를 향해 무릎을 꿇고 기도를 올리고 있었다. 춘희는 목사의 부인 이희순 씨의 옆에 나란히 무릎을 꿇었다. 목사 부부나 선교사는 진심을 다해 열성적으로 기도를 올리고 있었다.

기도의 시간이 길어질수록 이들의 소망이 간절해지고 있다는 것을 느꼈다. 춘희는 이렇게 이들 곁에 무릎을 꿇고 나란히 앉아 기도를 하는 자신의 모습이 처음에는 낯설고 어색할 뿐이었다. 자신의 목표도 흔들렸고 내일날에 대한 믿음 역시 흔들렸다. 하루를 내다보지 못할 정도로 암울한 날들이었고 단동의 흐린 하늘처럼 내일날의 모습은 어둡게만 느껴졌던 것이다.

춘희는 자신의 소망을 하나님 앞에서도 소리 내어 말하지 못했다. 무엇보다 이런 자신의 모습이 낯설게 느껴질 뿐만 아니라 공화국을 생각함에 자신이 분명한 반동분자가 되어버린 느낌이었기 때문이다. 공화국을 탈출해서 나왔지만 자신이 반동이라는 생각은 아직까지 하지 못했다.

춘희는 여전히 공화국의 충성분자라는 생각에는 변함이 없었다. 그러나 자신이 공화국에서 겪고 당한 일들을 생각하면 배신감이 절로 생겨났다. 춘희는 십자가를 향해 경건한 마음으로 무릎을 꿇고 앉아 공화국의 인민들을 생각했다. 사람대접받지 못하면서 오직 수령의 이름을 부르며 광기에 젖어 있는 인민들을 위해 기도했다. 목소리는 밖으로 드러내지 못하고 마음속에서 생각을 더듬었을 뿐이다. 공화국의 인민들이 진정으로 자유가 무엇이며 행복이 무엇인지 깨닫게 되기를 맘속으로 빌었을 뿐이다.

목사 부부와 선교사의 기도는 더욱 절실해지고 있었다. 목사 부부나 선교사가 기도를 하던 중 어느 순간에 이르러 소리를 지르면서 기도하는 대목이 있었다. 통성기도라 불리는 이런 기도 방식이 춘희는 낯설기는 해도 열렬한 믿음의 표현이란 점에서 이해할 수도 있다는 생각이 들었다.

이런 장면은 마치 공화국 인민들이 수령을 외치면서 박수를 치고 팔을 쳐들어 펄쩍펄쩍 뛰는 모습과 다르지 않았다. 춘희는 수령을 향해 도와 달라, 복을 달라고 하는 공화국 인민들의 몸짓을 단동의 낯선 교회에서 하나님을 향해 도와 달라, 복을 달라고 하는 이들의 기도를 통해 떠올려보고 있었다.

자신의 묵상 기도를 끝낸 목사 부부와 선교사는 주여~ 주여~ 주여~ 하고 큰소리로 외쳤다. 팔을 위로 뻗어 마치 하늘로 날아 올라가는 천사의 모습을 연상하게 했다. 위로 뻗은 팔을 좌우로 물결치듯 흔들다가 상체를 덩달아 좌우로 흔들어대기 시작했다. 목사 부부와 선교사는 주위의 시선을 전혀 아랑곳하지 않고 몸짓과 함께 목소리를 최대한 크게 뿜어 올렸다. 이렇게 소리를 질러야만 하나님의 대답을 들을 수 있다는 것처럼 이들의 기도는 거침이 없었던 것이다.

춘희는 기도 중에도 오직 편지 생각뿐이었다. 편지 속에 담은 리명호 선생에 대한 죄책감은 지금 춘희의 품속에서 웅크리고 있었다. 춘희가 지은 죄를 하나님이 용서해준다는 말이 아직 가슴에 와닿지 않았지만 춘희는 진정으로 마음을 담아 용서를 빌고 있었다.

선교사를 통해 리명호 선생의 손에 편지가 전달되면 정말 용서받을 수 있을지 걱정이 되었다. 그러나 지금 당장 죄를 용서받는 문제보다 시급한 것은 리명호 선생에게 미칠 피해를 막아내는 일이었다. 춘희의 마음이 이토록 다급한 이유이기도 했다. 춘희는 목사 부부와 선교사의 간절한 통성기도 소리를 밀어내며 진심으로 자신의 기도를 드렸다.

목사 부부와 선교사의 입속에서 알아듣지 못할 방언이 쏟아지기 시작했다. 말도 아니고 노래도 아니고 잠꼬대도 아닌 이런 기도의 방식을 춘희는 결코 이해할 수 없었지만 하나님과 직접 소통하는 순간이란 말을 듣고서 소름이 돋았다. 오직 하나님이 부여한 재능이 바로 성령의 형태로 나타난다는 것이었다. 하나님이 모든 것을 알고 계신다는 믿음을 갖기 시작하면서 공화국에서의 일들을 떠올리면 춘희의 얼굴색이 저절로 붉어지는 것이었다.

통성기도를 마치고 일행은 둥그렇게 둘러앉아 축원 기도를 올렸다. 장동식 목사의 기도는 김국기 선교사의 방북이 하나님의 보살핌 아래 무사히 이루어지도록 축원하고 있었다. 춘희는 장동식 목사의 성경 말씀이 모두 이해되지는 않았지만 마음 속에 파고드는 말이라는 느낌을 받고 있었다.

모든 것 위에 믿음의 방패를 가지고 이로써 능히 악한 자의 불화살을 소멸하고 구원의 투구와 성령의 검劍 곧 하나님의 말씀을 가지라. 에베소서 6장 16절

– 아멘.

여호와는 선하시며 환난 날에 산성이시라. 그가 범람하는 물로 그곳을 진멸하시고 자기 대적들을 흑암으로 쫓아내시리라. 나훔서 1장 7,8절

– 아멘.

춘희는 일행과 함께 아멘으로 대답했다. 공화국을 떠나 방황하고 있는 동료들에게 축복이 내려지기를 기도하는 의미로서 아멘으로 화답했다. 가장 가슴 깊은 데서 끓어 올라오는 소리가 바로 춘희에게 아멘이었다. 예수님의 말씀이고 영원한 진실에 대한 선언임을 밝히며 하나님의 약속이 실현되리라는 보증임을 인정하는 아멘이었다. 춘희는 그런 아멘의 심정을 정성껏 담아 선교사에게 편지를 건네주었다.

춘희는 숙소로 돌아와 곧장 동료들과 같이 일터로 향했다. 선교사가 조선공화국을 향해 떠나는 모습을 보지 못하고 춘희가 먼저 교회를 빠져나왔던 것이다. 춘희는 국수공장에서 내내 일을 하면서 마음속에서 아멘을 부르짖었다. 편지 속에 담은 춘희의 진심이 리명호 선생한테 꼭 전해지기를 정말 간절한 마음으로 기도하고 있었다. 작업을 마치고 밤이 늦어 숙소에 도착했을 때 선교사의 모습은 보이지 않았다.

3

명호는 마치 책갈피 속에 오랜 세월 갈무리해둔 은행잎을 들춰보듯 책장의 책 속에 은밀히 넣어둔 편지를 조심스럽게 꺼냈다. 정숙 동무가 보지 못하도록 비교적 낡은 책을 골라 책장 속에 숨겨둔 것이었다. 춘희한테 편지를 받은 후 기회가 되는대로 불피코 용길 씨란 청년한테 전해주리라 생각했지만 일이 마음처럼 되지 못했다.

춘희의 앞품에서 나온 편지를 받아들었을 때 명호의 가슴은 뭉클했었다. 연분하던 사람을 만나보지 못하고 편지로 마음을 달래려던 춘희의 찢어지는 아픔이 느껴졌기 때문이다. 그런 중에도 편지 속에 200달러 정도 들었다는 얘기에 가슴이 더 먹먹해졌다. 뜻밖에 큰돈을 아낌없이 청년에게 전하려는 춘희의 애절한 마음이 명호의 가슴마저 뭉클하게 했기 때문이다.

국경을 넘어 도강渡江을 하고 아랫동네까지 내려가려면 돈을 충분히 지니고 있어야 하는데도 명호는 차마 한마디도 해주지 못했다. 춘희의 어머니가 남쪽에서 보냈을 돈이라고 생각하니 명호로 하여금 남쪽 형님의 우쭐대던 전화 목소리를 떠올리게 만들었다. 백두산 들쭉주를 사서 마실 돈치고는 돈의 금액이 너무 컸다. 경황이 없던 터에 집에 돌아와서 편지를 만져보니 너무 가볍다는 생각이 들었다. 미제들의 돈이 어떻게 생긴 것인지 잘은 모르지만 10달러짜리 20장이 들었다고는 믿기지 않은 두께였던 것이다. 100달러짜리가 들어 있지는 않을 것이라고 생각했기 때문이다.

명호는 그날, 편지를 다시 책갈피 속에 은밀히 숨기면서 춘희의 사무치는 울음소리까지 곱게 갈무리하여 담아두었다. 수로가 만나는 지점에서 춘희와 마지막 포옹을 하며 헤어질 때 유독 가슴을 긁어대며 울어대던 밤새 소리까지 편지 속에 함께 넣어두었다. 차갑게 위축된 춘희의 몸이 파르르 떨리던 기억이 새로웠다. 반드시 살아서 어머니 품에 안기겠다던 춘희의 목소리가 지금도 귓가에 맴을 돌고 있었다.

춘희가 일러준 용길 씨의 연락처는 뜻밖에 멀지 않은 곳이었다. 평양 어디쯤이거나 다른 지역이었다면 왕래가 자유롭지 못한 터에 곤란했을 것이다. 하지만 춘희로부터 받아 적은 연락처는 그리 멀지 않은 데였다. 모내기 전투를 끝내고 집에 돌아와서 당장 용길 씨를 찾아가 편지를 전해줄 생각을 했었다. 그러나 작업장 이탈자 색출과 노동단련소 입소 문제로 경황이 없었기 때문에 편지 전달 일을 잠시 미뤄두고 있었다. 설령 편지의 전달이 조금 늦어진다고 하더라도 별 문제가 되지 않을 것 같았기 때문이다.

밤이 깊었는데 정숙은 아직 돌아오지 않고 있었다. 명호는 편지를 품속에 넣어 대문을 나서고 있었다. 명호의 발길이 닿은 곳은 마을 어귀 작은 강가에 있는 수세미 방죽이었다. 어린 시절부터 아버지와의 추억이 서려 있는 곳이었다. 수세미 방죽에서 완고하던 아버지와의 거리가 가까워졌기 때문이다. 게사니거위처럼 궁둥이를 흔들며 함께 춤을 췄던 수세미 방죽. 살을 에는 추위 속에서 모닥불을 지펴 감자를 구워 먹었었다.

아버지와 처음 그렇게 추억을 만든 이후 명호에게 수세미 방죽은 특별한 장소가 되어버렸다. 슬프고 지칠 때, 허기가 가슴 저 밑바닥에서 치밀어 올라올 때 명호는 수세미 방죽에서 마음을 달랬다. 수세미 방죽에는 아픈 기억도 있었다. 기백이 동무의 장사장례를 치를 때에 모인

회장군조문객들 가운데 태산이 동무와 마주쳐서 소란이 일었던 적이 있었다.

그날, 안타깝게 이곳 수세미 방죽에서 김정은과 이름이 같아 김정석이 되었던 동무가 살해당했던 것이다. 정석 동무의 죽음 직전 명호는 태산이 동무와 수세미 방죽에서 죽자 살자 한바탕 주먹다짐을 했었다. 당시 명호는 정석 동무의 살해 범인으로 몰려 곤욕을 치렀었다. 끝내 범인이 밝혀지지 않았지만 명호만은 짐작하고 있었다. 이런 아픈 기억이 있음에도 명호에게 수세미 방죽은 허허로움을 달래기 위해 찾던 유일한 장소였다.

어둠이 짙은 수세미 방죽에는 물이 고여 있어서 명호는 바닥으로 내려가지 못하고 언덕배기에 우두커니 앉아 있었다. 품속에서 편지를 꺼내 거칠거칠한 종이의 감촉을 손으로 느끼면서 춘희와 나눴던 얘기들을 떠올려보았다. 멀리에서 희미하게 들려오는 밤새 소리가 춘희의 마지막 당부를 전해주는 듯했다.

춘희는 지금 어디에서 무엇을 하고 있을까. 연락책브로커에게 어렵게 손전화를 해보았지만 전화를 받지 않았었다. 국경 부근에서 늘 활동을 하고 있다던 연락책한테 연락할 방법이 없었다. 독하다는 보위부의 심문을 춘희는 어떻게 견뎌냈던 것일까? 보위부의 심문을 받았느냐는 명호의 물음에 흔들리던 춘희의 눈동자를 명호는 또렷이 기억하고 있었다.

명호가 춘희의 편지를 다시 품속에 집어넣을 때 뒤쪽에서 인기척이 들렸다. 명호는 순간 섬칫 놀라지 않을 수가 없었다. 예전 춘희의 눈동자처럼 명호의 눈동자 역시 휘청거렸다. 기백의 장사를 치르던 밤의 기억 때문이었다. 명호의 목소리는 단호했다.

– 누, 누구시오?

– 아버지, 참입니다.

뜻밖의 목소리였다. 명호는 아들애의 목소리에 긴장된 몸과 마음을 풀었다.

– 아니 네가 여길 어떻게~ 아버지 여게 있는 거 알고 오는 거이니?

– 아닙니다. 그저 허기가 지니 여기로 나오고 싶었지요.

참은 성큼성큼 걸어와서 명호 곁에 앉고 있었다. 명호는 참이와 이렇게 앉아 있는 자신의 모습이 지난날에 아버지와 나란히 앉아 있던 모습과 똑같다는 생각이 들었다. 그런데 문득 태산이 동무의 날선 목소리가 세월의 다리를 훌쩍 건너와서 귀에 꽂히는 환청이 들렸다.

고저 인간이 어찌 인간인줄 아니? 자기 핏줄 귀한 줄 아는 게 인간이란 말이지~

태산 동무의 칼칼한 목소리가 귀를 헤집는 것 같았다. 참이 근처에 얼씬도 하지 말라 했던 명호 자신의 목소리도 살아나서 덩달아 귀를 어지럽혔다.

– 누가 아버지 아들애 아니랄까 봐 그러는구나. 녀석, 닮을 것을 닮아야지 그저 허기진 꼴을 닮아 대나 그래~

– 아버지, 조선공화국에서 나는 누구인지 모르겠습니다.

– 아버지도 너만 때는 그랬지. 공화국에서 그저 나란 존재는 말이지~ 최고 존엄의 영광을 비추는 거울이 되는 것이지~

– 비추는 것도 뭐 토대가 든든해야 뭐라도 비출 것 아닙니까?

– 토대야 스스로 만들어 나가는 수 밖에 별수 있나~ 참이 넌 자연수재인데 뭐인들 못 하겠나~

– 아닙니다, 아버지. 그저 참인 어머니 아버지 모시고 공화국 땅에서 복락을 누리고 살렵니다.

– 네들이라도 행복둥이로 살아야 할 텐데~ 무장 사는 게 힘들어지는 데야 뭐~ 참아, 너 아바지 아들애 정말 괘않는?

명호는 공연히 미안한 마음이 들어 저도 모르게 이렇게 물었다. 어둠이 짙어 참의 표정을 자세히 들여다볼 수가 없었지만, 대낮이었다 해도 참이를 쳐다보지 못했을 것이다. 명호는 참이를 생각하면 반쪽신분이라는 절름발이 핏줄을 이어주는 것 같은 생각 때문에 미안해질 뿐이었다. 명호는 저만 원한다면 거리낌 없이 좋은 토대를 이어받게 해주고 싶은 생각도 마음 한쪽에 가지고 있었다.

– 아버지, 참이는 아버지 아들애라서 정말 좋습니다.

– 고맙다 그저~ 닭알에 묻은 똥도 제 똥이니 좋은 거이지~ 내 자식이니 그저 아버지도 울 참이래 좋구 말구~

명호는 아들애 참이를 꼭~ 끌어안아 주었다. 아들애의 몸이 가볍게 떨리는 것을 명호는 느끼고 있었다. 아버지와 아들애의 낯선 포옹이었다. 가슴과 가슴이 뜨겁게 맞닿은 포옹이었다. 명호 역시 옛날 아버지와 이런 포옹을 했던 기억이 있었다. 수세미 방죽에서 이런 포옹을 하고 난 뒤에 완고하던 아버지의 태도가 매우 부드러워졌었다.

학교 운동장에서 속옷 차림으로 참이와 함께 뛰었던 기억도 잊을 수가 없었지만 지금 순간이 명호에게 각별한 느낌이었다. 기백이 동무의 장사장례 때 태산이 동무와 이곳 수세미 방죽에서 사투를 벌였던 일이 주마등처럼 스쳐 지나갔다. 수세미 방죽에서 핏줄을 떠올리다 보니 공연히 만감이 교차하는 것을 느꼈다.

문득 태산의 피가 흐르고 있는 아들애 참의 몸이 낯설게 느껴졌다.

명호는 순간적으로 파들짝 몸을 떨었다. 그런데 이 무슨 운명 같은 순간이란 말인지~ 참이의 입에서 덜컥 까닭모를 말이 튀어나왔다.

– 아버지, 상철이 아버진 대체 어떤 사람입니까?

– 아니 참아, 난데없이 상철이 아버지는~

명호는 아들애의 말에 순간 당황했다.

– 동실 동무 생각하면 견딜 수가 없단 말입니다.

– 아니 게 무슨 말이니? 동실이가 뭐가 어드런?

명호는 난데없이 튀어나온 동실이란 말에 더욱 놀랐다.

– 상철 아버지가 동실 동무 아버지 묘비를 철폐했다 들었습니다.

– 참아, 누가 기딴 소릴 지껄이드나? 너들 그런 소리 하면 안 되지~ 어른들의 세계라는 거이 있는 법이 아니니 고저~

명호는 분위기가 마치 팔매선포물선을 그리듯 가파르게 휘어져 올라가는 느낌에 아버지가 아닌 배워주는 교원의 신분으로 나무랐다.

– 동실 어머니 몸이 파괴된 거 죄 상철 아버지 때문이라 말입니다.

– 아니 참이 너 무장 그러는~ 상철 아버지야 그저 사람됨새됨됨이라는 게 조금 괄괄해서 그러는 거이야~

– 상철 아버지 기세 파랗다등등는 건 진작에 알고 있습니다. 아버지한테 미안하지만 상철 아버질 식당에서 한번 보았습니다.

– 아니 뭐야? 참이 네가 태산이 동물 어데서 보았다구?

– 모내기 전투 한창이던 때 어머니랑 동실 어머니랑 저기 남상동 민족식당에서 보았단 말입니다. 그저 하는 짓이 아주 나대더만요.

명호는 마치 철추해머로 머리를 한 대 가격당한 느낌이었다. 덕순 동무야 태산이 동무와 함께 민족식당을 가든 옥류관, 청류관을 가든 무슨 대수란 말인가. 하지만 정숙 동무가 자신 몰래 참이를 데리고 나가 태산이 동무와 민족식당에서 음식을 먹었다는 데는 얼른 이해가 되지 않았다. 명호는 애써 가슴을 쓸어내리면서 복잡한 마음을 진정시키고 있었다. 애써 마음을 눅이고 있었지만 대낮이었다면 낯바닥이 벌개져서 민망했을 것이다.

– 네들 민족식당에서 염소 불고기 먹었드나?

– 먹다 말고 그저 중간에서 뛰쳐나왔습니다. 동실이 어머니한테 속아 어머니랑 공연히 거기 들어갔단 말입니다.

– 언간~ 일이 그리 되었구나이야. 하하하~ 덕순 동무 그저 기백이 안까이 아니랄까 봐, 아주 그냥 상철이 아버지 쓸개에 딱 달라붙었구나야~ 에이 그저~

명호는 명치끝에서 올라오는 상스러운 욕설을 가까스로 욱여 담았다. 덕순의 처지를 생각하면 가련하다가도 자기 몰래 중간에서 태산이 동무의 연락책 노릇을 했다는 생각을 하니 가증스러웠다. 그래도 기백이 동무의 아낙네이며 제자 동실의 어머니이고 안해아내 정숙의 의지할 동무가 아닌가 말이다. 날마다 빈방에서 개탈병에 시달리며 외롭게 베개를 끌어안고 자야하는 공방독침의 신세를 생각하니 안쓰럽다는 생각이 들었다. 명호는 끌끌 혀를 차며 마라초를 꺼내 입에 물었다. 어둠 속에서 성냥을 그어 불을 붙이는 명호의 손이 가늘게 떨리고 있었다. 어둠 속에 유황 연기가 꽃처럼 활짝 피어나고 있었다.

– 아버지, 간날지난날에 동실 동무네 집 앞에서 우리가 무얼 론의 한 줄 아십니까?

마라초가 절반을 타들어 갈 무렵 참이 불쑥 명호에게 물었다. 명호는 대답 대신에 고개를 돌려 빤히 바라보았다. 동실의 집 앞에 한데 둘러앉아 있는 모습을 본 적이 있었지만 무슨 론의를 했는지는 알 턱이 없었기 때문이다.

– 상철이 아버질 잡아제끼자처리하자 했습니다.

– 아니 네들 관절대관절~

명호는 소스라치게 놀라 순간 피우던 담배를 무의식적으로 수세미 방죽에 던졌다. 온몸에서 오슬오슬 소름이 돋았다.

– 강철이네 장마당 매대 강탈당했답니다.

– 강철이네 뭐가 어드렇다구?

강철이네 매대 강탈 소식은 처음 듣는 일이었다.

– 장마당 중고 가전제품 매댈 보위부 독거미 놈들한테 강탈당했다 말입니다.

– 게서 중고 매댈 했대나? 아 그렇지~

명호는 학교에서 양대국 과학 선생과 대거리를 하던 것을 떠올렸다. 그날 곧장 장마당 중고 가전제품 매대를 찾아갔지만 낯선 사내만 만나고 왔었다.

– 글타치고 거야 어른들 일일 텐데 네들이 어찌~

– 보위부 상철 아버지 짓이니 그렇지요. 동실 동무 어머니 개탈병황달, 신경쇠약 든 것도 죄 상철 아버지 탓이란 말입니다.

– 참아, 네들이 끼어들 일이 아니잖나. 다른 동무들은 상철이 아버질 욕해도 너는 그리하면 이거 도리 아니라는 걸 어찌 모르네?

– 도리, 도리 그깟 도리라는 게 아무한테나 도리랍니까? 하는 짓이란 게 인골인두겁을 뒤집어썼으니 하는 말이지요. 오죽하면 우리 동무들이 그저 목숨 걸고 해제끼자죽이자 론의를 했겠습니까?

– 참아, 너들 이런 짓은 아니 된다. 어른들에게는 나름대로 어른들 일이 있구 네들에게는 네들 일이 있는 법인데 이거는 아니지 않는? 참

아, 상철 아바지는 너한테 피를 물려준 아버지란 말이야~ 이런 얘기 아버지 입으루 꼭 해야 알겠는? 내래 너 이붓아비이고 상철 아버진 너 몸을 만들어주신 생부란 말이야이~

명호의 입에서 전혀 예상치 못한 말들이 튀어나왔다. 지금껏 살면서 명호에게 가장 곤혹스러운 순간이었다. 참이 앞에서 자신의 입으로 태산이 동무를 들먹거린다는 것은 예삿일이 아니었기 때문이다.

– 그러니까 아버진 이붓 아버지이니 우리 일에 간섭하지 마세요. 상철 아버지 뼈를 물려받았다 해도 해제끼지 못할 게 뭐 있습니까?

– 아니 이놈 자식이 그저 보자보자 하니까니~

명호는 순간 화가 나서 저도 모르게 목소리를 높였다. 그런데 갑자기 태산이 동무와 몸싸움 하던 그때의 모습이 떠올라 슬며시 말문을 닫았다. 딸애 봄이 앞이었다면 명호의 꾸짖음은 망설일 이유가 없었을 것이다.

명호는 숨을 크게 들이마시고 하늘을 올려다보았다. 까맣게 물든 하늘에서 별들이 총총 참이와 자신을 내려다보고 있는 것처럼 보였다. 참이가 갑자기 벌떡 일어서서 어둠 속을 향해 달리기 시작했다. 명호는 마라초를 하나 꺼내 손가락에 뜨거운 불기운이 닿도록 흡흡 빨아댔다. 마라초의 연기가 흩어지며 캄캄한 하늘로 산발처럼 흩어져 올라갔다.

어둑한 수세미 방죽이 명호가 빨아들이는 마라초의 불빛에 눈을 떴다가 스르륵 감는 듯했다. 명호는 자정이 지나서야 집으로 돌아왔다. 장독대에서는 귀뚜라미들이 또르르 또르르 울어대고 담장 너머 멀리 뒷산에서는 구슬픈 밤새 소리가 호르르 호르르 들리고 있었다. 명호는 곤히 잠든 정숙 동무의 곁에 조심스레 몸을 뉘였다.

정숙이 욕설을 입에 달아 잠꼬대를 하고 있었다. 꿈속에서조차 낮에 일을 매달고 와서 누구인지 모를 사람에게 욕설을 하는 정숙의 모습을 모로 누워 바라보고 있었다. 명호는 공연히 눈시울이 젖어 들었고 밤이 새도록 잠을 이루지 못했다. 담장 너머 개 짖는 소리는 새벽을 재촉하고 있었다.

4

동실에게 어머니와 함께 눕는 잠자리가 지금처럼 소중했던 적은 없었다. 동실은 자신이 마치 어린 시절의 갓난아이가 되어있는 느낌이었다. 하루가 다르게 꺼져드는 어머니의 모습을 속수무책 지켜볼 수밖에 없었다. 만룡이 동무가 건네준 부적을 몸에 꼭 지니고 다녔다. 어머니의 몸이 부적을 통해 회복되기를 동실은 마음속으로 빌고 또 빌었던 것이다.

동실이 잡은 어머니의 손에서는 서글픈 온기가 느껴졌다. 잡은 손을 통해 어머니의 한이 동실에게 전해지고 있었다. 동실은 여윈 어머니의 손을 잡은 채로 밤새 잠이 들지 못했다. 온기가 남아 있는 어머니의 손을 언제까지 이렇게 잡을 수가 있을까. 마을 뒷산 너머에서 새벽을 맞이하는 새들의 울음소리가 들리기 시작했다.

– 어머니, 어서 한숨 주무시라요.

새들의 울음소리가 잦아들기 시작하면서부터 깜깜했던 밤의 허리가 꺾이고 고단한 하루를 여는 먼동이 트기 시작했다.

– 동실아, 너는 어찌 밤새도록 뒤채이나?

덕순 역시 아들애가 밤새 잠을 이루지 못하고 있다는 것을 알고 있었다. 동실이에게 어머니와의 이런 시간이 소중한 만큼 덕순에게도 아들애와의 이런 시간이 소중했다.

– 어머니 하고 이렇게 누워 있으니 그저 좋아서 잠이 오지 않구만이요.

– 아이 에그나 녀석~

덕순은 아들애의 뺨을 손으로 쓰다듬었다. 비록 몸이 파괴된다 해도 지금처럼 아들애와 나란히 손을 잡고 누워 도란도란 얘기를 나눌 수만 있다면 더 바랄 게 없을 것만 같았다.

– 어머니, 아버지 원쑤풀이원수갚음를 할 겁네다.

동실은 내내 망설이다 불쑥 이렇게 말을 꺼냈다.

– 뭐이? 늬 아바이 피값을 받겠다구?

덕순은 아들애의 입에서 불쑥 이런 말이 튀어나올 때 태산이 동무의 허리에 덜렁거리는 권총집부터 떠올렸을 것이다.

– 예, 어머니. 상철이 아버지한테 피값을 받을 거야요.

– 네가 무슨 힘이 있다구 그러는? 그저 상철이 아버지 바짓가랑일 붙들어야 살 수 있다니까는~

아들애를 바라보는 덕순의 표정이 간절했다.

– 상철이 동무 바짓가랑이 붙들고 참이 동무 바짓가랑이 붙들어야 살 수 있다는 거 동실이도 잘 압네다.

– 잘 안다면서 어찌 원쑤풀이를 한 대니?

덕순의 눈에 아들애 동실이 항상 어린애처럼 보였다.

– 참이 동무조차 상철이 동무하고 척원수을 지는 마당이에요, 어머니.

– 뭐이? 참이래 상철이 하고 척을 졌다구? 이복제異腹弟:배다른 형제끼리 끈끈하게 지내야지 언~

덕순은 저도 모르게 혀를 찼다.

– 어드래요. 그저 호상 못 잡아먹어 안달인뎁쇼.

– 아이 에그나~ 그저 척을 질 바에는 무슴슴하게 지내면 그만이지, 뭐 나나이 어릴 때이니 그렇지 나중엔 그저 제 핏줄이라고 뭐든 감싸고 들 거이야.

덕순은 이게 세상 이치라고 생각했다.

– 참이 동무 가정성분 좋지 않은 거 알지요? 참이 동무도 상철이 아버지한테 이를 갈더란 말예요.

– 참이도 그러면 도리 아니지~ 태산이 동지 그저 참일 품에 못 품어 안달인데 하냥 저 위하는 뼈 물려준 아비한테~

덕순은 이런 태산이 동무를 생각하면 가슴 한편이 아릴 때가 많았다.

– 참이 동무 그러더만요. 상철이 아버지는 인골 뒤집어쓴 털붙이짐승라구~

– 아니 저런~ 짐승도 어미를 아는 법인데 그저~

참이가 어떻든 태산이 동무에게 마음을 열기를 덕순은 진정으로 바라고 있었다.

– 강철 동무네 장마당 매댈 독거미 놈들한테 강탈 당했다더만요. 강철이도 보위부에 이를 갈고 있단 말이지요.

– 독거미 놈들 패악질이야 공화국 인민이 다 아는 얘기 아니나~

– 만룡이 동무도 이를 갈고 있답니다. 만룡이 어머니래 장마당에서 점을 치다가 독거미 놈들한테 붙들려 단련소에 끌려갔답네다.

덕순은 아들애 동실의 말하는 폼을 보면서 나그네 기백이 동무를 떠올렸다.

– 내 참 듣다 듣다~ 아니 백두장군님이 어찌 이녁 앞길을 못 보고 끌려 갔대니?

– 그래 만룡이도 답답하니 그저 한번 해제끼자 하는 거 아닙네까? 종이 한 장도 맞들면 가볍다는 말도 있잖소? 강철이 동무도 만룡이 동무도 함께 묻어서기따르기로 했단 말이지요.

동실의 말에는 결기가 담겨 있었다. 덕순은 나오려는 하품을 멈추며 나무라듯 말했다.

– 아니 네들 정말 무슨 일을 내려고 그러는? 괜히 대동강 가에서 모래알 줏지줍지 말라 동실아. 보위부 놈들 허리춤에 덜렁거리는 권총집 보았지?

– 깟거 죽기로 작정하구 덤비는데 기깟 권총이 겁난답니까? 우덜도 힘을 키우기로 작당했다 말입네다.

덕순은 파할 대로 파한 몸을 불끈 일으켜 세웠다. 아들애 동실의 말이 공연한 허세에 지나지 않겠지 하는 생각이 저만치 휘익 하고 달아났기 때문이다. 동실이 동무들이 약자로서 당한 수치와 치욕을 더는 참고 견디지 못해 보위부를 적대분자로 삼는 행위는 그렇다 쳐도 참이마저 한데 가담하여 뭐를 해보겠다는 짓은 괜한 바람만 피우는 격이라고 생각했다.

덕순은 숨이 턱 끝에 차오르는 것을 가까스로 뱉어내며 누운 동실의 손목을 부여잡았다.

– 동실아, 네들 엉뚱한 짓거리 당장 파쇄하라. 궁할 땐 그래도 상철 아버지라야 산발하는 탄알도 막아주지 누가 너를 도와나 주겠나~

– 어머니~

동실은 상체를 일으켜 어머니를 와락 끌어안았다. 어머니의 몸은 여위었지만 간복수 때문인지 맬롱 나온 염소의 배처럼 눈에 띄게 아랫배가 볼록했다. 동실은 동무들의 생각이 불피코 틀리지 않는다고 생각했다. 참이 역시 해제끼는 일에 함께하겠다고 나선 마당에 망설일 까닭이 없었다.

하지만 어머니의 간절한 당부에 동실의 마음이 흔들리기 시작했다. 당장 오늘부터 만나 함께 체력 단련을 하고 싸움기술을 익히기로 론의까지 마친 터였다.

– 그저 어머니 말 들으라. 참이 녀석도 그렇지 어찌 갱치깔끔 없이 나댄다니?

– 어머니~

동실의 입에서는 그저 이 소리밖에 흘러나오지 못했다.

– 흐응, 핏줄보다 질긴 거이 또 뭐가 있늠~ 나중에는 그저 아버지 아버지 노랠 부르면서 보위부 들락거릴 텐데~

덕순은 자기가 죽어 상세가 난다면 당장 아들애의 내일날이 염려되었다. 태산이 동무의 사람됨새라는 게 그저 괄괄해서 그렇지 그래도 힘있는 동무 중에 의지할만한 사람은 태산이 동무밖에 없다고 생각했다.

아침부터 동실과 동무들이 공터에 모여 뭐라 지저거리는 것을 보고 덕순은 혀를 끌끌 찼다. 손에 가방 하나씩을 들고 입마개까지 하고서 교복도 입지 않고 마치 전쟁터로 나가는 병사들처럼 결의에 차 있는 모습이었다. 강철이는 크고 깡마른 게 다부져 보였고, 만룡의 모습은 키대가 작아 아주 우스꽝스럽게 보였지만 표정은 푸를 대로 푸르게꽂꽂 보였다. 참이는 찬바람에도 낯바닥에서 열이 나는 모양으로 손부채를 흔들고 있었다. 아니 녀석들이 정말 무슨 일을 저지를 셈이는~하고 덕순은 혼자 말을 하고 있었다.

정숙 동무가 덕순네에 들른 것은 동실과 동무들이 어디론가 자취를 감추고 난 뒤였다. 덕순이 보기에 정숙 동무 역시 힘이 파하고 지쳐 보였다. 정숙이 품에서 참기름 한 병을 꺼내 방바닥에 놓으면서 물었다.

– 덕순 동무 몸은 좀 어떻나?

– 빤히 알믄서 어이 내 걱정하나? 이게 뭐는? 아이구 귀한 기름을~ 정숙 동무, 낯바닥 색깔이 어이 어둡나?

덕순은 그래도 씩씩하게 돌아다니는 정숙 동무가 부러웠다.

– 내 살다 살다~ 공화국이란 게 민을 구석 하나 없다니~

– 아니 난데없이 공화국 타령을 하나? 봄이 오마니~

– 기업소 선전대서 빠지게 되었으니 하는 말이지요, 덕순 동무. 아이에그나, 이 뱃속 간복수 출렁이는 거 보라~

정숙이 덕순 동무의 아래쪽 배를 주무르다 깜짝 놀랐다. 덕순이 자신의 배에서 정숙의 손을 밀어내면서 심드렁한 목소리로 대꾸했다.

– 그러니 내 기업소 나갈 턱이 없지~ 그저 목구멍 건사라도 해얄 텐데~ 아니 정숙 동무, 기업소 선전대에서 빠지게 되다니 무슨 말이나?

– 지배인공장장이 불러 갔더니 뭐 나더러 남쪽 군인 가족에 본가집친정집 식구들이 반동분자라나 뭐라나? 휴우~

정숙 동무의 입에서 길게 한숨이 나왔다.

– 언 미친 넘들 어찌 이제와서 뚝바우 같은 말을 지껄이는~ 핏줄사상이래 공화국 철폐 대상 1호랄 땐 언제구~

– 본가집도 없구 본가집 식구들도 어데 있는지 도통 알 수 없는 판에 뭐~ 오라질 넘들~

정숙은 찰진 욕을 뱉어내야 가슴이 뚫릴 것만 같았다.

– 흐응 깟거 덕순이 신세나 정숙 동무 신세나 참 더럽다. 기나저나 본가집 말만 들어도 설레는구려~

– 본가집이라면 그저 늙은 할망구도 지팡이 버리고 뛰어간다 하지

않나, 하하하~ 공연히 웃음이 나오누나. 간 번의 일 생각하자니 어찌 이리 허무한 줄 모르겠다니~

– 간 번의 일이라니? 뭐 동실 아버지 묘비야 이 덕순이 일일 테구~ 간 번에 무슨 일이 있었대나 정숙 동무한테?

덕순은 정숙 동무의 일이 항상 궁금할 뿐이었다.

– 무슨 일만 있었음 다행이었을 테지~ 아니 이런 청도깨비 같은 일이 있나~ 덕순 동무, 내 참 기가 막혀서나~ 태산이 동무 안까일아내 보위부 차마당에서 만났지 뭐야 글쎄~

– 헤어진 녀자 말이나? 상철이 오마니?

덕순의 목소리가 암팡스럽게 들렸다.

– 그렇다니 나 글쎄, 다짜고짜 상철이 후오마니계모 꿈도 꾸지 말라 삿대질을 하며 덤비는데 태산이 동무 질릴만 하더누나~

– 정숙 동무가 난데없이 태산이 동무 찾아간 게로구나. 어찌 거게 찾아 갔더나 정숙 동무?

덕순이 몸을 일으키려다 다시 드러누웠다.

– 거야 내 덕순 동무 일도 있구 참이 공민증 일도 있구 해서리~

– 아니 내 일이라니 무슨~

– 덕순 동무, 말하자면 복잡하니 그저 줄이자.

정숙은 마치 덕순에게 하소연을 하러 작정하고 들른 듯 쏟아내기 시작했다.

– 상철이 이붓 어미 소리 들을 생각하지 말라 소리소리 지르는데 내래 시침 뚝 떼구~ 참이 아버지, 저녁에 그저 울 식구들 저 남상동 민족식당 가서 염소 불고기나 뜯자우! 했댔지 하하하~

– 끼드득 끼드득~ 아이구 배꼽이야~ 아니 정숙 동무가 정말 그래 말

을 했다구? 그냥 생각만 하자두 웃음문입이 열리누나. 고 태산이 동무래 두 녀자들 사이에서 펄쩍펄쩍 뛰는 꼴이래 아주 볼만 했겠다이야~

몸은 파해도 정숙 동무와 같이 이렇게 실컷 웃고 나니 덕순은 아픔이 싹 달아나는 느낌이었다. 정숙 동무 역시 선전원에서 탈락되었다 하면서도 이 순간에는 웃음이 끊고 있었다. 덕순과 정숙은 둘이 한데 앉아 공화국에서의 시름을 이렇게 흘려버리고 있었다.

정숙이 덕순에게 홍용희의 존재를 알리면서 용희 동무의 아버지가 도당 위원장이더라고 말했다. 그러자 덕순의 표정이 좀 전의 모습에서 싹 바뀌면서 진지하게 변했다. 덕순은 순간적인 기지로서 홍용희 동무를 만나 동실이 빌붙을만한 끈을 만들어보고 싶었기 때문이었다. 기백이 동무와 용희 동무가 모르는 사이가 아닌 바에는 생판 남이 아니라고 생각하며 덕순은 용기를 얻었다. 삐걱거리던 덕순의 몸에서 갑자기 기운이 솟아나는 느낌이었다.

정숙은 덕순 동무를 일으켜 세워 사납게 헝클어진 머리에 빗질을 해 주었다. 부엌방을 들락날락하며 아침거리를 찾았다. 말라비틀어져서 훅 불면 입김 한 자락에 날아갈 것만 같은 여러 잡곡 섞인 밥에 집에서 가져온 참기름 한 숟갈을 뿌렸다. 소금국에 염장무에 죽지 않을 정도로 곡기를 하고 덕순의 몸을 강제로 잡아끌었다.

– 정숙 동무, 어데를 가려 하는지~

– 이런 몸으루 어찌 숨을 쉬고 사나~

정숙은 덕순의 손을 꼭 붙잡고 대문을 나섰다. 덕순의 상태가 몹시 악화된 것을 알고 정숙은 태산 동무를 찾아갔던 것이다. 스위스제 고급 시계를 팔아 달라 부탁한 것은 덕순의 상태가 절박했기 때문이었다. 아들애의 공민증 문제보다 절박한 것이 덕순 동무의 상태라는 것을 간번의 방문에서 깨달았던 것이다.

– 빤히 아는 병인데 가서 뭐하나~

– 저 동실이 하나 남겨놓고 어이 떠날라 그러나~ 그저 붙들 수 있을 때까진 목숨 붙들어야 할 거 아니갔나~

– 아이그 녀석들 그저 어데루 참새 떼처럼 몰려갔는지 언~

– 아니 애들이 학교에 갔지 어데루 갔겠나 덕순 동무~

– 동실이 동무들 학교에 가지 않았을 거이야, 참이도 한데 있었지 아마 정숙 동무~

– 아니 울 참이 가방 메고 대문 나선지가 언제인데~

덕순은 절뚝절뚝 부축을 받아 걸으면서 동실에게 들었던 얘기를 그대로 정숙에게 들려주었다. 정숙은 덕순의 말에 기가 차서 입이 다물어지지 않았다. 피를 물려준 아버지의 가슴에 칼을 꽂는 일이 아닌가. 인골인두겁 뒤집어 쓴 털붙이짐승라니 관절 덩치만 컸지 속은 철부지에 다름 아니었다. 태산이 동무의 존재가 정숙에게 부담스런 존재임은 틀림없지만 아들애의 훗날을 생각하면 내심에 잠재하고 있는 든든한 힘이었다. 정숙이 아무리 이러한 사실을 받아들이지 않으려 해도 절박할 때 손을 뻗을 수 있는 곳이 태산이 동무란 사실을 부정할 수가 없었다.

시 인민병원에 들어가 덕순의 배에 가득찬 복수를 빼내기 시작했다. 1회용 주사기가 귀한 공화국에서는 사용했던 주사기를 소독하여 다시 사용하고 있었다. 그러나 이마저도 충분하지 않았고 소독도 제대로 하지 않은 상태에서 여러 환자한테 사용하고 있었다. 주사기에 의한 간염의 감염이 놀라울 정도로 많아서 주민들 가운데 상당수가 간염질환을 앓고 있었다.

간염의 치료가 제대로 되지 못하면서 만성간염이나 간경화 등의 질

병으로 확산되고 있었다. 먹는 것도 부실한 데다 진료소에서 인민반이나 학교, 애기궁전 등의 아이들에게조차 재활용한 주사기를 사용함으로써 치명적인 질병을 오히려 퍼뜨리고 있었다.

두 시간 넘도록 덕순의 뱃속에서 몇 병의 간복수를 빼냈다. 간복수를 빼낸 덕순의 표정은 한결 좋아 보였고 숨을 쉬는 데도 훨씬 편안해 보였다. 정숙은 양의사의 지시에 따라 덕순 동무를 데리고 고려치료과한방과에 들렀다. 조선공화국에는 거의 모든 병원에 고려치료과를 함께 두고 있었다.

공화국에서는 한의학을 동의학으로 불렀으나 지난 90년대 들어와서 고려의학으로 명칭을 바꾸었다. 고려의학의 중심에는 주체의학이 자리잡고 있었다. 조선공화국에서 의학의 뿌리는 바로 동의학이었다. 동의학은 곧 주체의학에서 출발한다는 것이었다. 자연과 인간이 하나의 유기체라는 점에서 주체의학은 비롯된다. 이러한 주체사상은 오직 독재체제를 정당화시키기 위한 것이며 주체사상과 연결되어 있지 않은 분야는 없었다. 이러한 이면에는 모든 인민을 주체사상으로 통합하려는 의도가 숨어 있었다.

고려의학이란 명칭에는 더욱 의미심장한 전략이 잠재하고 있는데 통일조선으로서의 고려연방제 의학으로 발전시킨다는 의도가 도사리고 있었다. 김일성의 무병장수를 위해 처음 설치된 장수연구소를 통해 주체의학이 확립되기 시작했다. 그 주체의학의 중심에 바로 고려의학이 자리하고 있는 것이었다.

당시의 공화국에서는 의료담당구역제를 실시하고 있었다. 즉, 전 주민이 담당구역 의사로부터 건강관리를 받도록 하고 있었다. 하지만 의사 한 명이 5개 이상의 인민반행정의 최 말단을 담당하고 있어서 1200명

이상의 주민을 의사 한 명이 관리하기는 사실상 어려운 현실이며 농촌 지역의 경우 더욱 열악한 상황이었다.

고려의학과에서 덕순은 부황을 뜨고 쑥뜸 치료를 받았다. 정숙이 부러 고려의사한테 다가가 은밀히 달러 한 장을 찔러주었다.

– 동의사한의사 선생님, 잘 좀 해 달라요.

– 념려하지 마시라요.

정숙은 부러 들가방손가방을 열어 달러 봉투를 꺼내 슬며시 세어보는 시늉을 했다. 치료를 잘 해주면 꾹돈을 더 줄 수도 있다는 것을 은근히 과시하기 위함이었다. 덕순 동무에게 좋은 치료를 받도록 하기위해 마치 배우가 되려는 사람처럼 정숙의 연기습작은 걸작이었다. 덕순은 침대에 누워 정숙 동무의 은밀한 속셈을 눈치채며 눈이 마주치자 묘한 미소를 지었다.

– 좀 뜨거울 겁네다.

– 선생님, 간복수나 차지 않음 여한 없겠시오.

– 내 손을 써볼 테니 너무 념려 마오. 제아무리 간굳음증이라 해도 지성이 지극하면 돌에도 꽃이 핀다하지 않소.

고려의사는 달러를 보았기 때문인지 처음보다 상냥해졌다. 환자를 대하는 손이 섬세한 데다 차분하게 설명까지 해주었다.

– 고려치료야 그저 정성이지요. 이케 마늘을 납작하게 썰어서 혈 자리에 올리고 그 위에 쑥을 올려 불을 붙이면 나쁜 기운이 그만 화기火氣에 싹 달아날 겁네다.

– 선생님, 어찌 이래 머리가 욱신욱신 쑤시고 가슴이 답답하답네까?

– 간에 울화가 치밀어 그러는 거지요. 잠도 설치고~ 뭐 화기병울화

병이 도져서 간에 손상 입은 주민들이 많더만이요.

덕순은 정숙 동무의 도움으로 쑥뜸에 부항까지 떴다. 그리고 치료영양까지 몸속에 투여 받고 나니 한결 몸이 가벼워졌다. 고려의사는 달러를 은밀히 한 장 더 받은 후 간굳음증과 간복수를 치료할 수 있는 비방까지 알려주었다.

– 그저 이 병에는 노봉방말벌집이 최고이지요. 푹 달여서 하루 세 번 드시면 차도가 있을 겁네다.

– 하루 때식 걱정을 하는 판에 노봉방을 무슨 수로 구하는~

– 마가을늦가을쯤 장마당 나가보면 구할 수 있을 거야요. 우선 간굳음증에는 가물치가 좋으니 탕을 내어 자주 드시라요.

덕순의 손을 잡고 인민병원에서 나와 정숙은 곧장 장마당으로 갔다. 장마당에는 물건을 사려는 사람과 팔려는 사람들로 가득했다. 덕순과 나란히 이렇게 장마당 매대를 돌아보는 일이 정숙에게 꿈처럼 여겨졌다. 곰곰이 생각해 보면 태산이 동무의 도움이 아니었다면 덕순 동무와 누릴 수 없는 복이었다. 지도원이란 사람이 급히 자동차를 몰아 기업소 네거리로 달려와서 봉투를 전해주었었다. 정숙은 이렇게 태산 동무에게 도움을 받는 것이 마음에 내키지는 않았지만 덕순 동무를 위해서 충분히 감수해야 한다는 생각이 들었다.

장마당을 모두 훑어 한쪽 구석에서 저자광주리에 생선을 잔뜩 담아놓고 파는 할머니를 발견했다. 할머니는 파뿌리처럼 하얗게 머리가 새버렸음에도 목소리는 우렁찼다. 마침 싼값에 가물치를 사서 저자광주리에 꾸러미를 쑤셔 담았다. 내친김에 노봉방이 있나 눈구경 삼아 장마당을 둘러보았지만 노봉방을 보지 못했다. 마가을 혹은 초겨울이 되어야 노봉방이 나올 거라는 중늙은이의 말을 듣고 정숙과 덕순은 발걸음을 재촉했다.

– 정숙 동무, 이거 가난설음이야 매한가질 텐데 미안해서 어찌 하나~

– 흐응, 살림붙이 내다 팔지 않았으니 염려 마오. 덕순 동무야 어서 와싹 기운 차리는 게 제감량을 하는 거라구~

정숙은 오랜만에 흡족한 기분이었다.

– 정숙 동무, 내 죽어서도 공덕 잊지 않으리다. 덕은 덕으로 대하라 했지 않나 그저 몸만 낫음 생활조절위원회절도 도둑라도 되어 은덕 갚으리다. 하하하~

– 아이 에그나 망측~ 죽기는 누가 죽는다고~ 훔친범 되지 말고 진단장이나 하라야 아주 그저 출렁대던 배가 쑥 들어간 게 기백이 동무 살아 있음 속잔치성관계도 치르겠다이야~

– 아이 에그나 망측, 하하하~

정숙은 오랜만에 이렇게 흐드러지게 웃음꽃을 피우는 게 정말 꿈만 같았다. 그런데도 이상하게 한쪽에서는 마음이 아려왔다. 이러다가 훌쩍 덕순 동무가 세상 등지고 떠나는 것은 아닌지~

정숙은 덕순과 함께 식당에 들러 농마국수에 인조고기밥을 사서 먹었다. 덕순은 식욕을 잃어 잘 먹지 못하면서도 정숙 동무의 성의에 음식을 받아 어렵게 먹었다. 정숙은 덕순의 눈에서 흐르는 눈물을 손수건을 꺼내 닦아주었다. 정숙의 눈가에도 공연히 눈물이 맺혀 있었다.

저녁때가 되어 정숙은 덕순 동무를 퇴마루에 앉혀놓고 가물치를 달이기 시작했다. 애초에 시계를 팔려고 했던 뜻은 덕순 동무를 치료해주기 위해서였다. 그래서 태산이 동무로부터 받은 돈을 덕순을 위해 모두 쓰리라고 생각하고 있었다. 덕순은 피곤했던지 입은 채로 퇴마루에서 잠이 들어 있었다. 정숙은 가물치를 중불에 올려 오래도록 끓도록 하고 집으로 돌아왔다.

– 정숙 동무, 나 좀 보오.

– 봄이 아버지, 무슨 일이기에~

정숙은 퇴마루에 무거운 엉덩이를 부렸다.

– 참이가 어찌 학교에 나오지 않았나~

– 게 정말이에요? 덕순 동무한테 이상한 얘길 듣긴 했는데 설마~

정숙이 머리를 갸우뚱해 보였다.

– 아니 자연수재 소릴 듣던 놈이 난데없이 이상한 짓거리를 하고서리~ 덕순 동무가 뭐라 하더나?

– 아 아냐요. 그저~

정숙은 덕순으로부터 들은 애기를 명호 동무에게 말하지 않았다. 태산이 동무와 연관된 일이기에 말을 잇지 못했다. 정숙이 몸을 일으켜 세워 방으로 들어가려는데 명호 동무가 실랑이를 걸어왔다.

– 아니 어찌 동약한약을 꺼내 끓이려다 마나 정숙 동무?

– 예에? 게 무슨~

명호의 시비에 정숙의 낯바닥이 붉어지고 있었다. 마치 태산이 동무가 마련해 준 돈을 가지고 병원에 다녀온 사실을 알고라도 있는 것처럼 정곡을 찌르고 들어왔기 때문이었다.

– 아니 열린 말자루를 도로 욱여넣으니 하는 말이 아니나~

– 봄이 아버지~

정숙은 내심 뜨끔했다.

– 내래 참이 아바지란 것도 맞지 않나? 거 보자 하니 정숙 동무 입에서 참이 아버지 소리 사라진 지 오래 되었지비~

– 오늘 어찌 이러오? 기업소 선전대서 탈락되어 속가슴이 찢어지는

판에~

– 탈락 할 만 하니 탈락 하지 않았겠나? 허리띨 졸라매도 시원찮을 판에 참이 생부 만나 염소불고기 뜯었대지~ 흐응 깟거 잘하는 짓이구나이야이~

명호는 이러지 말아야지 하면서도 저도 모르게 입이 열렸다.

– 명호 동무, 론쟁하지 말자구요. 어찌 공연히 싸움지거리를 걸어와요. 요 정숙이는 입이 호강 좀 하면 아니 되는 법이라도 있단 말이에요?

– 내래 못난 사내라도 이 집에 세대주 아닌가~ 세대줄 그저 감쪽같이 떠넘기는속이는 짓을 하니 그러지 않는~ 아 내 참 기가 차누나이~

– 봄이 아버지, 그만 하오. 론쟁 하고 싶지 않단 말이요.

하고 정숙이 다시 걸음을 떼려는데 난데없이 명호 동무의 팔이 정숙의 들가방을 낚아채버렸다. 정숙은 본능적으로 몸을 움츠렸다. 아무리 나그네라도 들가방을 낚아채 살펴보는 일은 정숙에게 모욕적인 일일 것이다.

– 게 무슨 짓이예요?

– 관절 무슨 꿍꿍이짓들을 하고 다니는지 어데 나도 한번 들여다봐야 할 거 아닌가~

– 아니 봄이 아버지 정말~ 체면도 가죽 속에 있대는 말 그르지 않구만요. 세대주면 세대주 노릇을 해야 세대주 아닌가~

– 야 이거 보라, 그저 요 봉투 속에 달러가 숨어 있구나야. 아니 정숙 동무가 공화국 돈도 아니구 저기 인민폐도 아닌데 어데서~ 오호라 이 거야 그저 보위부 박태산이 품에서 나왔구나 고저 아 나 참 억이 막히누나~ 당장 태산이 놈한테 돌아가오. 자연수재라는 네들 아들애 데리구 당장 이 집에서 나가오. 예서 그만 끝내오.

정숙은 명호 동무의 말자루를 막아설 엄두가 나지 않았다. 지금까지 살아오면서 이런 순간이 오리라는 생각은 꿈에서도 해보지 못했다. 명호 동무의 입에서 튀어나온 말들이 못이 되어 정숙의 가슴에 꽂혀들었다. 명호 동무가 펄쩍펄쩍 뛰면서 핏대를 더욱 세우며 정숙의 들가방을 땅바닥에 내동댕이치고 있었다.

정숙은 들가방을 집어 들고 대문을 나섰다. 낮때 덕순 동무와 나누었던 말들이 씨가 되어 가슴속에 열매를 맺고 있었다. 본가집 일이란 할머니도 지팡이 집고 쫓아간다는 말이 씨가 되어 가슴에 맺혔다. 이럴 때 본가집이 있으면 얼마나 좋을까~ 정숙은 눈물을 쭈루루 흘리면서 덕순네 대문을 열고 들어섰다. 부엌방에서 가물치 끓는 냄새가 피어올랐다.

– 아니 정숙 동무, 어찌 나들이 차림새 그대로~

– 덕순 동무, 내 실컷 울고 싶다.

정숙은 이미 흐느끼고 있었다.

– 집에 들어갔다 와선 난데없이 무슨 말을 하나?

– 봄이 아버지가 글쎄 들가방을 뺏어 들추더니 태산이 놈 어쩌고 하면서 봉투를 집어 던지질 않나 당장 집에서 나가라는 둥 끝내자는 둥~

정숙이 눈물을 뚝뚝 흘렸다.

– 아이 에그나 듣던 중에 반가운 소리다이야. 정숙 동무, 그리하오. 이참에 나그네 한번 갈아타오. 뚝 울음 그치라~

이런 상황에서도 정숙은 덕순 동무의 말을 듣는 둥 마는 둥 부엌방을 들락거리며 가물치탕을 진하게 우려내고 있었다. 기회를 잡았다는 듯 풀린 덕순의 말자루가 등 뒤에서 멈출지 몰랐지만 정숙은 들으려고 하지 않았다.

– 아니 멋지고 멋진 보위부 태산이 동무야 봄이 아버지하구 어델~ 비교 하자두 비교할 수야 없지~ 그리하오. 살아보니 인생 말짱 없더라. 그저 힘 있는 나그네가 최고더누나. 뭐 생판 남도 아니고 참이 아버지 아니더나~

덕순이 동무는 마치 죽어가는 사람이 되살아 난 것처럼 생기를 내며 말했다. 정숙이 김이 모락모락 피어오르는 가물치탕을 뚝배기에 담아 한 숟가락을 떠서 덕순 동무의 입에 넣어주자 덕순의 바쁜 입이 다물어졌다. 정숙은 행여 덕순의 입에서 쓸모없는 말이 튀어나올까 두려워 쉴 새 없이 덕순 동무의 목구멍에 우린 가물치 국물을 연거푸 떠 넣어주고 있었다.

제30장 조용한 반란

1

온종일 훈련을 하느라 지친 참이와 동실 일행은 바닷가 모래밭에 누워 별을 세고 있었다. 나지막한 산을 끌어안고 출렁이는 밤바다의 파도는 어머니의 품에서 투정을 부리는 어린애를 달래듯이 잔잔하게 밀려왔다 밀려가기를 반복하고 있었다. 새카만 어둠 속에서 하늘을 보고 누워있는 동무들의 눈 속으로 무수한 별들이 쏟아지고 있었다.

– 동실아, 저 하늘에 박힌 달이 언제 보름달이 되나?

참은 밤하늘에 박힌 별들을 헤아리면서 물었다.

– 몰라. 참이 동무 괜찮나?

동실의 마음속에는 아픈 몸으로 혼자 누워 있을 어머니 걱정뿐이었다.

– 뭐이?

참이는 내심 자신을 찾아 헤맬 가족들이 염려되었지만 시치미를 뗐다. 동무들의 머리 위로 희미한 반달이 저 혼자 외롭게 지나가고 있었다.

– 여게서 이렇게 밤을 새는 거 말이야.

– 어, 괜찮아~ 강철이 동무는 괜찮나?

별똥이 무리지어 한꺼번에 바다 위로 떨어졌다.

– 괜찮지 그럼, 이케 모래밭에 누워 있으니 좋기만 하다. 노동단련대에서도 견딘 몸이야. 한데 만룡이는 어데 있나?

강철이가 상체를 일으켜 세우며 말했다. 강철은 별똥이 떨어지는 곳을 눈으로 더듬다가 윗몸을 일으켜 세웠던 것이다. 바다 멀리 떨어지는 별똥을 찾으려는 듯 어둠 속에서 하얗게 포말을 일으킨 파도가 깊은 바다를 향해 빨려 들어가고 있었다.

– 만룡이 저기 산자락 바위 아래서 촛불 켜놓고 절을 하고 있더마. 동실아, 한데 만룡이 몸속에 백두대감이 들어 있다는 거 정말 맞나?

참이 상체를 일으켜 세우며 동실에게 물었다. 참의 물음에 동실 역시 상체를 일으켜 세운 다음 좌우로 가볍게 몸을 털어내면서 대꾸했다.

– 맞다이~ 만룡이 동무는 이제 혼자가 아니란 말이지~

– 게 무슨 말이나? 만룡이 동무가 애를 밴 것도 아닌데 어째서~

– 하하하~

참을 비롯한 동무들이 일제히 웃었다. 하루의 피로가 한꺼번에 달아나버린 느낌이었다. 피로가 달아나자 허기가 몰려들었고 약속이나 한 듯 다시 상체를 일제히 모래밭에 부렸다.

– 참이 동무, 우리가 지금 뭐를 하고 있는 거이니?

강철이 누운 채로 참을 향해 물었다.

– 뭘 하기는? 합숙 훈련 아니나?

– 거야 알지~ 우리 적이 누구냐 이 말이야.

– 독거미 놈들 아니니? 그저 주민들 피를 빨아먹는 보위부 놈들~

– 참아, 너 정말 괜찮나? 넌 자연수재 소리 듣는 동무인데 이케 상학수업에 빠지니 하는 말이야~

– 괜찮아~ 어머니한테 얘기하지 못한 게 마음에 걸리긴 하지. 동실 동무는 걱정되지 않나?

참의 물음에 동실이 진지하게 대답했다.

– 걱정이야 되지마는 뭐 어떠겠나~ 만룡이 동무가 만들어준 부적을 지니고 있으니 괜찮을 게야.

– 부적 같은 거야 어찌 믿을 수 있나? 동실 동무, 어머니 몸이 많이 파괴되지 않았나? 우리 여게서 밤을 새면 안 되는 거 아니나?

– 참이 동무, 벌써 맘이 약해진 거이니? 우리 동무들이 여게 모인 뜻은 참이 동무가 함께 한다 했기 때문이란 말이지.

– 오해하지 말라. 약해 이러는 거 아니야. 괜히 걱정이 돼서 하는 소리 아니나? 만룡이 동무가 만들어준 부적 같은 거를 어찌 믿을 수가 있나 말야. 동실 동무 어머니 상세 나면 어찌 한다 말이니? 간복수 정말 심하지 않았나?

– 동실 동무, 참이 동무, 그만하라. 나약한 정신이야 그저 미끼샤믹서에 넣어 갈아대야 하는데~

강철이가 소리치듯 말했다. 동무들 사이에 목소리가 높아지자 일제히 모래밭에서 상체를 일으켜 세웠다. 이때, 만룡이 동무가 저쪽에서 어둠 속을 가로질러 모래밭을 터벅터벅 걸어왔다. 메마른 모래밭을 걸어오는 만룡의 발끝에서 흙몽당이 날아와 뿌옇게 피어났지만 동무들의 눈에는 잘 보이지 않았다. 어둠이 깊어졌는데도 하늘에 박힌 반쪽달은 마치 벗을 하겠다는 것처럼 참이 일행을 따라 주시하고 있는 듯했다. 만룡의 발끝에서 피어난 먼지 구름은 보이지 않았지만 동무들은 코가 맵다고 콜록콜록 재채기를 하고 있었다.

– 만룡이 동무, 바위 아래서 촛불 켜놓고 뭐를 했지비?

강철이가 어색한 분위기를 깨트리려는 듯 재미난 말투로 물었다.

– 백두대감님 만났지비~

– 만룡아, 동무가 만들어 준 부적 정말 효과 있는 거 맞나?

– 기딴 소리 하지 말라우. 백두대감님 노 하신다 말이야. 효과가 무슨 주사침 같나? 그저 내 목숨 지켜주는 박죽밥주걱이라 여기고 몸에 지니고 다니라~

하고 만룡이가 투정을 부리듯 말을 하는 동실 동무를 향해 말했다.

– 내 오마니가 염려돼서 그러잖나~ 도적놈 도망간 뒤에 몽둥이 들고 나서는 거 아니지?

– 어허 이놈 무례하구나. 늬 오마니 불쌍해서 귀인을 보내 되살려 놨더니 썩 무릎 꿇고 빌라~ 대감님이 목숨을 붙들면 강쇠강철 보다 강건한 법이거늘~

만룡의 입에서 흘러나온 목소리는 동무들이 듣기에도 범상치가 않았다. 어둠 속에서 모래먼지를 풀쩍거리며 동실이 재깍 무릎을 꿇었다. 동실의 머릿속에는 오직 어머니에 대한 걱정뿐이었다. 동실은 만룡이 동무의 위엄 있는 목소리의 정체를 알고 있었다. 동실을 향한 만룡이 동무의 말이 백두대감의 말임을 단박에 깨닫고 있었다.

– 만룡이 동무, 내 어머니도 걱정이 돼서 말이야~

참이 동무가 만룡을 향해 말했다. 만룡이는 마치 어둠 속에서도 백두대감이라도 된 듯이 너볏너볏 먼지를 피워 올리며 틀위엄을 지었다.

– 참이 동무 오마닌 내가 얼굴도 모르지만 자꾸 그림자가 째째하게 선명 보이는데 어찌 네 집을 못 들어가고 기웃거리고 있는데~

– 아니 동무, 게 무슨 소리니?

만룡의 말이 참이의 가슴에 정확히 꽂혀들었다.

– 나야 알 턱이 있나~ 백두대감님 뜻이 이렇게 얹히는데 그저~

– 만룡이 동무, 아니 백두대감님, 강철이네도 한번 살짝 굽어살펴 줍쇼.

강철이가 어울리지 않게 목소리를 꼬며 말했다.

– 아이구나 큰났다이야. 나는 홍범도에 뛰는 차도선일세.

– 에이 만룡이 동무, 장난치지 말구 제대루 살펴 달라~

강철이가 이번에는 정말 진지하게 말했다.

– 복수 그저 물 건너가는구나. 뛰는 놈이 있음 나는 놈이 있는 법이 대지~

– 만룡이 동무, 아니 용하고 용하신 백두대감님~

강철이 동무가 만룡을 향해 무릎을 꿇어버렸다. 강철은 만룡의 입에서 복수라는 말이 튀어나올 때 몸에 전율을 느끼고 있었다. 만룡의 몸속에 백두대감이 분명 들어 있음을 확신하고 있었다. 동실과 강철이 무릎을 꿇어버리자 참이 동무 역시 동무들 옆에 나란히 무릎을 꿇었다.

저쪽 어둠 속에서 밤바람이 불어왔고 바람 속에 비릿한 바다 냄새가 묻어 있었다. 작은 키대의 만룡이가 발바닥으로 동실이 어깨를 힘껏 밀어젖히자 무릎을 꿇고 있는 동무들이 일제히 한쪽으로 쓸려 넘어졌다. 만룡의 이런 행동에 어떤 동무도 저항하지 못했다. 만룡이 혼자 의미모를 웃음을 키득키득 짓고 있었다.

참이 등은 바다와 면한 야트막한 산자락에 모여 아침부터 훈련에 돌입했다. 여름에 근위대에 입소하여 인민군 후비대로서 충성맹세를 하던 기억들을 떠올리며 대열훈련을 하고 허수아비를 만들어 칼침 놓는 훈련을 했다. 공화국 인민군 신병 훈련이 아니라 적의 심장에 칼침을 놓는 특수요원의 심정으로 열정을 다해 훈련했다. 고등중학의 같은 반원으로서 마치 공화국의 반동으로 몰려 집체탄원에 걸려든 신병들처럼 열렬히 훈련했다.

한번 뭉친 마음 변하지 말자는 맹세문을 쓸 때 동무들의 손이 일제히 떨렸다. 참은 핏줄을 물려준 상철 아버지를 적으로 간주하며 이런 자신의 행위가 한뉘평생 자신의 발목을 붙들지도 모른다는 생각을 하며 손을 떨었다. 동실은 어머니의 죽음과 아버지 묘비의 수모를 생각하며 손을 떨었고 강철은 장마당 매대를 빼앗아간 독거미에 대한 분노로 손을 떨었다. 만룡이 동무 역시 점을 치다 붙잡혀 들어간 어머니를 생각하며 손을 떨었다.

아침부터 진지하게 훈련에 임했다. 근위대의 기억을 되살려 무모한 도전이며 치기에 다름없는 행동이지만 부끄럽게 생각하지 않았다. 저마다 가슴에 치밀어 오르는 분노를 삭이며 격술훈련태권도부터 시작했다. 허수아비를 만들어 산비탈에 세우고 칼침을 놓고 눈알을 뽑고 목울대를 내려치는 훈련을 했다. 규모에 어울리지 않지만 대열훈련을 할 때는 제법 전쟁터에 임하는 군인의 모습 같았다. 허수아비의 심장에 칼침을 놓을 때는 동무들 각각 해제껴야 할 대상을 뇌리 속에 담았다.

대열훈련은 산악에서 하지 않고 모래밭에서 했다. 발을 높이 치켜들어 정보正步로 걷는 걸음을 할 때 만룡의 발은 땅바닥을 헤매었다. 오른쪽 팔을 앞으로 뻗을 때 다른 동무들과는 달리 만룡의 오른쪽 발도 앞으로 내딛어졌다. 팔과 발이 동시에 앞으로 나아가니 만룡이 동무 체면이 말이 아니었는지 난데없이 우렁찬 목소리로 구령을 붙였다.

동무들은 우렁찬 목소리가 만룡의 목소리가 아니라고 생각했다. 만룡이 동무가 구령을 붙이면서 지금 백두대감이 여기에 와서 동무들과 같이 놀고 있다는 의미 모를 말을 지껄이지 않았더라도 만룡의 목소리의 근엄함은 단박에 동무들을 놀라게 만들어버렸다.

정의를 위해 힘껏 싸우자는 선서까지 하고 나니 그들의 의기는 마치 산자락을 휘감아버릴 기세였던 것이다. 통밀밥에 염장무로 배를 채우고 우스꽝스럽게 보이는 훈련이 계속 되었지만 누구 하나 자신들의 이러한 모습을 우습다고 생각하지 않았다. 진지하며 결의에 찬 모습에 동무들의 사기는 하늘을 찌르고 있었다.

– 미제 침략자들을 한 놈도 남기지 말고 처단하자!

– 동실 동무, 우덜이 미제 침략자들하고 쌈질하는 거는 아니잖니?

참이 동무의 말에 동실은 잠깐 고개를 갸우뚱했다.

– 아 맞슴~ 남조선 반동 놈들을 한 놈도 남기지 말고 처단하자!

– 하하하~ 남조선 반동 놈들이 어찌 나오니?

만룡이와 강철이까지 호탕하게 웃었다.

– 아 것도 맞지~ 그러믄 우리들의 반동 새끼, 공화국 보위부 독거미 놈들을 한 놈도 남기지 말고 처단하자!

일제히 동실 동무의 외침을 따라 하며 대열훈련에 몰입했다. 이렇게 하루를 보내고 해가 바다 밑으로 사라지는 것을 보며 모래밭에 몸을 부렸던 것이다. 그들은 밤새도록 모래밭에서 차가운 바다 바람으로 이불을 삼아 누워 있었다. 온종일 고된 훈련으로 몸은 지치고 힘이 들었지만 어느 누구도 투정을 부리지 않았다.

집에서 나와 뜻이 같은 동무들과 함께 밤사람이 되어 별들이 가득히 박혀있는 하늘을 바라보며 누워있다는 사실은 그들 모두를 설레게 만들었다. 코를 드르르~ 곯던 강철이도 오마니~ 잠꼬대를 하던 동실이도 깊게는 잠들지 못했다. 만룡이는 잠이 들다 깨어 모래밭을 미친 듯 뛰어다녔다. 만룡이 뛰어다니는 것을 어둠 속에서 바라보던 참이의 살갗에 소름이 돋았지만 다른 동무들은 알아차리지 못했다.

참이의 마음 한쪽은 불안한 생각이 엄습하고 있었다. 만룡이 캄캄한 어둠 속에서 미친 듯 날뛸 때 참은 왼쪽 가슴에 손을 얹었다. 어머니 뱃속에서 태어날 때부터 자신의 의지와 관계없이 운명지어져 버린 날들에 대한 반감이 치솟았다. 피형혈액형을 따지고 들 때부터 머리에서 돛괭이바람이 불어 닥쳤었다. 아버지한테 한 걸음 다가서려고 해도 자꾸만 멀어지는 거리를 따라잡을 수가 없을 것 같았다. 봄이 녀동생 조차 참에게 푸념을 늘어놓았었다.

참은 어린 시절에 틈만 나면 자신이 누굴 닮았느냐 물었었다. 빈번한 참의 물음에 아버지 닮았다는 소릴 듣고 싶어 안달이 났다는 봄이의 투정까지 들었다. 공부를 잘해서 자연수재 소리 듣는 것을 무기 삼아 묻곤 했던 참의 가슴에 핏줄에 대한 공허함이 배어 있었을 터이다. 아버지 닮은 구석을 찾아내려는 참의 적극적인 행위는 가족의 구성원이라는 자연스런 집단에 소속되고픈 처절한 몸짓이었다.

하늘에 처연히 박힌 반달처럼 반쪽의 그늘이 참의 마음에 드리워져 있었다. 하늘에 박힌 반달이 사라지지 않으려 밤새도록 버텨보지만 잠깐 졸음에 깨어보면 저만치 밀려나가 있었다. 참은 저 반쪽의 달이 마치 자신의 처지와 비슷하다고 생각했다. 반달은 운명적으로 제 살을 스스로 깎아 먹으며 사라질 것이다. 발버둥 쳐서 살을 찌워 보름달이 된다 해도 다시 반달이 되어가는 운명은 거역할 수 없는 숙명과도 같았다.

새벽녘이 되어 파릿한 몸들을 털어내며 모래밭에서 일어났다. 포단포대기 하나 두르지 않고 맨몸으로 칠흑 같은 밤의 골짜기를 건넌 동무들은 발가벗은 채로 바닷물에 뛰어들어 헤엄을 쳤다. 짠물을 몸에 바르고 나와 물가선해안선을 따라 열을 지어 달릴 때 낮은 산비탈 너머에서 비쳐오는 햇살이 바닷물에 어릿어릿 고기 비늘같이 반짝이는 물이랑을 만들었다.

– 야호~

– 야호~

동무들이 바다 쪽을 향해 외친 말은 야호~, 동무들의 야호~ 소리는 우렁찼지만 공상허공 중에 흩어져 되돌아오지 못했다. 야호~ 야호~

동무들은 하염없이 바다 쪽을 향해 부르짖었지만 공상에 흩어진 소리는 바다 밑으로 잠겨버렸다. 돌아오지 않는 메아리를 품바꿈품앗이 하듯 주고받던 동무들은 소용없는 짓임을 알면서도 목 끝에 소리를 매달아 간절히 외치고 있었다.

– 야호~

– 야호~

외치던 메아리가 되돌아오지 않고 바다 밑에 잠겼지만 동무들의 열기는 식지 않았다. 대열훈련과 격술훈련을 다시 시작하고 있었다. 그들은 이런 방식의 저항행동이 결국 적이 아니라 자신에게 향하고 있다는 것을 깨닫고 있었다. 당장 돌아간다고 한들 엄청난 권력의 힘 앞에 자신들이 할 수 있는 것이란 없다는 것을 알고 있었다. 낮전오전에 몸속의 찌꺼기를 모두 태운 탓에 동무들은 모두 기운을 완전히 소진하고는 모래밭에 뻗어버렸다.

외진 장소의 훈련장은 참이 등의 동무들에게 놀이장이나 마찬가지였다. 공화국의 단속과 검열, 억압 등에 저항하는 일탈이었지만 그들은 오랜만에 무둑히벅차게 자유를 만끽하고 있었다. 체제에 대한 일탈 행위는 한낱 자기를 향한 원망이었다. 그리고 까뭇한 수평선 밑에 빨려 들어버린 외침은 독재에 저항할 길이 없는 오오군정嗷嗷羣情과도 같았다.

가쁘게 숨을 몰아쉬며 모래밭에 누워있다 보니 그들의 몸과 마음에서 기운이 다시 솟으며 흐뭇함이 느껴져 왔다. 파란 하늘에서 태양의 볕이 따갑게 머리 위로 쏟아지고 있었다.

– 야 동무들 들어보라. 내 꿈에 몽정을 했지 않나. 연분하던 녀학생이 날 붙들고 놓아주지 않더마. 어찌나 꼭 끌어안던지~

– 동무 또 몽정 타령이나? 단련대에서 관리원이 뭐라 하드나? 벌써 잊었나?

강철이가 송곳처럼 날카롭게 쏘아붙였다.

– 잊기는~ 그저 꿈에서도 심힘을 낭비하지 말라 했지. 위대한 김정은 공화국 건설을 위해 심을 쏟아야 한다 했지비~

– 잘 알면서 어찌 또 몽정 타령을 하니?

강철의 목소리가 여전히 날카롭게 꽂혔다.

– 내 없는 말을 하는 게 아니잖나. 아니 강철이 동무, 보자니까 여게 무슨 사상무장 하러 왔나? 우리가 여기 들어와 훈련을 하는 저의가 뭔 줄 모르나? 설마 검정새치 노릇 하는 거는 아니겠지?

– 에이, 동실아. 그만 하라.

하고 참이 분위기를 눅이려고 끼어들었다. 모래밭에 누워 하늘을 쳐다보던 동실의 눈동자가 크게 흔들리고 있었다.

– 동실 동무 몽정이야 그저 참이 동무 녀동생 봄이가 죄인이니라, 하하하~

만룡이가 불쑥 끼어들며 배꼽을 출렁이며 웃었다. 만룡의 말에 동무들이 한바탕 갑작비 쏟아지듯 웃었다. 만룡의 놀림에 동실이 장난삼아 만룡의 목을 누르자 만룡이 작은 몸이 부르르 떨렸다.

– 동실 동무, 만룡이 동무 목 죄지 말고 풀어라.

– 만룡이 너 함부로 주둥이 놀리면 죽을 줄 알라, 알았지비?

참의 만류에 동실이 목을 누르던 팔의 힘을 풀자 만룡이 캑, 캑 하며 몸을 털고 일어섰다. 만룡은 동실에게 목을 눌린 수모를 당하고도 히죽히죽 웃고 있었다.

– 동실아, 너 돝돼지잠에 개꿈을 꾸었던 거이야.

– 만룡이 동무, 그만하라. 어찌 자꾸 시비를 걸려고 드나?

참의 꾸짖음에 만룡이 동무가 변명하듯 대꾸했다.

– 참이 동무, 내 틀린 말을 한 게 아니야. 동실이 동무 그저 별 볼 일 없는 개꿈을 꾼 게 맞단 말이지. 동실 동무가 연분 한다는 그 녀학생이 누구든지 간에 동무하구 연인인연 따위 없다 이런 말이지비~

만룡의 말투는 매우 진지했다. 만룡이 동무들 앞에서 장난 짓거리로 나불대는 말이 아니었던 것이다. 만룡의 말에 동실이 동글동글한 얼굴을 길게 끌어내리며 물었다.

– 누가 그러나? 만룡이 동무 말이니 백두대감 말이니?

– 내가 어찌 알겠나? 백두대감이 입을 간질이니 하는 말이지~ 동실 동무가 미워서 내 그딴 소리 한 거 아니란 말이야.

동실은 만룡의 대답을 듣고 몸에서 기운이 빠지는 것을 느끼고 있었다. 동실의 마음속에 오래도록 자리 잡고 있는 봄이와의 연인은 하늘이 맺어준 것인지도 모른다는 생각을 해왔던 터이었다. 그런데 만룡의 입에서 난데없는 그런 소리가 터져 나오는 것을 보니 화기병울화병이 생길 것만 같았다.

– 에이 참이 동무, 우리 함께 춤이나 추자야~

동실은 벌떡 일어나 모래밭에 머리를 박았다. 학교 복도에서 또는 마룻바닥에서는 머리를 박고 빙글빙글 도는 춤을 추었는데 이곳에서는 머리가 모래밭에 박혀 돌아가지 못했다. 그러나 동실은 모래밭에서도 춤동작을 현란하게 보여주었다. 춤은 동실에게 모든 것이었고 춤을 잘 추면 사실 봄이의 마음을 붙들 수 있을 거라고 믿었다. 그래서 동실의 춤은 더욱 절박했고 목숨을 걸고서라도 몸을 흔들 수밖에 없는 일이었다.

동실과 어려서부터 함께 춤을 추곤 했던 참이 동무가 춤판에 합류했다. 외색에 물든 반동새끼라는 욕설을 들으며 보위부 지하실에 끌려가 고문까지 받았지만 춤을 추는 것을 망설이지 않았다. 춤을 추는 순간에는 모든 것을 잊어버릴 수가 있었다. 참은 공부보다 춤을 통해 자신의 존재감을 찾고 있었다.

학교의 뒤란이나 복도에서 참이와 동실의 춤사위를 찰칵찰칵 손전화로 찍은 사람이 상철과 강철이었다. 그리고 상학시간이 끝나고 총화시간이 되어 이들의 춤을 성토하며 발목을 걸었던 사람이 바로 강철이 동무였다. 부교장이 불시에 참이와 동실의 가방을 검열했다. 가방에는 남쪽 아이돌 가수의 춤사위가 담긴 녹화물이 들어 있었다. 상부에 보고되어 본때가 되는 불운을 뒤집어쓰고 보위부에 끌려가서 혼절하도록 매타작을 당했다. 찬물을 끼얹으면 다시 깨어났고 깨어나면 자기비판을 해야 했다.

참이와 동실은 바람에 흩날리는 꽃잎처럼 몸을 흔들었다. 둘의 춤사위는 경쾌하고 현란해 보였다. 만룡이 동무가 이들의 춤판에 끼어들었다. 만룡은 작은 몸을 이상하게 비틀면서 우스꽝스런 모습으로 몸을 흔들어대고 있었다. 동실과 참은 만룡이 동무의 춤사위가 아랫동네 아이돌 춤사위에서도 보지 못한 춤동작이라는 것을 알았다. 만룡이 동무가 백두대감을 받아들이기 전에는 전혀 보지 못했던 춤동작이었다.

만룡이가 작은 몸을 어슬렁어슬렁 움직이더니 강철의 손목을 붙들었다. 강철이도 동무들의 춤판에 끼어들었다. 동실과 참은 강철이가 춤판에 끼어들자 더욱 열정적으로 몸을 흔들어대고 있었다. 남조선의 춤을 따라 추다 총화 시간에 자아비판을 하고 보위부에 붙잡혀 들어갔던 간번의 악몽이 머리를 스쳤기 때문이었다.

이렇게 한바탕 춤사위에 빠진 탓에 모래밭은 먼지 밭이 되어버렸다. 춤을 추는 동안에는 동무들 모두 시름을 몸 밖에 내려놓았다. 그들은 몸을 흔들어대는 것이 까닭없이 좋았다. 산자락 아래 은밀한 바닷가 모래밭에는 아무도 지켜보는 이가 없었다. 동실과 참은 자신들을 붙들고 있는 잡념에서 빠져나오려고 애를 썼다. 생각의 끈을 붙들지 않고 텅 빈 상태가 되어보고자 몸을 흔들고 비틀었던 것이다.

그들은 모두 누구 하나 예외 없이 땀으로 범벅이 되어버렸다. 몸이 지치는데도 춤사위는 늘어지지 않고 물결을 타듯 움직이고 있었다. 이렇게 춤판이 끝나면서 그들은 난데없이 산비탈로 달려 표적을 향해서 재빠르게 칼침을 놓았다. 날렵하면서 과격한 동작으로 격술훈련을 하고 만룡의 우렁찬 구령에 맞춰 대열훈련을 계속했다.

적진을 향한 그들의 사기는 하늘을 찌를 듯이 높았고 햇볕에 달구어진 모래알보다 동무들의 열기는 뜨거웠다. 열기가 최고조에 달했을 무렵 만룡이 동무가 거친 숨을 몰아쉬며 모래밭에 쓰러졌다. 이어서 나머지 동무들이 모래밭에 하나둘씩 쓰러지기 시작했다. 어지럽게 일어난 모래 먼지가 바다 쪽으로 날아가 흩어졌다.

헐떡거리는 숨이 잦아들며 동무들이 잠이 들 때 하얀 파도를 따라 갈매기들이 날아들기 시작했다. 꾸우~ 꾸우~ 바다 위를 선회하다 부리를 흰 포말泡沫에 대고 무엇인가 찾아 물고 다시 팔매선포물선을 그으며 푸른 바다 위로 날아오르기를 반복하고 있었다. 태양은 바다 위에서 이글거리며 동무들의 열기를 북돋우고 있었다.

2

명호는 심상치 않은 일이 벌어지고 있는지도 모른다는 생각이 들었다. 수세미 방죽에서 참이한테 들었던 말이 결코 흘려들을 수가 없는 말이었음을 깨달았다. 동무들과 하루 정도는 상학시간에 빠질 수야 있다 하더라도 참이는 밤에도 집에 돌아오지 않았다. 하루가 지나고 이틀이 지났음에도 참은 학교에 모습을 드러내지 않았다.

공부라면 게을리하지 않았고 자연수재 소리까지 들었던 아들애가 아니던가. 무결無缺을 자랑하던 참이에게 이틀씩의 무단결석은 아버지를 떠나 배워주는 교원의 입장에서조차 정말 이해가 되지 않은 일이었다. 수세미 방죽에서 의기양양하게 지껄였던 이상한 말이 아니었더라면 걱정이 조금 적었을지 모른다. 엎친 데 덮친 격으로 정숙 동무마저 집을 나가 돌아오지 않고 있었던 것이다.

명호는 정숙에게 했던 마지막 말을 뼈저리게 후회하고 있었다. 세상 끝나는 날까지 입 밖에 내서는 안 되는 말이었다. 순간적인 화를 가라앉히지 못하고 일을 키우고 말았다. 공화국에서 세대주로 살아가자면 화가 날 때 가슴속에 화를 세 번 음미하며 그 화를 가라앉혀야 한다고 아버지가 말했었다. 아버지의 유훈과도 같은 말을 간날의 순간에 지키지 못한 것을 후회하고 있었다.

아무리 세대주라고 안해의 들가방까지 나꿔채서 살펴보았던 일은 두고 두고 후회가 되리라는 생각이 들었다. 달러 구경도 한번 시켜주지 못한 주제에 들가방에서 돈봉투를 꺼내 흔들어댔으니 이제와서 생각해 봐도 못난 행동이었다. 아들애를 데리고 나가라는 소리는 어떠한 상황에서라도 하지 않았어야 했다. 예서 그만 끝내자는 말이야 조선공화국 부뚜막의 소금처럼 부부싸움에 오르는 말이지만 명호는 그 순간을 참지 못한 어리석음을 후회하고 있었다.

명호의 머릿속에 후회와 회한 그리고 절망감이 복잡하게 얽혀 있었다. 명호는 공연히 허리띠를 조여 매고 있었다. 온종일 밥알맹이 한 알도 입에 넣지 못해 허리는 헐렝이가 되어 있었다. 명호는 떼지지 않는 걸음을 동실네로 향했다. 동실의 집은 아무도 없이 텅 비어 있었다. 아이들이 둘러앉아 머리를 맞대고 도란거렸던 공터에는 저녁 으슬막어스름이 적막하게 피어오르고 있었다.

명호는 집으로 돌아와 책장의 책갈피에서 춘희가 부탁한 용길 씨한테 전할 편지를 다시 꺼내 품안에 집어넣었다. 저녁 으슬막이 아까보다 더 진하게 깔리어 마음속의 짙은 그림자처럼 밤의 세상을 준비하고 있었다. 봄이마저 돌아오지 않은 집은 늙은 어머니를 유폐하는 교화소 같다는 생각이 들었다. 어머니는 퇴마루에 나와 먼발치서 아버지 계신 공동묘지를 바라보는 것이 유일한 소일거리가 되어버렸다.

명호는 삐걱거리는 자전거에 올라 발판을 구르기 시작했다. 주인을 찾아가는 편지는 때를 놓친 미안스러움에 품 안에서 숨을 죽이고 있는 듯했다. 편지를 한번 뜯어보고픈 생각이 있었지만 두 사람에게 예의를 다하기로 했다. 제자의 편지를 뜯어보는 것은 남의 비밀을 엿보는 못된 짓이라는 양심의 거부도 있었지만 듣도 보도 못한 달러의 행방과 얽혀지고 싶지 않았던 탓도 있었다. 하지만 사는 형편이 차츰 나아지고 있다고는 해도 여전히 끼니 때우기란 쉬운 일이 아니었기에 아예 달러의 유혹으로부터 단절하고 싶었다는 것이 명호의 솔직한 심정이었다.

시내 중심지를 향해 들어갈수록 예전보다 왕래하는 자동차의 수가 늘어났다는 것을 느낄 수가 있었다. 끼니 걱정을 하는 공화국의 대다수 주민들에게는 꿈에서도 가져보지 못할 모습들이 평양도 아닌 지방의 도로에서 펼쳐지고 있다는 사실에 명호는 속에서 초기허기가 올라왔다. 초기가 지는데도 자전거의 페달은 더욱 분주히 움직이고 있었다.

한 시간 이상을 달려 춘희로부터 받은 연락처에 도착했다. 조선공화국 보통 주민이 사는 집보다 조금 크고 단정해 보이는 집이었다. 명호는 희미하게 불빛이 새어나오는 집을 대문 밖에서 한참동안 지켜보았다. 목적지에 당도하였으나 몹시 긴장이 되어 불쑥 대문을 열고 들어서지 못하고 있었다. 춘희가 연분 했다던 용길 씨가 저기 불빛 아래 있을 거라는 생각을 하니 가슴이 먹먹해지는 것이었다.

명호는 자전거를 대문 저만치 세워놓고 품속에 조용히 숨죽이고 있는 편지를 만져보았다. 대문만 두드리면 불쑥 용길 씨란 청년이 얼굴을 내밀고 나오리라 생각되었다. 용길 씨란 청년은 어떤 사람일까? 명호는 그때 춘희에게 용길 씨란 청년이 어떤 사람이며 어떤 일을 하는지 묻지 못했다.

장래가 촉망되는 남자를 만나 혼인하게 될 거란 소문만 들었던 것이다. 춘희의 가족이 국경을 넘어 남쪽에 내려간 사실이 밝혀지면서 춘희의 혼인 상대였던 앞길이 창창한 용길 씨의 입장이 난처하게 되었다고 생각했다. 춘희가 미리 용길 씨와의 관계를 청산하고자 했던 뜻은 아마 자기 때문에 용길 씨에게 어떤 화가 미치지 않기를 바라는 마음에서였을 것이다.

명호는 대문 옆 담벼락 너머로 용길 씨의 집을 바라보았다. 희미하게 새어나오는 불빛이 꺼지기 전에 편지를 전달해야 한다는 생각에 이르자 마음이 급해졌다. 숨을 깊이 들이쉰 다음 명호는 대문을 두드리기 시작했다. 한참 두드려도 기척이 없더니 "이 보오, 거 주인장 계십네까?" 하고 두세 번 외쳐대자 안쪽에서 사람이 걸어 나와 헐렁한 대문을 열어주었다. 어둠 속에서 드러난 사내는 키가 몹시 커보였다.

– 뉘시오?

– 여게 혹시 용길 씨란 청년이 있습네까?

명호의 목소리는 떨리고 있었다. 바깥에서 바라보는 집안의 모습으로는 용길 씨란 청년의 장래가 촉망되어 보이지는 않았다. 그저 주민들의 형편보다 조금 나을까 말까 할 정도의 단정한 가정이란 느낌뿐이었다.

– 뉘신데 늦은 시각에~

– 저 여게 혹시~

명호의 입술이 주빗주빗 더듬거렸다. 편지를 제대로 용길 씨에게 전달할 수가 있을지 순간 염려스럽다는 생각이 들었기 때문이었다.

– 말을 하오, 동무~

– 용길 씨란 청년을 찾아 왔습네다.

명호는 최대한 말을 아끼려고 했다. 조선공화국에서 은밀한 편지를 누구한테 전하는 일은 신중하지 않으면 낭패를 보게 되기 때문이었다.

– 무슨 일로 찾아 왔습네까?

– 거야 뭐 용길 청년이 여게 있는지 알아야~

– 용길이는 여기 없습네다.

도깨비같이 큰 키의 사내가 단정적으로 말했다. 사내의 목소리에 단호함이 묻어 있었고 따뜻한 데라고는 찾아볼 수가 없었다.

– 아이구 이거 난처하게 생겼누나~

명호는 본능적으로 한 두 걸음 뒷걸음을 쳤다.

– 용길이한테 전할 테니 뭐든 전해주오. 설마 말 심부름을 오지는 않았을 테이고~

사내가 물러난 명호의 걸음만큼 앞으로 밀고 나오며 말했다.

– 용길 청년과는 어떤 사입네까?

– 기깟 사이는 알아서 뭐 하려오?

사내가 다시 뒷걸음을 쳤고 명호는 사내의 뒷걸음만큼 앞으로 한 발짝을 내딛었다. 난데없이 밀고 당기는 어색한 놀음을 하고 있는 형국이었다.

– 아니 돌령촌수을 대줘야 가늠을 할 게 아닌가~ 보자 하니 용길 청년 아버지뻘은 아닌 듯해 보이니 말이지요.

– 나 용길이 삼촌 아버지요.

하는 사내의 대꾸에 명호는 그때서야 머리를 가볍게 끄덕거렸다. 삼촌 아버지라면 작은 아버지라는 말이었다.

– 용길 청년 아버지는 여게 없습네까? 삼촌 아버지 얘길 듣지 못했는데~

명호는 여전히 춘희의 존재를 드러내지 않고 있었다.

– 용길이 혼인할 처자가 동물 여기 보낸 것이 맞지요?

뜻밖의 말을 자르고 정곡을 찌르며 들어오는 사내의 물음에 명호는 다시 몇 발짝 뒷걸음을 치고 있었다. 춘희가 일러준 연락처를 제대로 찾았다는 안도감이 들었음에도 걸음은 뒷걸음을 치고 있었다.

– 맞습네다. 이 거 용길 청년한테 직접 전해줘야 할 터인데~

명호는 그제야 앞품에서 편지를 꺼냈다. 작은아버지란 사내한테 전하면 용길 씨란 청년한테 전해지리라 생각하고 있었다.

– 용길이 집에 오자면 밤을 새워야 할 게요. 그저 삼촌 아버지한테

맡기고 가오. 내 용길이한테 참다랗게분명히 전해 주리다.

– 그리하지요. 용길 씨한테 백두산 들쭉주나 한잔 사서 마시고 춘희 처자 잊어달란다고 전해주오.

– 알겠소. 그럼 이만~

명호는 이제야 춘희의 존재를 밝히었다. 용길 씨의 작은 아버지라면 춘희의 편지를 맡겨도 문제가 되지 않을 것만 같았다. 명호는 앞품에서 꺼낸 춘희의 편지를 공손히 용길 씨의 삼촌 아버지란 사내한테 건네주었다. 사내는 용길 씨에 대한 춘희의 간절한 마음 따위에는 아랑곳하지 않는 듯이 덥석 편지를 받아들었다.

명호는 무슨 말인가를 덧붙이려다 말고 묵묵히 돌아서서 자전거에 올라탔다. 용길 씨 삼촌 아버지란 사내가 먼저 등을 보이고 들어가 버렸기 때문이다. 명호는 자전거 발판을 힘껏 구르기 시작했다. 편지를 맡기고 돌아가는 길에 내내 꺼림칙했다. 때를 잘못 골랐다는 후회가 밀려오고 있었다. 자전거 페달을 힘껏 밟으며 돌아가는 명호의 마음은 까닭없이 불안해지고 있었다.

집으로 돌아오는 내내 허탈감에 다리에서 힘이 빠졌다. 다리의 힘이 빠지듯 명호의 가슴 한구석이 허거프게 느껴지고 있었다. 편지를 건네받은 삼촌 아버지란 사내의 태도가 왠지 마음을 거스르게 하고 있었다. 고맙다는 말을 해주지 않더라도 먼길을 돌아가는 사람한테 목례라도 한번 해주었더라면 돌아가는 길이 이렇게 허탈하지는 않았을 것이다. 그러나 생각한들 무슨 소용이 있을 것인가. 명호는 온몸이 땀으로 범벅이 되어 눈시울이 따가운데도 묵묵히 발판을 구르고 있었다.

자정이 지나서야 집에 도착했다. 정숙 동무의 모습은 아직도 보이지 않았다. 아들애 참이의 모습도 보이지 않았다. 명호는 허탈한 마음에 퇴마루에 앉아 땀을 들이고식히고 있었다. 안해와 아들애의 빈자리가 명호의 가슴에다 선명한 피자취를 남기는 시간이었다. 명호는 정숙에게 퍼부었던 말들이 다시 생각이 났다. 한번 내뱉은 말이란 정말 되돌릴 수가 없는 것임을 뼈저리게 느끼고 있었다.

3

태산은 밤새 비몽사몽 속을 오가며 잠을 설쳤다. 정통편을 먹고 안정을 찾은 몸인 줄 알았는데 집에 돌아와 군복을 벗자마자 한꺼번에 피로가 몰려왔다. 잠깐 소파 등받이에 몸을 기대고 자다 깨다 자다 깨다가 하는 여우잠을 몇 번 반복했다. 깊이 잠이 들지 않은 탓인지 바깥의 소리가 잠결에 들리기도 했다. 깨어보니 창유리를 때리는 빗물 소리가 요란스럽게 들리고 있었다. 창가림막커튼을 내리고 침대에 누워 다시 잠을 청해 보았지만 여전히 비몽사몽이었다. 이상한 그림자의 형체들이 한꺼번에 덤벼들어 태산의 목을 눌렀다. 태산은 목을 누르는 어둑한 그림자들을 털어내느라 용을 썼다. 용희와 정숙 동무의 다툼 이후 태산에게는 이러한 가위눌림이 자주 찾아왔다.

비몽사몽 속에서 깨어보면 기억들이 흔적도 없이 달아나버렸다. 명확하지 않은 어두운 형체에 쫓기는 꿈을 꾸었던 것 같은데 기억나지 않았다. 산발한 녀자의 손톱이 얼굴을 할퀴고 목에 피를 흘리는 노인이 가슴속을 파고들어 소스라치게 놀라기도 했다. 죽은 자들의 망령 같은 모습과 소리들이 뇌리에 어지럽게 떠다니고 있었다. 총소리에 놀라 깨어보면 꿈이어서 벽에 걸린 군복의 허리춤에 매달린 권총집을 확인해보기도 했다.

목을 누르며 덤비는 망령들을 대항해 벽받이받기를 하는데 깨어보니 꿈이었고 머리가 지끈거리기 시작했다. 밤새도록 이런 짓을 되풀이하다 제풀에 지쳐서 순간 깊은 잠이 들었던 모양이다. 깨어보니 밤새 뿌렸던 비도 그쳐 있었고 상철은 벌써 등교를 하였는지 보이지 않았다. 태산은 끼니 생각도 잊은 채로 곧장 사무실을 향해 자동차를 몰았다. 간밤 꿈속의 잔상이 뚜렷하지 않음에도 까닭모를 불안감이 가슴을 짓눌러왔다.

사무실 의자에 앉자마자 부하 지도원이 보고서류를 들이밀었다. 태산은 우울하던 차에 정신이 번쩍 들었다.

– 어젯밤에 들어온 편지입네다.

– 어데서 건져 올린 편지이니?

태산이 빤히 편지를 바라보았다.

– 단동 교회에 쳐놓은 덫에 걸려들었지요.

– 하하~ 그저 장막이란 하 세월이란 말이 그르지 않구나야. 그물에 걸려든 물고기야 회쳐먹으면 될 터인데 이런 어찌할 거나~

태산의 기분이 급격히 상승했다.

– 그야 과장 동지 실적이지 뭐이겠습니까? 대문 앞에 서서 입질을 잔뜩 해대든 구만이요. 누구인가 어떤 관계인가 첫 제아무리 꼼꼼히 배워주는 교원이래도 철컥 걸려든 데는~

– 거 지도원 동지, 알았으니 나가 보라.

– 보고 드릴 게 또 있습네다.

태산은 못마땅하다는 듯 고개를 돌렸다.

– 그럼 속히 하라. 나 오늘 바쁘다이야~ 아니 서류만 두고 가면 될

거를~

– 27국 요원들과 도 보위부 반탐처 산하 전파탐지조 성원들, 우리 반탐과 성원들로 구성된 합동단속그루빠 실적인뎁쇼.

지도원의 목소리에 여느 때보다 자신감이 배었다.

– 알고 있으니 가라. 거 모다 우덜 관내 성원을 2배로 늘린 덕분이지~ 구역도 확대하고 차량 지원도 2배로 늘렸잖나, 도강을 돕는 브로커들 수가 삼분의 일로 급감했다 이 거 아니니? 이거 다 내 머리에서 나온 전략이란 말이야~

– 아이구 알고 있뎁쇼. 그저 빠삭하게 꿰고 있구만이요~

지도원이 머리를 긁적거렸다.

– 백사동 27국 내래 유치한 거이야. 독일제 손전화기 전파 탐지장치 아니니~

– 백사동 도 체신관리국 말입죠?

지도원이 또 아는 체를 했다. 태산은 이런 부하의 태도가 마음에 들지 않았다.

– 거야 주민들 눈에 체신관리국이지? 은밀히 잠복한 27국 아지트 아니나~ 평양기술대 실습생들 투입시킨 것도 나란말이야~

– 알고 있뎁쇼, 헤헤 그럼 이만 나가 볼랍네다.

태산은 부하가 나간 다음 서둘러 서류들을 정리했다. 자동차를 몰아 시 인민보안성 변두리 분주소로 향했다. 군복을 입은 태산의 견장과 훈장의 표식들이 번쩍번쩍 빛이 났다. 태산의 빛나는 군복을 보자 사무원들의 기가 꺾였다. 태산은 공민등록과 담당 사무원을 불러 공민증 교체작업에 대한 업무를 물었고 장차 새로 발급할 공민증에 대해서 물었다. 태산의 물음에 담당은 떨떠름한 마음을 숨긴 채로 정성껏 대답했다.

태산이 담당을 가만히 서류대 뒤로 데리고 가서 리명호 주민 문건을 볼 수 있게 해달라고 부탁했다. 그러자 여태 고분고분하던 담당의 태도가 돌연 변했다.

– 그건 안 됩니다.

– 어째서 아니 되니? 야 임마, 내래 보위부 반탐 책임 맡고 있는 사람이야. 당장 그 문건 가져오란 말이야.

– 아이구 이거 정리情理를 다 말해 줄 수도 없구~

– 게 무슨 말이나? 정리라니? 무슨 말 못할 사정이 있단 말이니 지금?

태산은 자신의 급한 성정을 억누르지 못하고 다그치고 있었다. 담당 사무원은 어쩔 줄을 모른 표정으로 태산이 앞에서 마치 죄를 지은 사람처럼 고개를 주억대고 있었다. 태산이 씩씩거리는 모습을 보고 담당 사무원이 나지막한 목소리로 대답했다.

– 도당에서 특별지시가 떨어졌다 말입네다.

– 뭐야, 도당 특별지시? 도당에서 누구가 어떤 특별지시를 내렸다 말이니?

– 고저 진정 하시라요. 도당 위원장 특별지시란 말입네다. 어찌 하필 리명호 주민에 문건을~ 내래 다른 문건은 보여드릴 수가 있다 말입네다. 하지만 리명호 주민에 문건은 특별지시가 있어서리~

태산은 일이 어떻게 진행되어왔는지 이제 짐작할 수가 있었다. 도당 위원장의 특별지시라면 용희 동무가 먼저 손을 써버렸다는 말이었다. 태산은 꾹돈까지 내밀어 손을 써보려 했지만 결국 보위부의 체면이 바닥에 떨어지는 수모를 감수하며 돌아설 수밖에 없었다. 발가벗고 달려드는 도깨비 부적이라 해도 당해낼 재간이 없다는 보위부의 힘이 무색해지는 순간이었다. 태산은 자동차를 몰아 다시 사무실로 돌아올 수 밖에 없었다.

사무실로 돌아와서 숨을 돌리기도 전에 뜻밖에 어떤 녀성동무가 들어섰다. 태산은 그 녀성동무의 모습을 자세히 보고 깜짝 놀라고 있었다. 막대기 도깨비에 둘러진 헝겊처럼 초라해 보였던 덕순 동무가 고치에서 벗어나 화려한 자태로 다시 태어난 나비처럼 나타났기 때문이었다.

– 아니 보자 덕순 동무~ 간복수 털어내고 이거 못 보던 달린옷원피스에 흰 비닐구두에 진단장에 들가방까지 이거야 원 덕순 동무가 이케 변할 수가 있나?

– 어째 참이 아버지, 이 덕순이 보아줄만 하지요?

덕순이 동무가 한껏 뽐내며 말을 했다.

– 보아 줄만 하구 말구~ 말도 예쁘게 하구 어찌 이케 개벽을 하니? 거 덕순 동무, 한번 삐잉 돌아보라~

– 아이 에그나 그저 태산이 동지 버릇 또 나온다이야. 내래 당장 겉만 이러지 속은 다 죽은 송장이야요.

– 아니 글쎄 눈 호강 좀 하자 말이지~ 거 한번 삥 돌아보오~

덕순이가 빙 한 바퀴를 돌았다. 태산은 덕순이 동무의 믿기지 않은 모습에 크게 놀라고 있었다. 하지만 태산의 귀를 정말 즐겁게 해준 것은 덕순이 내뱉은 말속에 있었다. 참이 아바지라는 덕순의 말을 듣고 태산은 귀가 번쩍 뜨이면서 그저 입이 떡 벌어지고 있었다.

– 이렇게 노닥거릴 시간 없습네다. 박 과장 동지, 날래 귀 좀 빌리자우요.

– 아니 덕순 동무 관절 무슨 일이기에~

태산은 영문을 모르겠다는 표정으로 덕순의 곁에 나란히 앉았다. 덕순의 표정을 보니 뭔가 좋은 일이 있음이 분명한 것 같았다. 콧대 높은 보위부의 체면에 랭수를 끼얹은 분주소 사무원을 생각하면 괘씸하기 짝이 없다고 언짢아하고 있었기 때문이다. 태산은 팔랑개비 같은 귀를 덕순의 뺨에 바짝 가져다 대고 있었다.

– 이거 공화국 천지에 덕순이 혼자 아는 얘기에요.

– 어서 말을 하오. 귀까지 빌리자는 말인즉 비밀 얘기누만요. 덕순 동무~

태산이 동무의 귀가 몹시 간지러웠다.

– 보오, 아이 에그나 살 떨려서 나~

– 아 뜸 들이지 말구 어서 말을 하오. 관절 비밀이란 것이~

태산의 입술이 바싹 타들었다. 태산이 애가 타는듯한 기대에 찬 모습에 덕순은 부러 륵장늑장을 부리고 있었다.

– 박 과장 동지, 그저 호박을 잡게 생겼습네다.

– 아니, 호박을 잡다니~ 내게 무슨 좋은 일이 생긴다는 이런 말이오?

– 이번에 호박을 놓치면 두고두고 철부지하단 소리 들을 거야요.

덕순 동무는 잔뜩 뜸을 들이고 있었다.

– 아니 덕순 동무, 관절 무슨 일이냐니깐? 그저 애간장만 태우는구려~

– 박 과장 동지, 정숙이 동무하구 세간살이 차릴 기회가 왔습네다.

덕순은 할 수 있는대로 거드름을 피웠다.

– 덕순 동무, 아니 게 무슨 소리이니? 내래 정숙이 하구 뭐가 어드런?

– 보오, 참이 아버지. 정숙 동무가 그저 리혼하게 생겼다 이런 말이에요.

덕순은 이제야 정숙 동무의 리혼에 관한 얘기를 입에 올렸다.

– 어허허~ 뭐이 어드래요? 덕순 동무, 아니 게 정말이에요?

– 그러문입쇼. 아주 그냥 이틀 동안이나 정숙이 동무래 이 덕순이 옆에서 누워 잤단 말이지요.

태산이 동무가 들으면 흡족할 얘기를 덕순은 하나씩 꺼내고 있었다.

– 아니 정숙 동무야 그저 명호 동무하고 사이좋기로~

– 언 사이좋기는~ 그 의좋은 원앙오리가 강 건너 날아갔단 말이에요.

태산의 말을 싹둑 잘라내며 덕순이 말을 했다. 덕순의 말을 듣고 태산은 한참동안 입을 벌린 채로 물끄러미 덕순을 바라보고 있었다. 덕순은 당장 끼어들지 않고 태산의 감회에 젖는 모습을 지켜보고 있었다. 태산이 동무가 바싹 간장을 사르도록 덕순은 말자루를 서둘러 풀지 않았던 것이다.

– 아하하하~ 아니 덕순 동무, 자초지종을 차분히 말을 해 보시라요.

– 력사 선생이 그저 정숙 동무더러 끝내자 했다느만요. 아들애 참이 데리구 태산이 동무한테 가라 했답네다.

– 아니 본새 없는 놈이 그저~ 아주 귀한 자식을 데려다 애물단질 만들라 하누나. 덕순 동무, 당장 정숙이 내게 데려 오오.

– 박 과장 동지, 어머나 멋지셔라.

– 나란 사람 그저 곰팡 슨 놈 소릴 듣긴 하지만 이러 뵈도 공화국에선 두루 멋진 사내야요. 지금 정숙 동무 어데 있나? 당장 갑세다. 그저~

태산은 세상에 태어나서 듣던 소리 중 가장 반가운 소리를 들었다고 생각했다. 태산의 생애에 원앙처럼 부부금슬 좋다던 명호 부부의 리혼에 대한 얘기를 듣다니~ 그런 중에도 명호 동무가 아들애 참을 홀대하는 느낌에 은근히 화가 났다.

태산은 의자에서 불쑥 일어나 안절부절못하고 있었다. 태산은 자신이 지금껏 계획하고 꿈꿔온 일이 실제로 일어나고 있다는 생각에 설레면서 한편으로 뭔지 모를 언짢음이 남아 있었다. 덕순 동무로부터 이렇게 좋은 소식을 들었는데 유쾌하지만은 않은 것은 대체 무슨 까닭이란 말인가. 태산은 자신의 의자 주위를 빙, 빙 뻐꾸기처럼 돌면서 언짢은 기분의 포자를 색출해내려 했다.

아아, 태산은 언짢은 기분의 포자가 무엇인지 특정이 되자 깊은 한숨을 내쉬었다. 늑대 놈들, 아아, 태산의 한쪽 어깨를 무겁게 누르고 있었던 것은 바로 늑대들이었다. 늑대란 당 간부를 빈정대는 말이었다. 독거미의 독침이 얼마나 무서운지 늑대에게 보여주리라. 태산은 아랫배에 힘을 주고 어깨를 곧게 폈다.

– 박 과장 동지, 어찌 이래 서두르시나~

– 아니 애가 타니 그러는 거 아니나~

태산이 여전히 안절부절못하고 있자 덕순은 마치 제집인 양 랭장창고냉장고에서 물을 꺼내 태산에게 들이밀었다.

– 어서 목을 축이오. 내 정숙 동무 살멱멱살을 잡아서라두 박 과장 동지하고 살림나게 해줄 테니 여게 잠깐 앉아 보오.

– 덕순이 동무 그저 곱게 넘어갈 얼굴바닥 아니라는 거는 안다만서두~

– 나도 좀 먹고 살아야지요. 동실이 하구 살아가자면 어찌 빈손으로 갈 수야 있나? 정숙 동무도 당장 집에 들어갈 기미가 보이지 않는다굽셔. 아니 부엌방이란 게 어이 있나요. 그저 뭐라도 끓여대야 하지 않는~

– 어째 낯바닥이 벌레 기어댕기는 거 마냥 쓰멀 쓰멀 하다 했지비~ 내 간번에 정숙 동무한테 달러 구해 대느라 여유 없다이야. 보자, 어데 숨겨둔 인민폐라두 있나~

태산은 '저 영악한 것 보라, 어찌 호들갑이 심하다 했더니만 하하 참 고년 낯바닥도 두껍구나' 하고 맘속으로 지껄이면서 군복의 주머니를 뒤지고 서랍을 여닫고 한바탕 야단법석을 치른 다음 인민폐 몇 장을 봉투에 넣어 덕순의 손에 쥐어주었다.

– 호호호~ 박 과장 동지, 그저 감사 하누만요. 일이 이리 되었으니 내 사정 하나 더 들어주오.

– 덕순 동무, 오늘 아주 작정하고 나왔구만이~

– 공화국에서 그저 사람구실 하자믄 군댈 다녀와야 하지 않소? 우리 동실이 그저 박 과장 동지가 내 자식처럼 살펴주오.

– 아니 난데없이 나한테 자식을 맡기나~ 덕순 동무 뭐 영영 못 돌아올 사람처럼 이 무슨 호들갑이니 내게?

– 너무 매정하게 그러지 마오. 울 동실이 초모징집당해 군대 가걸랑 보위부 직통생 하나만 약속해 주오. 간날에 했던 말도 있잖나요 글쎄~

덕순의 간절한 부탁에 태산은 마치 기계처럼 시무룩한 표정으로 고개를 저어댔다. 그러나 태산의 마음 한쪽에는 제 자식을 위한 공화국 녀성들의 모성에 경탄을 하고 있었다. 용희 동무도 아들애 상철을 위해 저토록 훼방을 놓으려 날뛰고 다니는 것이 아니랴. 정숙이 역시 아들애를 위해 태산을 찾아왔다가는 용희에게 봉변을 당하지 않았으랴. 덕순 동무도 아들애 동실을 위해 나비귀신 같이 변장을 하고 저토록 안간힘을 쓰고 다니는 것이 아니랴.

태산은 덕순의 모습이 겉은 그럭저럭 꾸며 보아 줄만 해도 저승걸음이 지척임을 알고 있었다. 기백이 동무가 악착같이 당증을 목에 매달려고 애연 분발하며 죽어가던 모습도 겹쳐 떠오르고 있었다. 덕순이 더욱 애절한 태도로 매달리고 있었다.

– 기백이 동무 낯바닥으로 봐서 동실이 앞길 좀 닦아주오.

– 기깟 당증 목에 매달아 주었더니 은덕도 모르고 가버린 놈~

태산은 성정에 못 이겨 화풀이를 했다.

– 친구 좋다는 게 뭐에요? 다 이럴 때 써먹자는 말이지요 뭐 하하하~

– 아니 지금 웃음이 절로 나오나? 기백이 거 마른 깡통 같은 자식 얘기 꺼내지 말라요. 아니 거미줄 위에 간당간당 달린 목숨 끊어지던 순간에 뭐이 어드래요? 태산이 개놈에 손 끝에 놀아나지 말라굽서?

태산은 생각할수록 화가 치밀었다.

– 아이 에그나 공화국에 콸콸한 사내대장부가 어찌 졸리는 말을 하십네까? 그저 궁색하던 터에 덕순이가 꾸며대던 말을~ 설마하니 기백이 동무가 눈 감을 적 그런 말을 흘렸겠어요? 어떻든 태산이 동무 바짓가랑일 붙들라고 다짐 짓을 하더만요.

– 퉤엣~ 간덩이에 곰팡 슨 자식~ 내 아주 생각히울수록 감쳐도는 통에 밤잠을 못 잤단 말이지~ 아휴 무덤자리 누운 자식 일으켜 세울 수도 없구 그저~

태산은 서랍에서 담배를 꺼내 피워 물었다. 기백이 동무를 생각하면 항상 아쉬움이 일었다. 헐렁한 몸을 건들거리며 한 번씩 다녀가던 기백이 동무의 모습이 태산에게도 간절히 그리울 때가 많았다. 이토록이나 그리운 동무가 세상을 등지고 가면서 남겼다는 마지막 말을 덕순 동무로부터 들었을 때 여태 공화국에서 열심히 살아온 이력이 온통 배신당한 느낌이 들었다.

그래 화를 사르지 못하고 기백의 묘지로 찾아가서 묘비까지 철폐했던 것이다. 가장 가까이에서 서로 의지했던 동무의 의리 하나 붙들지 못했다는 자괴감에 태산은 몹시 씁쓸했던 것이다. 그런 중에도 태산은 기백이 동무에게 감사하고 있는 것이 있었다. 공동묘지의 묘비까지 철폐한 은밀한 행위를 당에서 감시하고 있다는 사실을 용희 동무로부터 전해 들었기 때문이다. 기백이 동무의 묘비 때문에 당의 감시를 늘 염두에 두게 되었었다.

거머리처럼 달라붙어서 다짐을 받아 내려는 덕순 동무에게 가커니 부커니 말을 하지 않고 태산은 담배를 비벼 껐다. 뜻밖의 소식을 듣고 마음이 설레었지만 한편으로 무거운 마음도 자리 잡고 있었다. 공민증 문제를 두고 용희 동무의 남잡이해코지가 이미 시작되었고, 당의 감시를 받고 있을 것이라는 분명한 사실 앞에서 태산은 기가 꺾이고 있었다.

태산은 벽거울 앞에서 용모를 점검한 다음 덕순과 함께 자리에서 일어섰다. 자동차를 덕순의 집을 향해 몰아나가기 시작했다. 정숙의 얼굴을 조금 편안한 마음으로 볼 수 있다는 기대감에 태산은 가슴이 설레었다. 덕순은 태산의 옆자리에 앉아 숨을 쌕쌕거리면서도 종달새처럼 지저거리고 있었다.

덕순의 말을 태산은 귀에 흘날리면서 묵묵히 운전 손잡이를 잡고 있었다. 창밖에 쉭쉭 스쳐지나가는 풍경들도 눈에 들어오지 않았다. 보위부에서 잔뼈가 굵어지도록 일을 하고 있기에 지방에서는 감히 누가 태산의 발목을 붙들지 못했다. 이런 까닭에 인민보안성의 말단 직원에게 당한 일격은 태산의 체면이 형편없이 타지墮地되는 것이었다.

날아가는 직승기헬리콥터도 떨어뜨린다는 보위부의 자존심이 심하게 일그러짐을 태산은 조금 전 경험했던 것이다. 조선공화국에서 권력의 암투는 노상 있어왔던 일이다. 공화국 최고 지도부에서는 매순간마다 권력의 시소게임이 진행되고 있었다. 최고 지도부의 권력쟁탈과 암투는 태풍이 일어나기 이전에 이미 해저에서부터 소용돌이쳤다. 김정일의 죽음 이후 본격적으로 피가 튀기는 권력 쟁탈전이 벌어지기 시작했었다.

권력이 세습될 무렵에는 어느 시대나 군신들의 자리다툼이 있게 마련이다. 특히 사회주의 체제에서는 살벌한 암투가 벌어지는 것이다. 김정일이 죽었을 때 고요할 것만 같던 수면 아래서부터 소용돌이가 몰아치기 시작했다. 장의위원의 순서를 두고 서열을 정했던 특수한 공화국의 권력체제가 요동치고 있었다. 장성택이 서열 2위로 급격히 도약하게 되었던 것이다. 장성택의 급부상과 더불어 국보위의 힘은 수직상승을 하고 있었다.

한편에선 정찰총국장이던 김영철이 기회를 노리고 있었다. 김영철은 김정은이 대학에 다닐 때 개인 교사를 하며 인연을 맺은 인물이었다. 이런 인연으로 김영철은 김정은의 후계작업 시 정찰총국의 지위를 토대로 정보와 자본 등을 이용하여 김정은 후계구축을 위한 공작에서 일등공신이 되었다.

김정일이 애초에 김영철을 중용한 것은 자신의 죽음 후에 일어날지 모를 쿠데타를 대비하기 위함이었다. 이른바 장성택의 힘을 견제하기 위함이었던 것이다. 김영철은 정치 경험이 없는 김정은에게 충성심을 보여주기 위해 곧장 대남도발을 저질렀다. 김정은 이후 조선공화국이 남조선을 상대로 자행한 여러 도발은 거의 김영철의 전략과 전술에서 비롯되었다고 해도 틀린 말이 아니다. 천안함 폭침, 개성공단 철수, 연평도 포격 등은 김영철의 지나친 충성심의 발로에서 비롯되었다고 볼 수 있다.

결국 장성택은 김정은 후계구축 이후 얼마 못 가고 처형을 통해 제거되었다. 공화국 주민들은 삼대 세습에 불만을 품고 있었기에 뜻 있는 실권자들이 나서 김 씨의 나라를 뒤집어주길 은연중에 바라고 있었다. 그렇기 때문에 조선인민공화국에서 김영철 같은 권력자들의 운명 역시 한 치 앞도 내다볼 수가 없는 것이다. 태산의 보이지 않는 힘이 되어주고 있는 최룡해 부위원장 역시 언제 어떻게 될지 장담할 수가 없는 일이었다.

태산은 살벌한 공화국의 힘겨루기를 떠올리며 몸을 파르르 떨었다. 어떤 생각에 빠져들었는지 모를 정도로 덕순의 말도 귀에 들어오지 않았다. 태산의 자동차가 덕순의 집 앞 공터에 도착했을 때는 며칠 전에 그랬던 것처럼 오한이 들며 갑자기 긴장이 되고 있었다.

– 아니 이마에 땀이~

– 덕순 동무, 내 고뿔이 드려나 보오. 아니 간날에도 그러더니 어찌 몸이 파하나 그래~

– 애개~ 보위부 지체 높은 냥반이~

태산은 자동차 운전석에서 내리며 몸을 한바탕 털어내고 있었다. 덕순도 몸은 지쳐있었지만 태산이 동무와 함께 돌아온 사실에 흡족해했다. 일이 잘만 된다면 이렇게 생활이 절박할 때 태산의 도움을 적당히 받을 수도 있다고 생각했다. 또한 설령 몸이 쇠해 상세가 난다 해도 동실의 앞날에 울타리가 되도록 발판을 마련할 수 있을 것만 같았다.

– 덕순 동무 집에 정숙 동무가 정말 있는 것은 맞나? 한낱 내외간 싸움지거리 한 거 아닌지 말이요.

– 내 밤새 다짐 받아 두었시오. 의절하겠단 말을 열 번도 넘게 들었다니요~

– 하하하~ 그저 듣던 중에 반가운 소리야요.

– 군소리 하지 마시라요. 박 동지나 상철 오마니 하고 되살겠다 말하지 마오.

– 하하하~ 아니 갑자기 몸이 개운한 게 갑작비 구름 지나간 후의 하늘같다야~ 내래 여태 보위부에서 단련된 몸이 아닌가, 고뿔이 다 뭐이나, 자 앞장서오, 어서~

태산은 마음이 바빠 바짓가랭이에서 비파 소리가 날 정도로 덕순의 걸음을 재촉하고 있었다. 그러나 덕순의 몸은 진단장이 무색할 정도로 느릿했고 마음 바쁜 태산은 공터에서 하늘을 향해 얼굴을 쳐들면서 허리를 한 바퀴 빙 돌렸다. 하늘이 구름 한 점 없이 맑고 한껏 푸르게 보였다. 태산이 한쪽 팔로 덕순을 부축했다. 덕순의 걷는 몸이 기우뚱했기 때문이었다. 덕순이 뒤뚱뒤뚱 걸으면서 말했다.

– 박 동지, 요즘에도 뒷구멍치기암거래 좀 하오?

– 덕순 동문 거 입 치장 좀 하오. 집 앞에서 어찌 갱 막장 같은 말을~

– 노동당 늑대들조차 뒷구멍치기로 생필생활필수품을 구한다기에~

– 그저 호구 걱정이구만요.

– 백살구씨 기름을 좀 얻을까 해서 호호호~

– 난 모르는 일이오~ 장차 중앙 보위부 간부 될 내 품위가 한물한층 높아져야 하지 않나 하하하~

태산은 말을 하면서 속이 뜨끔했다. 마음에도 없는 말이었기 때문이었다. 공화국이 만들어놓은 법은 어디에서나 주민들의 발목을 붙들었다. 법의 망에 걸려든 주민들의 발목은 생필 수단과 직결되어 있었다. 태산은 자잘한 검열의 구실을 구석구석 지뢰처럼 묻어놓고 걸려드는 주민들로부터 꾹돈을 받아 내는 것을 대견스럽게 생각하고 있었다. 기회만 주어진다면 애써 외면치레를 해야 할 이유가 없다는 생각이었다.

덕순의 집은 햇살만 토드락토드락 내비칠 뿐 조용했다. 덕순이 마당에 들어서며 "정숙 동무 있나?" 하며 밝은 빛이 깔려 있는 마당에 조용한 그림자를 얹었다. 정숙의 모습은 덕순의 집에서 보이지 않았다.

– 박 동지, 퇴마루에 앉아 잠시 기다리오.

– 아니 정숙 동무래 있지도 않은데 공연한 걸음을 한 거 아니나?

태산은 설레던 기분이 순간 달아났다.

– 내 동무네 집에 다녀올 테니 예서 기다리오.

– 아니 기업소 선전원이 여게서 나갔음 집으로 갔겠나 그저 기업소 선전대로 갔을 거 아니니?

서운한 감정이 좀체 풀리지 않을 것 같았다.

– 아네요. 정숙 동무 선전대에서 빠졌다오.

– 뭐이 어드래요? 정숙 동무가 선전원에서 빠지다니~

덕순 동무의 예상치 못한 대답이었다.

– 자발적으로 빠진 게 아니라 그저 빠짐 당했다 하더란 말이오. 내 다녀올 테니 여 앉아 기다리오.

– 나 언 세상이 어찌 돼 가고 있니 아 나~

태산은 자신의 머리카락이 빳빳하게 일어서는 것을 느꼈다. 이러한 짓들이 모두 홍용희의 농간이란 것을 미루어 짐작할 수 있었다. 도당 위원장의 직이라면 충분히 이런 모든 것을 획책하고 남을만한 자리였던 것이다.

태산은 갑자기 자신의 존재가 작아진 느낌에 견딜 수가 없었다. 정숙에게 당당했던 것은 자신의 힘을 믿고 있었기 때문이었다. 태산의 힘의 원천에는 곧 보위부의 막강한 힘이 작용하고 있는 것이었고 태산은 이런 현실을 든든하게 믿고 있었다. 그런데 홍용희가 끼어들면서 태산의 존재는 무기력한 존재처럼 여겨지고 있었다. 명호 동무의 발목을 붙들 덫을 놓아 이제 정확히 명호 동무의 발목이 그 덫에 걸려들었다고 생각했는데 자신의 발목을 엉뚱한 덫이 노리고 있는 셈이었다. 힘을 잃은 사내가 되는 것에 대해 태산은 상상조차 해보지 못했다. 보위부의 보이지 않는 힘이 작용하지 않았다면 태산은 정숙 동무 주위에서 얼쩡거리지 못했을 터였다. 또한 공화국에서 녀성들은 진정한 사내란 힘을 지닌 사람이라고 철저히 믿고 있음이었다.

그런데 홍용희의 힘이 끼어들면서 태산의 힘이 제대로 작용하지 못하고 있었다. 아니 어쩌면 힘의 원리 속에 새롭게 분배가 되고 있는지도 몰랐다. 공화국에서 어떤 일을 도모하는 데는 뇌물이 뒤따라야 하고, 안면 등의 인맥이 필요하며, 실무자가 규정이나 지시를 어기지 않으면 일을 하지 못한다는 물안지 법칙이 만연되어 있었다.

뇌물과 안면과 지시 어김이라는 독배毒杯가 부서질 수 있는 현실이라면 여기야말로 어마어마한 힘이 존재하고 있는 것이었다. 태산은 난데없이 강 위에 피어오르는 안개 무리가 자신의 눈앞에서 소용돌이치는 느낌이었다. 태산은 저도 모르게 손을 휘저어 안개를 흐트리려는 동작을 하고 있었다. 안개 무리가 몰려와 눈앞에 뿌옇게 서리고 있는 듯했기 때문이었다. 생각할수록 불안에 덧불안이 얹히고 있었다.

덕순 동무는 버거운 몸을 비틀거리며 빈 몸으로 돌아왔다. 태산은 당장 정숙이 앞에 나타난다고 하더라도 마음이 편할 리가 없을 지경이었다. 공민증 문제, 선전대 문제 등 당장 발등에 불이 떨어진 문제를 생각하면 간이 달았다. 홍용희의 발칙한 작태가 가슴에 짚이면서 칼날이 선명하게 등허리에 꽂히는 느낌이었다.

– 어데 갔는지 집에도 없구만이요.

– 덕순 동무, 내 급히 움직여야 하니 정숙 동무나 잘 챙겨주오.

– 염려 마시라요. 이번 기회에 그저 회계장확정을 놓아야지요.

– 그리 하자면 덕순 동무가 그저 도와주어야 하지 않나~

– 호호호~ 염려 붙드시라요. 고냥 이 덕순이는 박 동지 편이니까~ 아무렴 조선공화국에서 장차 중앙 보위부 간부 될 박 동질 누구라서 감히 딴 사내와 쪼아볼비교 수 있겠습네까~

태산은 한쪽 귀로 덕순의 간드러지는 말을 흘려들으면서 덕순의 집을 나왔다. 자동차를 급히 몰아 사무실로 돌아가서 쫓기는 심정으로 당장 전쟁터에 뛰어들 듯 부하들을 불러 모았다. 지금껏 살아오면서 겪은 가장 커다란 수치라는 생각에 몸이 바들바들 떨렸다. 수치로서 끝나는 문제가 아니라 목숨을 걸고 싸워야 하는 상황으로 치닫게 될 수도 있다는 생각이 들었기 때문이었다.

– 박 과장 동지, 갑작스레 무슨 일이 있습네까?

– 거 동지들 들으라. 보위부 체면이 땅바닥에 떨어졌는데 어찌하면 좋겠나?

태산의 어깨가 출렁거렸다.

– 누가 보위부를 건들기라도 했단 말입니까?

– 인민보안성 분주소 애들한테 말이야~

태산은 생각할수록 분했다.

– 분주소 애들이요?

– 하하하~ 아니 말이 되는 소립니까? 보위부 말이라면 넋을 먹는 겁보따리 놈들이~

태산은 분한 마음을 부하들에게 전하면서도 일의 알맹이를 모두 노출시킬 수가 없었다. 엉뚱한 일인 데다 옳은 일이 아니었기 때문이었다. 태산은 부하들 앞에서 보위부와 보안원의 대결 구도로 만들어나갔다. 그리고 정점에 도당 위원장의 보이지 않는 힘이 도사리고 있다는 것을 주지시켰다. 태산의 체면이 구겨진 이상 아무리 상철의 외조 할아버지라 해도 철부지하게 손을 놓고 있다는 것은 강복한 태산의 성미에 어울리지 않았다.

– 도당위원장한테 이거 된통 당했는데~

– 박 과장 동지, 속풀이분풀이라도 하여야 되지 않겠습니까?

정말 당장 속풀이를 하고 싶었다.

– 무슨 수로 속풀일 하갔니? 발 벗고 환도 차면 외려 당할 수도 있을 텐데~

– 빠닥새당간부들 잡는 데야 그저 우덜이 최고 아닙네까?

듣던 중에 반가운 말이었다.

– 아니 부과장 동지 뭐 좋은 아이디아 있나?

– 도당위원장이라면 평양에서 책임비서를 하던 노인인데~ 반혁명분자로 몰렸다가 가까스로 살아난 자 아닙네까?

태산의 표정이 갑자기 사나워졌다.

– 맞습네다, 1호 지존의 도내 행사 때 열혈충성 보여 대느라 허리가 꺾일 대로 꺾인 놈입네다.

부하의 말에 태산이 미간을 찌푸리며 부하의 가슴 쪽을 한번 툭 쳤다.

– 동지는 거 입조심 하라. 어찌됐건 내 눈에 미운털 박힌 자이지만 네들한테까지 욕을 먹을 사람은 아니지~

– 예~

태산의 갑작스런 반박에 부하들이 데꾼한 눈으로 태산을 바라보았다. 부과장과 책임 지도원을 중심으로 한참 론의를 하다 마침내 어깨동무를 하듯 빙 둘러 책임 지도원의 말을 강구고 있었다. 긴박한 순간에는 내가 옳다 네가 옳다 책상들이 하지 않고 적절한 의견을 내는 부하들이었다. 부하들의 결의는 무슨 일에든 항상 강력했고, 부하들 역시 다른 어떤 조직에 밀리는 것을 가장 싫어했다. 중국에 어업권을 팔아 돌파구를 찾아보자는 안을 내놓았던 책임 지도원이 이번에도 먼저 깜짝 놀랄만한 안을 냈다.

– 저 화장품 공장에 1호김정은 행사가 있는데 당일 행사 전에 도당 위원장을 납치 합세다.

– 아니 납치까지? 이거 일이 너무 커지는 거 아니나?

막상 이렇게 되고 보니 은근히 걱정도 되었다.

– 1호 행사에 참석하지 못하게 제때 그저 붙들어두면 제대로 속풀일 하는 거지요.

– 책임 지도원 동지, 1호행사에 못가도록 막아서는 게 목표라면 구태여 납치하지 않아도 그저 좋은 방편이 있소.

한 동지의 말에 태산의 표정이 밝아졌다.

– 그럼, 한 동지 아이디아를 어서 말해 보라.

– 우리 보위부에서 검토할 사안이 있다 통보하고 정중히 모셔 오면 되지요.

태산이 머리를 갸웃했다.

– 1호 행사가 당일인데 순순히 응하겠나?

– 지나간 일이지만 도당 위원장이라면 얼마든지 잡아들일 구실이야 조작해 낼 수가 있지요.

태산은 여전히 불안했다.

– 붙들어두는 것도 정도껏 해야지 않겠나~

– 맞습네다. 그러니 아이디아를 내자는 거 아닙네까? 내 번뜩이는 아이디아 한번 들어 보실랍네까?

태산을 비롯하여 태산의 부하들이 일제히 지도원 동지를 쳐다보았다. 지도원 동지의 아이디어는 위기의 순간에 항상 재치를 발휘했다. 태산의 부하들은 집중포화를 하듯 일제히 지도원 동지를 에워싼 채로 귀를 기울였다. 태산 역시 눈을 씀벅거리며 지도원 동지의 입술 끝을 바라보았다.

잠시 머뭇대다가 지도원 동지의 입술 끝에서 흘러나온 소리를 듣고 태산은 무릎을 찰싹 쳤다. 기가 막힌 아이디어라는 생각이 들었기 때문이었다. 특별히 무리수를 쓰지 않으면서도 엄청난 성과를 낼 수 있을 것만 같은 아이디어에 태산은 생각할수록 배꼽이 출렁거릴 정도로 웃음이 터져 나오고 있었다.

4

부교장 선생은 밤송이를 통째로 먹을 사람처럼 오늘따라 성미가 급했다. 하기는 부교장의 성미가 아무리 느긋하다 해도 며칠씩 비어 있는 학생들의 자리를 보고 혼자서 념불念佛을 외울 수는 없는 일이었다. 교원들은 한 시간 남짓 부교장이 주는 푸념을 묵묵히 받아들이며 아무런 대꾸조차 못하고 있었다. 명호 역시 부교장 선생을 향하여 제대로 고개를 쳐들지 못하고 있었다. 부교장이 주는 말인즉 하나같이 명호의 마음에 격정을 일으키도록 만들고 있었기 때문이었다.

상학 시간에 보면 학급마다 빈자리가 눈에 띄었다. 특히 과학 담당 교원인 양대국 선생의 학급이 가장 크게 두드러져 보였다. 만룡이나 강철이는 그렇다 치더라도 가장 두터운 관계라고 치부해도 좋을 동실과 참이의 부재는 명호에게 커다란 충격이 되고도 남았다. 수세미 방죽에서 참이한테 들었던 말들이 그저 어린 학생들의 치기가 아니었음을 깨닫는 데는 오랜 시간이 걸리지 않았음에 명호는 더욱 놀라고 있는 것이었다.

부교장은 같은 말을 밤새도록 푸념처럼 늘어놓을 작정인 모양이었다. 집을 샅샅이 방문해서 학생들의 뒷덜미라도 낚아채서 자리에 앉히라는 것이었다. 더군다나 김정은 지존의 1호 행사가 지역에서 있을 예정인데 불시에 들이닥칠지도 모를 일이니 당장 밤을 새워서라도 학생들의 소맷부리를 낚아 들이라는 말이었다.

흡연과 음주를 하는 놈은 없는지, 빙두마약를 하는 놈이나 자본주의 날라리 짓에 빠져 건들거리는 놈은 없는지, 장발에 쫑대바지를 입고 불량한 차림으로 장마당을 배회하는 놈들은 없는지 하나같이 자유주의에 대한 동경심과 황색바람에 의한 자본주의 문화 유입에 대한 염려였던 것이다.

부교장은 교원들에게 한 시간 벌을 세워두고 밖으로 나가버렸다. 교원들은 멀뚱히 무릎을 꿇고 앉아 번쩍 손을 들고 있었다. 조선공화국에서 교원들이 일제히 손을 쳐들고 벌을 서는 모습은 쉬운 일이 아니었다. 배워주는 학생들도 아니고 교원의 지위에서 벌을 서는 모습은 절로 웃음이 나도록 만들었다. 해를 막아주는 창 가림막을 녀자 교원 하나가 내렸다. 학생들에게 들키는 날엔 두고두고 웃음거리가 될 것이라고 생각했기 때문이었다.

명호는 양대국 선생과 눈을 마주치지 않으려고 몸을 살짝 벽을 향해 돌렸다. 양대국 과학 선생도 같은 마음이었던지 명호와는 반대쪽으로 몸을 돌렸다. 30분 정도 지나면서 여기저기 앓는 소리가 터져 나왔다.

명호의 어깨도 거의 버티지 못할 정도로 무너지고 있었지만 명호는 자신을 향해 질타만매를 하듯 이를 사리물었다.

– 거 녀 선생님들은 이만 가시지요. 노어러시아어 선생님이래 뱃속에 태까지 앉아 있는 모냥인데~

– 그러시지요. 그저 이런 꼴 마주하는 것도 민망하고시리~

끙끙 앓은 소리를 하면서도 교원들의 의견은 녀자 교원들을 위한 배려심으로 모아지고 있었다. 그러자 녀자 교원들이 하나둘씩 팔을 내리고 자리를 떠났다. 다른 교원들은 누가 끝까지 버티는지 내기를 하려는 듯이 신음소리를 내며 바득바득 버티고 있었다.

끝내 양대국 과학 선생이 먼저 치켜 올린 팔을 풀었다. 한 시간 벌을 서기 훨씬 전이었다. 과학 선생의 팔이 내려오자 다른 교원들의 손도 하나둘씩 내려와 무릎 위에 올려졌다. 명호는 교원 가운데 가장 늦게 팔을 풀었다. 반쪽 딱지라는 멍에 탓에 다른 교원들에게 책잡히지 않으려고 이를 악물고 비각을 똑바로 세우고 있었기 때문이다.

– 력사 선생님, 하나 묻겠습네다.

– 응당 그러겠지요.

복도를 걸어 나오면서 과학 선생이 묻자 명호는 걸음을 계속 걸으면서 시무룩이 대꾸했다.

– 참이 같은 자연수재가 어찌 결석을 했지요?

과학 선생이 비아냥거리듯 물었다.

– 거야 나도 모르는 일이니 기가 막힐 노릇 아닙네까.

명호는 별로 대꾸하고 싶지 않았다.

– 아니 아버지가 모르면 누가 리막을 안단 말이오?

– 아무래도 무슨 정당한 리유가 있겠지요.

과학 선생한테는 무엇이든 지고 싶지 않았다.

– 흐응, 결석에 정당한 리유가 어데 있답네까? 아주 되바라진 자식들 그저~

운동장에는 어둠의 그늘이 켜켜이 땅바닥에서부터 채워지고 있었다. 그래서 그런지 어둠을 내려보내고 있는 하늘 모서리에는 연푸른 새벽 같은 기운이 한 줄기 걸려 있었다. 운동장 구석 저만치 야외걸상에는 저학년 아이들이 벽에 걸린 그림처럼 움직이지 않고 하늘을 쳐다보고 있었다.

공교롭게 명호는 자전거 손잡이를 잡고 과학 선생과 나란히 운동장을 가로지르고 있었다. 가방을 들고 비틀비틀 걸어가는 교원, 자전거를 타고 쉭 쉭 지나치는 교원, 뒤쪽 야외걸상에 앉아 담배를 입에 무는 교원, 그들의 가슴을 먹먹하게 만든 것은 당장 교원질을 집어치우라는 부교장의 말이었을 것이다. 그래도 교원이라면 공화국 인민의 자질을 갖추고 공화국 인민들을 열혈 충성분자로 만들어내는 일꾼이었다. 명호 역시 빈민궁호貧民窮戶에 태어나 가난설움을 겪으면서도 이런 긍지스러운 마음을 가지고 살았다.

– 력사 선생님!

– 무슨 하실 말씀이 더 있으신지~

명호는 시선을 돌렸다.

– 참일 놓아 주시지요.

– 게 무슨 말씀입니까? 참일 놓아 주다니~

명호는 손잡이를 잡고 밀고 가던 자전거를 우뚝 멈추었다. 명호의 자전거가 멈추자 과학 선생의 자전거도 덩달아 우뚝 멈추었다.

– 알만 한 사람은 죄 알고 있는데~

– 뭘 알고 있다는 말이오?

명호의 목소리가 활시위처럼 팽팽했다.

– 언 나 시치밀 떼시고 그러나~ 반쪽 성분 길래 물려주시려오?

– 관절 무슨 말씀 하시는지 모르겠구나~ 거 쓸데없는 생각 마시고 만룡이 동실이 강철이 애들 집 방문이나 하오. 왕왕 남 헐뜯어대지나 말고~ 그저 담임 교원이라면 제자 놈들 부가장가부장들이 어찌 사는지 한 번쯤 들여다보아야 하지 않는~

명호는 과학 선생을 평코납작코로 만들어주고 쏜살같이 자전거에 올라탔다. 과학 선생과 더는 부딪치고 싶지 않았기 때문이었다. 명호는 자전거의 바퀴살이 얼른번쩍하게 페달을 빠르게 밟았다. 때맞추때마침 야외걸상에 앉아 있던 나이 어린 동배생들이 일제히 일어나 운동장 밖으로 내달리고 있었다.

명호는 아이들에게 뒤지지 않으려는 듯 숨 가쁘게 페달을 밟아대고 있었다. 무섭게 달아나는 명호를 뒤쫓아 과학 선생이 잽싸게 페달을 밟았지만 과학 선생의 기척은 명호로부터 멀어지기 시작했다.

명호의 이마에는 땀이 맺혔고 땀이 눈으로 들어가서 눈알이 따끔거렸다. 명호는 여전히 자전거 페달을 열심히 밟아대고 있었다. 참이를 놓아 주라는 과학 선생의 말이 명호의 귓가에서 웅웅 들려오는 듯했다. 흐응, 분수없이 까부는 종자들~ 방망이 달고 하늘에 도리질을 해보라지~ 그저 아이구 내 코야 경을 칠 날이 올 거니깐~

명호는 쉬지 않고 페달을 밟아 집 앞에 도착했다. 자전거를 조심스럽게 붙들고 천천히 대문을 넘어섰다. 명호의 마음 한쪽에는 정숙이 집에 돌아와 있기를 은근히 바라고 있었다. 허나 집안 어디에도 정숙의 모습은 보이지 않았고 어머니의 수척한 모습만 어둠 속에 웅크리고 있었다.

명호는 안가슴이 흥분으로 골풀이 치는 것을 가까스로 진정하며 덕순네로 향했다. 아침에 들러볼 생각이었지만 체면이 허락하지 않았다. 간밤 정숙 동무가 집에 돌아오지 않은 것을 덕순이 알았을 것이기에 더욱 그랬다. 명호부부가 토닥거린 다음 정숙 동무가 갈 곳이야 마땅히 덕순네밖에 없다는 것을 명호는 익히 알고 있었다.

– 덕순 동무, 안에 있음 나 좀 보오.

덕순네는 희미한 불빛이 그나마 쓰르렁한 고요를 밀어내고 있었다. 덕순 동무! 하고 소리치듯 덤비자 안에서 덕순이 꾸물거리며 대꾸하고 있었다.

– 봄이 아버지 아니 력사 선생님이래 밤에 어찌~

– 나 맘이 급하니 그저 들어가도 되오?

명호는 당장에 신발을 벗고 들어갈 기세였다.

– 기달리시라요. 속옷 바람에 드러누워 있는데~

– 예, 급하니 얼뜬얼른 나와 보오. 아 나~

명호는 마음이 불안하고 급하다는 것을 느꼈다. 세상에 태어나서 이토록 서거운 기분은 처음 느끼고 있는 듯했다. 온몸에서 솟아나오는 듯한 서늘한 기운에 명호는 파르르 몸을 한번 떨었다. 쉬지 않고 자전거 페달을 밟아온 탓에 속옷이 축축이 젖어 있었다.

– 아니 어찌 이리 숨이 넘어 갑네까. 력사 선생님~

– 아 나~ 그저 정숙 동무 여게 있지요?

– 정숙 동물 왜서 여게서 찾아요?

덕순이 허름한 겉옷을 걸치고 퇴마루에 나와 명호에게 퉁명스럽고 거칠게 대답했다. 명호는 속으로 덕순 동무마저 자기를 위로해 주지 못한다는 생각을 했다.

– 아니 하루도 아니고~

– 정숙 동무가 어데를 갔나요?

덕순 동무는 시치미를 뗐다.

– 거 뻑 뻑 시치미 떼지 마시라요. 내 다 알고 왔으니까니~

– 리 선생님, 여게 정숙 동무 기척 어데 있나 들어가 보오. 샅샅이 찾아보오. 정숙 동무 여게 없다 말입네다.

덕순 동무의 말이 당당하게 들렸다.

– 아 나~ 아니 제깟 게 여게 없음 어데서 바깥 잠을 잤단 말이오? 하루도 아니고 이틀 씩이나~

– 거야 각박한 세상인지라 조선공화국에서 녀자들 잠자리야 바뀔 수도 있지 않는~

덕순은 이번 기회를 붙들어 죽은 뒤에 혼자 남게 될 아들애의 내일날을 준비하고 자리를 굳건히 다져보자는 의지를 가지고 있었다. 그래 여하튼 정숙 동무를 력사 선생으로부터 떼어내고 보자는 속셈이었다.

– 거 보자 하니 덕순 동무 무장 막나가는 거 아니에요? 감히 어데서 녀자들 잠자리 바뀐다는 말을 쉬이 하오? 아니 기백이 동무 살아 있음 이거 클날 소리 아니나~

명호는 덕순의 되바라진 말에 호통을 치듯 내뱉었다. 덕순 동무와 손을 잡고 정숙이 이번 기회에 부가장가부장의 지위에 도전을 해오는 거라고 생각했다.

– 참 호암지게탐스럽게 말씀 하시누만요. 어찌 동무들은 말끝마다 공동묘지 드러누운 기백이 동무 못 잡아 안달이야요?

– 내 어이없으니 하는 말이 아니오? 지금 내 꼴을 한번 생각해 보

오. 참이 녀석도 이틀째예요. 봄인 그저 어미 잃은 새끼염소처럼 울음주머니 터지고~ 늙은 오마닌 저승걸음을 하는지 마냥 헛소릴 해대질 않나~ 아 나 흐윽 흐윽~

명호는 저도 모르게 가슴 깊숙이 고여 있던 울음소리를 흘리고 말았다. 마음속으로만 소리없이 눈물을 흘리며 가족들 앞에서도 체면을 지켰던 것인데 주체할 수 없는 걱정이 명치끝에서 치밀고 올라왔던 것이다.

– 봄이 아버지, 아니 력사 선생님, 지금 이래 울음이 나오시나? 애들이 살았는지 죽었는지 한데 잠은 자지 않는지 발써 발바닥에 땀이 나도록 뛰어다녔어야 할 판국에~

– 덕순 동무, 너무 몰아세우지 마오. 내래 힘이 부치누만요. 사는 게 어이 이래 힘에 부치는지~ 나란 존잰 조선공화국에 태胎 자리를 잡아서는 아니 될 운명이었지~

– 봄이 아버지도 참 사정이야 딱하다만서두 공화국 천지에 어느 누가 백두산 줄기 받아 태어나고 싶지 않았겠습네까? 임금과 아버지 은혜 두루 갈대는 거를 력사 선생님이야 내보다 더 잘 아실테지요. 애들 배워주는 사람이 못난 생각 하지 마시고 어서 가서 애들 행방이나 수소문해 보오.

– 내 참이 놈한테 들은 얘기가 있어 느슨하게 기다리고 있는 중이오. 숨통 막히는 공화국에서 제 놈들이라고 견뎌낼 수가 있나~ 그저 자유라는 게 여 공중에 떠다니는 공기보다 소중하다는 걸 뼈저리게 느낄 때도 있어야지 않나~

– 력사 선생님, 함부로 드덤비지 마시라요. 덕순일 어찌 믿고 그래 공화국을 빈틈없이 겨냥하는 거야요. 아주 그냥 학생들 앞에서 그딴 말을 꼬나내다간 모조리 처형질을 당해도 이상할 거 없겠구마는~

— 깟거 우덜 사이니 하는 말이지요. 내 덕순 동무 말고 또 누구하고 이래 터놓고 말자루를 열겠시오. 그저 못 들은 척 맘에 두지 마시라요. 나 이만 가 볼랍네다. 동실이 놈들은 거 모른 척 하고 있음 돌아올 겁네다. 흐음~

명호는 가슴이 타오르듯 목에 갈증을 느끼면서 덕순네에서 걸어 나왔다. 이렇게 헛걸음질을 할 바엔 공연한 걸음을 했다는 생각이 들었다. 허나 명호의 마음속에 타오르는 것은 정숙 동무에 대한 배신감이었다. 정말 덕순 동무와 같이 잠을 잤던 것인지 묻고 싶었지만 사내의 자존심이 허락하지 않았다.

정숙은 아직 고등중학 학생을 두고 있는 학부형으로 아직 나이 중년인데다 아름다운 몸을 지니고 있었다. 어쩌다 한 몸이 되어 관계를 치르는 날엔 정숙의 몸은 여전히 뜨겁고 어떨 때는 더 많은 것을 원하는 듯도 했던 것이다. 이틀씩이나 집에 돌아오지 않은 정숙을 생각하면 명호는 초조하여 아주 간장이 말리는 기분이었다.

명호는 집에 돌아와 장독대에서 먼 산 쪽을 바라보았다. 정숙의 모습은 집안 어디에도 보이지 않았고 봄이는 퇴마루에서 잠이 들었고 어두운 방에서는 어머니의 앓는 소리가 들리고 있었다. 명호는 밤새 대문 밖을 서성이고 골목 어귀를 어슬렁거렸다. 그리고 가슴이 졸여 살금살금 발자국 소리를 죽이며 덕순네에 들러 안쪽으로 귀를 기울여 보았지만 아뭇 소리도 나지 않고 정숙의 기척은 느낄 수가 없었다.

명호는 마치 도둑고양이마냥 호주머니에서 손전등을 꺼내 토방을 비쳐보았다. 덕순 동무의 뒤축 닳은 신발만이 이 집의 주인이라는 듯 썰렁한 모습으로 어둠 속에 웅크리고 있는 게 보였다. 명호는 두근거리는 가슴을 쓸어내리며 조심스럽게 발걸음을 뗐다. 잠을 도저히 이룰 수가 없을 것만 같아 몇 번을 더 골목길을 밟고 덕순네 마당을 도둑고양이처럼 누볐다. 뜬눈으로 밤을 새고 먼동이 트기 전에 자전거 페달을 밟아대기 시작했다.

명호의 자전거가 멈춘 곳은 보위부의 정문이었다. 출근 시간이 되자 보위부 요원들이 쉴 새 없이 들이닥쳤다. 자전거를 타고 오는 사람부터 자동차를 타고 오는 사람들까지 보위부의 아침은 분주하게 움직이고 있었다. 명호는 자동차를 타고 들어오는 태산의 눈에 띌지 모른다는 생각에 후미진 곳에 자전거를 세우고 담배를 뽑아 물었다. 담배라도 없다면 명호의 긴장된 마음을 눅일 방법이 없었을 것이다.

명호는 긴장된 마음을 누그러뜨리며 태산의 사무실로 들어갔다. 명호가 들어서자 태산은 뜻밖의 방문에 당황하는 기색이 역력했다.

– 명호 동무가 아침 일찍부터 어떤 일이나?

– 내 참이 일로 동무하고 론의할 일이 있어서~

명호는 체면에 물릴까 염려되어 정숙에 대한 말을 살며시 뒤에 감추고 진작부터 부탁하려고 했던 참의 문제를 꺼냈다.

– 무슨 문제이니?

태산의 목소리에 심술이 붙어 있었다.

– 참이 공민증 문제 때문에 동물 한번은 마주쳐야 하지 않나?

– 반갑잖은 소리~ 그래 마누라쟁인 안면장수 하고 있니?

태산이 처음부터 박박 긁는 소리를 하고 나왔다. 명호는 예전의 용기를 꺼내보지도 못하고 설설 기는 말을 했다.

– 념려 덕분에 잘 지내고 있지~ 이럴 때 태산이 동무가 내 아들애 아니 참이한테 관심을 좀 가져주면 좋으련마는, 내 말 맞는 말이지 않나?

– 네들이 키우던 아들애 문제를 어찌 내게 가져오니? 이런 얘기하지 않으려 했는데 정숙 동무 안면장수 하지 못하지?

명호 동무의 체면을 무너뜨리니 태산은 흡족했다.

– 게 무슨 소리이니? 아니 정숙이한테 무슨 일이 있다는 거 알고 있나?

– 언 나 참 어리석은 동무 보라지~ 알긴 뭐를 아는? 그저 촉감이란 거이 있잖나, 정숙 동무 먹여 살리기 버겁지 않나?

태산이 갑자기 명호의 가슴을 헤집는 말을 또 꺼냈다. 명호는 명치끝까지 화가 치밀어 올랐으나 입술을 지그시 깨물었다.

– 아칙부터 싸움지거리 하러 온 거 아니니 삐걱대지 말자야. 울 참이 공민증 숫자놀음 태산이 동무가 한번 막아 달라~

– 흐응, 이 태산이더러 공화국 위계질서를 무너뜨리라 이 말이니? 거는 보위부 소관이 아니란 말이야. 동무가 진정 몰라서 기딴 말을 하러 왔다 말이나?

– 야야 동무, 고 살살 말하라. 어찌 태산이 동무답지 않게 발뺌을 하려드니? 이거 동무 핏줄 참이 문제란 말이야. 공민증 숫자놀음 알고 있지? 제발 참이 한테 숫자에 굴레 들씌우지 말자야. 조선공화국에 살면서 이런 일로 고통을 받음 좋겠나? 참이가 누구이니? 내래 길렀지만 동무에 핏줄 아이니?

명호의 간절한 호소에도 태산은 호탕하게 받아들이지 않았다. 태산의 성품으로 보아 예전 같으면 어깨를 으스대며 일을 처리하고 정숙에게 당당하려고 했을 터였다. 명호는 모든 체면을 내려놓고 간절히 얘기했음에도 태산의 마음은 움직이지 않았다. 태산은 사실 입장이 난처하다는 것을 알고 있었다. 태산 역시 참이의 공민증 문제로 수모까지 당한 일이다 보니 예전처럼 활개를 칠 수가 없었다.

– 네들 자식이니 네들이 해결하라. 나 부부장 방에 올라가 봐야 하니 어서 가보라.

– 허어 참, 까마귀 제 자식 피할 날도 있구나. 아니 오래 살고 볼 일이구나 아주~

– 어서 꺼지라. 네들이 복하게 사는 꼴을 두 번 다시 보고 싶지 않으니 여게 아예 들르지 말라. 나 이제 동무들 지겨운 사람이야~ 아니 내가 어찌 품에 안지도 못할 동무 식구들 수발을 들어야 하나 나 언 참~

명호보다 태산이 먼저 자기의 사무실에서 나가버렸다. 명호는 계면쩍게 어깨를 움츠리며 뭉개진 자존심을 안고서 사무실 밖으로 나왔다. 자전거를 타고 학교를 향해 페달을 밟아대기 시작했다. 세상의 일이란 것이 마음먹은 대로 되지 않는다는 것을 다시 한번 명호는 느끼고 있었다. 온몸에 땀이 흥건히 젖고서야 학교에 도착했다. 학교에 도착하자마자 부교장은 명호를 불러 무릎을 꿇렸고 도착하는 대로 다른 교원들도 명호 옆에 착착 무릎을 꿇리고 있었다.

제31장 독거미 사냥(1)

1

아침 일찍 동실의 집 앞 공터에 자동차 한 대가 천천히 미끄러져 들어왔다. 자동차 안에는 미모의 녀성이 색안경을 끼고 있었다. 자동차 운전석에 앉아 한참동안 골똘하게 생각하던 녀성은 무슨 중대한 결심이라도 한 듯 자동차 앞문을 열고 굽이 높은 구두를 신은 발을 땅바닥으로 조심스럽게 내려놨다. 조선공화국의 여느 녀성과는 달리 이국적인 냄새가 물씬 풍기는 입성을 하고 한껏 자태를 뽐내고 나온 녀성은 다름 아닌 홍용희였다.

홍용희가 젊은 보안원 청년으로부터 건네받은 정지사진의 녀성들 가운데 세 번째로 만나게 될 녀성이 바로 덕순 동무였던 것이다. 마음에 응어리를 품고 있었던 정숙 동무에게는 보위부 차마당에서 맞닥뜨렸을 때 속사포처럼 말포를 쏘아 소기所期의 목적을 나름대로 달성한 셈이었다. 기업소 선전대에서 탈락시키고 이제 5호 담당 소조원에도 힘을 써놨으니 정숙 동무의 고립은 시간문제일 것이다.

여색을 많이 밝히는 태산이 동무와 압록강 려관에서 만나 육체적 흥을 돋우며 볼맛을 자아내던 젊은 찻집 녀자에게는 이미 정리 작업을 마친 상태였다. 찻집 녀자는 용희의 질투 상대는 아니었다. 아들애 상철의 장래가 태산이 동무의 어깨에 달려 있다고 생각했기 때문에 순전히 중앙당의 눈 밖에 날법한 태산의 추잡한 행동을 저지하기 위함이었다.

찻집 녀자를 만나서는 태산이 동무와 압록강 려관에서 만나는 지저분한 짓거리를 당장 그만두라고 잘라 말했다. 찻집 녀자는 처음에는 터무니없는 홍도깨비 같은 소리 하지 말라며 펄쩍펄쩍 뛰었지만 용희가 압록강 려관 복도에서 찍힌 정지사진을 제시하자 낯바닥을 붉히며 더는 뻔뻔하게 대들지 못했다.

녀자는 용희와 헤어지면서 뜻밖에 푸념마저 늘어놓았었다. 용희는 당돌한 녀자의 푸념에 낯바닥이 절로 붉어지는 것을 느꼈다. 압록강 려관에 오는 날이 지옥이었다며 녀자는 용희를 원망겹게 쳐다보았다. 용희는 떼던 걸음을 멈춘 채로 고개만을 녀자에게 돌렸다. 녀자는 태산에게 당한 녀자의 수치를 울먹거리며 입에 올렸다. 몸뚱이에 대동강 맥주를 들이 붓고 음모를 뽑히며 죽도록 신음소리를 내도록 했다는 녀자의 푸념이 끝나기도 전에 용희에게는 변태적인 지난날 태산이 동무의 모습이 머릿속에 겹쳐졌다.

아직도 그 나쁜 버릇 버리지 못했구나라며 용희는 버릇이란 굳히기는 쉬워도 떼어내기란 어렵다는 말을 다시 한번 되새기게 되었다. 누울 곳을 보고 발도 뻗어야 하는 법이거늘, 짐승탈놀이를 아무렇지 않게 하였구나 하며, 용희는 도망치듯 녀자로부터 벗어났던 것이다. 태산이 동무는 어쩌다가 이상한 버릇을 지니게 되었을까? 용희는 이런 태산의 모습을 떠올릴수록 슬픔증이 치밀어 올랐다.

용희는 공연히 태산이 동무와의 나쁜 기억들을 떠올리지 않으려고 몸을 한번 털어냈다. 잠시 담벼락에 기대어 죽은 조기백 동무의 모습을 떠올려보았다. 겉과 속이 다른 노란목소리라며 푸념을 하면서도 그 동무를 좋아했던 태산에게 조기백은 어떤 의미의 벗이었을지 까닭없이 궁겁다는 생각이 들었다.

덕순이란 여자는 정말 태산과 정숙 동무의 연결고리 역할을 하였던 것일까? 조기백 동무의 묘비를 태산은 어째서 갑자기 철폐하게 되었던 것일까? 덕순 동무는 자신에게 어떤 도움을 진심스레 줄 수 있을 것인가? 별의별 생각들이 교차했다. 용희는 색안경을 벗어 위압감을 없앤 다음 덕순네 땅집북한식 주택으로 들어갔다.

– 누구 계십네까?

몇 번 이렇게 불러도 대답이 없었다. 분명 사람은 있는 듯했고 뒤축 닳은 신발이 토방돌 위에 아무렇게나 내깔리어 있었다. 몇 번 더 부른 다음에야 안쪽에서 사람이 나왔다.

– 누구시오?

– 나 상철이 오마닙네다.

– 아이 에그나 이 내 꼴이~

덕순은 같은 여자로서 소가죽을 무릅쓸 수는 없다는 것인지 안으로 내달렸다. 거울 앞에서 머리를 매무시하고 장농을 열어 여성스런 옷으로 갈아입었다. 용희는 퇴마루에 앉아 람루한 집의 요모조모를 살펴보았다.

– 방 안이 루추陋醜해서 들오시랄 수도 없구 이거~

– 념려하지 마오. 괜찮다면 찻집에 가서 얘기 좀 하자우요.

용희는 말을 하면서도 덕순 동무의 집안을 요모조모 살폈다.

– 상철이 어머니, 무슨 특별히 할 얘기라도~ 내 이 꼴이 이래서~

– 꼴 보고 이름 짓지 않을 테니 념려 마오.

용희는 덕순을 태우고 자동차를 달려 압록강 강변 찻집에 도착했다. 조선공화국에서 일반시민들이 차茶를 즐기는 일은 상상 밖의 일이었다. 특히 커피 등은 간부들 사회의 사치품으로 치부되어왔는데 장마당에 중국으로부터 커피믹스가 들어온 뒤로는 일반 시민들도 차나 커피 등을 마시게 되었다.

낮전인데도 찻집에는 젊은이들이 눈에 많이 띄었다. 산보데이트를 즐기는 것은 간부집들이나 부유한 집안의 애들의 전유물처럼 인식되어 왔지만 이제는 일반 시민들도 종종 산보를 즐기고 있었다. 이러한 찻집들은 경치가 빼어난 데를 골라 자리를 잡았는데 상업관리소에 등록해서 매달 수익금의 일부를 세금으로 바치면 공화국 당국에서도 특별히 제재를 하지 않았다. 용희와 덕순이 출렁이는 물결을 바라다 볼 수 있는 낮은 창가에 앉자 녀성 복무원이 주문을 받았다.

– 강령 녹차를 주세요.

– 덕순 동무 아주 건강 생각하누만요. 나도 같은 걸로~

– 그럼, 두 분 모두 은정차로 드리겠습니다.

공화국에 다양한 찻집과 커피 전문점들이 생겨나면서 인민들 사이에 맛보다 건강을 챙기려는 강령 녹차가 유행이었다. 특히 녹차 가운데 강령 녹차는 은정차라고 주민들 사이에 알려져 있었는데 김일성, 김정일 부자의 은덕으로 탄생했다고 관영 언론이 선전했던 때문이었다. 강령 녹차를 혀끝에 음미하며 출렁이는 물결을 창밖으로 바라보는 덕순의 가슴에 만감이 교차하고 있었다. 태산의 지시를 받으며 녀성 냄새를 풍기면서 은밀히 작전을 수행하던 짧았던 날들이 잠깐 머리에 꿈결처럼 스쳤던 것이다.

– 덕순 동무가 상철이 아버지하고 정숙이란 동무 사이에 연락책을 하고 다니는 게 맞지요?

– 상철 어머니, 내래 두 사람 사이에 연락책이라니 가당키나 하나~

용희의 직접적인 말에 덕순은 멋쩍은 듯 입을 동그랗게 한번 오므리더니 낯의 색을 바꾸어 시치미를 떼고 있었다.

– 다 알고 있습네다. 그저 기백이 동무하고 모르는 사이도 아니고 내 덕순 동무한테 편안한 마음으로 얘기 하렵네다.

용희는 덕순 동무의 표정을 살피면서 자신감을 가졌다. 꿀 먹은 벙어리같이 시치미를 떼는 이런 종류의 녀성 동무들에게 꿀 먹은 개를 욱대기듯 몰아세우면 일을 망칠 수가 있다고 생각했다.

– 얘기하오.

– 리명호 력사 선생 말이에요.

용희 동무의 음성이 떨렸다.

– 예~

– 덕순 동무가 불피코 리혼하지 못하게 막아만 주시라요. 내 충분히 보답하리다.

용희의 칼로 무 자르듯 거침없이 내뱉는 말에 덕순은 다시 한번 동그랗게 입을 오므렸다. 덕순은 짧은 순간에 머릿속이 불이 타오르는 듯 뜨거웠다.

– 남에 부부 의절하는 것을 어찌 막으려 한답네까?

– 립장 바꿔 생각해 보오. 정숙 동무가 혼자난다면 상철이 아버지가 거기 끈을 맺으려 할 건데~

용희 동무의 얼굴에 불안한 기색이 역력했다.

– 아이 에그나~ 력사 선생 멀쩡히 살아 있는데 정숙 동무가 혼자난다니 언~

– 말 같지 않음 귀를 닫아도 별수 없지요. 말로는 사람에 속을 모른다고 하더니 내 공연한 걸음을 했던가 보오. 은혜를 모르는 당나귀라는 말은 들어보았어도 덕을 원쑤로 갚는다는 말은 듣지 못했는데 서운감을 금할 길이 없습네다.

용희는 일부러 처음부터 납작 엎드리지 않았다. 용희는 이런 일의 칼자루를 자신이 쥐고 있다고 생각했다. 그래서 덕순 동무의 표정을 충분히 읽어가며 말자루를 잡아나가고 있었다. 말言의 고삐를 바짝 당기자 덕순의 눈동자가 달라지기 시작했다.

– 상철 어머니 어찌 서뿔리 그러십네까? 까짓거 손뼉을 한번 마주칠 수도 있는 게지요. 내 사는 게 팍팍하다 보니 서거울쓸쓸할 때가 여러 번이야요. 그저 상철이 어머니, 내래 뭐든 할테니 울 아들애 앞길 좀 닦아 주시라요. 상철이 외조 할아바지가 도당 위원장이란 거는 알고 있습네다.

– 거야 뭐든 얘기 하시라요. 기백이 동무 당증 매는데 상철이 외조할아버지 공이 절반이었지요. 공화국 당원으로 자리매김하기 전에 세상을 외여 디뎌서 나도 안타까웠다오. 덕순 동무나 나나 이제 한창 아들애들한테 신경을 도사릴 때가 되었지 않소? 내 덕순 동무 아들애 앞길 닦아줄 테니 동무도 내 일처럼 날 도와주시라요.

– 그러문입쇼. 이 거 누구 안전이라구~ 내 비록 몸은 이래 낡아 누르테테 하지만 소극분자로 살고 싶지는 않습네다.

– 덕순 동무, 그래야지요. 역마도 갈아타면 좋대는 말 들어 보았지요? 그저 덕순 동무, 나만 도와주면 아들애 일이야 내 열 일 제쳐두고 돕고 말구지요.

용희 동무의 낯바닥에 홍조가 돌았다.

– 상철 어머니, 아이그나 이리 고마울 때가~ 내래 앞길이 짧아서 막막하던 차에 이거 하늘이 돕나 그래 호호호~

– 덕순 동무, 이거 받아 두오, 얼마 되지 않지만~ 그리구 잠깐 귀 좀 빌리자우요. 내래 벽에도 듣는 귀가 있대는 소리 제일 무섭더라. 자 귀 좀~

– 가까이 가 드리지요. 호호호~

덕순은 용희 동무로부터 봉투를 받아 주머니에 찔러 박으면서 호들갑스럽게 웃음소리를 흘렸다. 자신이 느끼기에도 낯바닥에 벌레가 기어가는 것처럼 민망했다. 흐응, 덕순이 동무, 이케 변괴스러울 때가 있나~ 속으로 자신에게 손가락질을 하면서도 겉으로는 활짝 웃고 있었다. 연기습작 같은 자신의 속내를 생각하니 절로 혀가 튀어나올 지경이었다. 허나 어떤 비굴함도 자기 아들애를 위한 것이라는 명분이 찢어지는 아픔을 다독여주고 있었다.

덕순은 허리를 길게 뻗어 용희 동무에게 귀를 빌려주었다. 용희 동무의 첫 마디를 듣고 덕순은 입이 벌어져 다물어지지 않았다. 용희 동무의 계획이 뜻밖에 무섭다는 생각보다 기발하다는 생각이 먼저 덕순의 머리를 압도해버렸다. 아하, 일이 이렇게 흘러갈 수도 있겠구나. 살아가는 여정이란 운명이라기보다 자신이 만들어나간다는 말이 어쩌면 맞을 수도 있겠다는 생각을 덕순은 짧은 시간에 잠깐 하고 있었다.

용희는 덕순 동무를 태우고 자신이 드나들던 미용술보급소에 들러 피부 마사지를 받도록 해주었다. 봉사원의 안내에 따라 모발의 윤기며 미용, 미안 등 최고의 관리를 받게 했고 목욕과 안마 봉사까지 받도록 배려해 주었다.

– 내 살다 살다 상철 어머니 덕에 구기자 끓인 창포물에 머리를 다 감다니 언~ 그저 오래 살고 볼 일이누만이요~

– 덕순 동무, 만년장수 하시라요. 래일내일은 간 전문 료양각요양원에 같이 가시자우요. 조선공화국이 어렵다 해도 달러만 있음 죽은 송장도 벌떡 일으켜 세운다우~

– 아먼이요. 돈 때가 괜히 오르나요. 돈 곳간에서 인심도 나구 암소한테 물리자도 돈 곳간이 있어야 한다우 호호호~

용희는 덕순을 자동차에 태우고 집에까지 데려다 주었다. 덕순은 오직 아들애의 내일날 걱정뿐이었다. 아들애의 내일날을 위해서라면 어떤 일도 마다하지 않을 기세였다. 자식을 가진 공화국의 어머니들이란 덕순 동무와 같은 마음일 거라고 용희는 생각했다. 덕순 동무를 만나 용희가 이렇게 감언이설로 꼬여대는 일도 공화국 어머니들 마음일 것이다. 용희는 아들애의 내일날에 유독 집착하는 덕순 동무의 모성에 동정심마저 일렁였다.

용희는 덕순네 집으로 향하는 자동차 안에서 몇 번이고 정숙 동무의 일을 덕순 동무에게 당부했다. 찻집에서 덕순의 귀에 대고 은밀히 속삭이던 말을 되뇌이자 사뭇 긴장감마저 들고 있었다. 용희는 덕순의 도움으로 자신의 뜻대로만 되어준다면 약속처럼 덕순 동무 아들애를 위해 힘이 되어 주리라고 생각하고 있었다.

그러려다 보니 무엇보다 덕순 동무의 건강이 염려가 되었다. 간굳음증이라면 시간이 갈수록 깊어지는 병증이 아닌가. 배에 간복수가 차오를 정도라면 빨리 손을 써야 할 텐데~ 용희는 병색이 드러나 보이는 덕순 동무를 바라볼 때 안타까운 심정이었다.

이튿날에도 덕순 동무를 데리고 병원에 들러서 치료영양을 몸속에 넣어주고 감탕료양지를 찾아 몸을 탕 안에 담그도록 했다. 용희의 진심어린 마음에 덕순 동무는 어려워하면서도 어느 시점부터 물 만난 고기처럼 아주 노골적으로 많은 것을 주문했다. 용희 입장에서 덕순 동무가 낯설지 않음은 기백이 동무와 연인인연이 있기 때문일 것이다.

덕순 동무의 행복해하는 모습에서 용희 동무 역시 흡족함을 느끼고 있었다. 나그네만 살아있다면 얼마나 좋을까. 공화국에서 사별하거나 리혼하여 혼자 사는 녀자의 심정이 설음 중에 으뜸이란 생각을 몇 년

새에 하게 되었었다. 못난 나그네일망정 곁에 누울 사내가 있다는 것만으로도 슬픔증을 벗어날 수가 있다는 생각이 들었었다.

– 살다 살다 이런 호강이란 처음입네다. 그저 상철이 어머니 말이라믄 죽는 시늉도 할 수 있겠다 말입네다.

– 장차 덕순 동무하고 오늘처럼 좋은 시간 자주 만들자우요. 동실이란 아들애는 어찌 집에 보이지 않는구려.

용희는 이제 되었다는 확신이 섰다.

– 아이 에그나 이 내 정신 좀 봐, 애들이 그저 공부들 하느라 학교에 있지 어데 있갔시오. 우리 아들애도 그저 제 앞길 닦아대느라 공부라면 사족을 못 써대니 원~

덕순의 낯바닥이 간질간질했다. 그럴 것이, 사실에 맞지 않는 말을 저도 모르게 지껄이고 있기 때문이었다.

– 에그나~ 근데 어찌 덕순 동무 낯 색이 그래 붉어지나~

– 호호호~ 내 낯 색이 그저 화기가 도는 구먼이요. 아이그나 좋아라 아호호~

덕순 동무가 웃음소리인지 울음소리인지 모를 소리를 입술 끝에 매달았다. 용희는 덕순 동무가 이악스러워 보여도 순진한 구석도 있다는 생각이 들었다.

덕순 동무와 헤어진 다음 잠깐 아들애를 보러 고층살림집에 들렀다. 상철은 과외 선생과 공부에 여념이 없었다. 용희는 아들애 상철이만 보면 이제 조선공화국 하늘에서 어느 하나 부러울 것이 없었다. 태산이 동무와 리혼한 다음 다른 사내를 만나 연애질이란 것도 해보았지만 사내들이란 자꾸 잠자리 타령만을 해대는 것이었다.

용희는 인생에서 사내들과 만나 연분하는 것이 가장 힘든 인생사막

같다는 생각이 들었다. 용희는 생각했다. 하루하루 살아가기 힘든 팍팍한 공화국에서 어찌 사내들은 녀자들에게 불만을 토해내는가. 용희가 만난 사내들은 원하는 것도 많고 달라는 것도 많으니 사내들의 난무한 타령에 어찌 장단을 모두 맞추어낼 수가 있단 말인가. 그래서 용희는 내일날에 대한 모든 것을 아들애한테 걸기로 작정했던 것이다. 과외선생이 바람을 쐬러 밖에 나가는 사이에 용희가 말했다.

– 상철아, 동실이란 네 동무 말이다.

– 예 어찌 그러십네까?

상철은 갑자기 동실의 얘기를 꺼내는 어머니의 태도에 놀라고 있었다.

– 공부라면 사족 못 쓰는 동무이니?

– 누가 그딴 소릴 합네까? 그저 남조선 놀새날라리 짓에 미쳐있는 동무인데~

상철은 마음속에 있는 감정대로 동실에 대해 얘기해주었다.

– 아니 뭐이? 남조선 놀새 짓이라구?

– 그저 머리 처박고 돌아대는 남조선 아이돌 춤 말이에요.

상철은 놀새 짓을 하는 애들을 가장 싫어했다.

– 아이 에그나~ 아이돌이라니~ 머리에 잔뜩 녹이 쓸었구나야. 학교에는 잘 나오더나?

– 요새 코빼기도 비치지 않는다는데요. 것뿐인가요, 간날에는 노동단련소까지 다녀온 아주 불량학생이란 말입네다. 아니 근데 난데없이 동실이 동무 얘길~

동실에 대해 얘기를 하고 나니 괜히 마음이 후련했다.

– 후후후~ 아주 덕순이 동무가 능능청을 떨었구나야. 동실이란 아들애 그저 공부라면 사족을 못 써댄다더니~

– 하하하~ 동실이 동무가 공부에 사족을 못 써요? 하하하~ 동실 동무 어머닐 만났습니까? 무슨 일이 있기에~

어머니 말씀을 듣고 상철은 허파가 뒤집어지는 듯 웃음이 나왔다.

– 상철이 넌 그딴 데 눈뿌리 돌리지 말구 공부만 열성적으로 하라. 그래 과외 선생은 맘에 드나?

– 간번에 말씀 드렸잖아요. 그저 공부 배워주는 로보트라구요.

– 언 녀석~ 즈 아버지 닮아 콸콸하기는~ 그저 배움길방도 있을 때 두루 배움의 꽃대문이라구 어미가 말했지? 열심히 하라~

용희는 태산의 고층살림집에서 나와 그곳에서 멀지않은 자신의 고층살림집으로 돌아왔다. 상철네서 나올 때 엘리베이터 운전공 녀성을 떠올렸다. 깜칙한 유니폼에 상큼하게 생긴 엘리베이터 녀성 운전공을 만나면 묻고 싶은 말이 있었다. 그래서 진즉에 봉사료를 챙겨주고 안면眼面을 텄던 거였다.

용희는 엘리베이터 운전공이야말로 공화국에서 안면을 틀 만한 가치가 있다고 생각했다. 고층살림집에 왕래하는 당간부들에 대한 정보를 운전공을 통해 습득할 수가 있기 때문이었다. 용희는 집에 돌아오자마자 피로가 몰려왔다.

이제 며칠 있으면 관내에 1호 행사가 있을 것이다. 도당위원장인 아버지가 주축이 되어 지존 김정은 위원장을 영접할 터인데 용희는 아버지를 생각하면 자랑스러움에 가슴이 뿌듯했다. 수렁에서 천신만고 끝에 되살아나 다시 충성심을 인정받게 되었으니 말이다. 아아, 누가 꽃 떨어진 화분이란 말을 했던가. 용희는 마음을 가다듬으며 스르륵 잠이 들었고, 다음날 잠에서 깨어났을 때는 해가 중천에 올라 있었다.

2

명호는 밤새 걱정으로 잠 한숨을 못 이루었다. 하루 이틀 이러다가 말겠지 생각했던 정숙과의 사이가 너무 멀어지고 있는 느낌이었다. 공화국에서 부부싸움질이야 그저 끼니 걱정 때문이나 자식 걱정 때문이 대부분이고 부부 사이에 얽힌 감정싸움은 흔치 않은 일로써 사치스런 여유와 다름 아닌 것이었다. 부부간에 사랑이 제일 중요한 것은 맞지만 공화국에서는 사랑보다 중요한 것이 먹는 문제나 자녀 교육에 관한 것이었다.

그러니 부부싸움질은 사치나 다를 바가 없는 것이다. 정숙 동무와 참의 부재는 이상하게 가족의 울타리를 구분 짓는 과정처럼 느껴졌다. 밤새 이상한 생각들이 머리를 어지럽혔고 그럴 때마다 명호의 온몸이 파르르 떨렸다. 태산의 존재가 정숙과 참의 존재 사이에 끼어드는 모습이 뇌리에 상기될 때마다 명호는 부러 머릿속을 비우려고 노력했다. 늙은 어머니와 딸애 봄이 그리고 명호 자신의 모습이 하나의 울타리 안에 들어와 있는 상상은 뇌리에서 결코 선명하게 자리 잡지 못했다. 그런 모습이 뇌리에 자리를 잡기도 전에 명호의 예민한 촉각이 먼저 거부하고 있었던 것이다.

명호는 자전거를 타고 학교로 향하기 전에 또 덕순 동무네 집에 들렀다. 그는 마음 깊이 정숙 동무가 덕순네에 있어주기를 기대했던 터였다. 덕순네 마당에 들어선 명호의 시선에 먼저 박힌 것은 토방돌 위에 놓인 신발이었다. 토방돌 위에는 두 켤레의 신발이 놓여 있었는데 그중 하나가 정숙 동무의 신발이 분명해 보여서 명호는 안도의 한숨을 내쉬었다. 그런데 또 눈에 들어온 것은 정숙 동무 신발 옆에 놓인 화려해 보이는 녀성의 신발이었다. 지금까지 덕순 동무의 집에 몇 번을 들러 봤지만 뒤축 닳은 신발만이 뎅그렇게 놓여 있었는데 이번에는 달랐던 것이다. 혹시 정숙 동무가 새 신발을? 그럼 뒤축 닳은 덕순 동무의 신발은 어데 있는 것인가? 아님 덕순 동무가 새 신발을? 생각하다 명호는 절레절레 머리를 흔들었다. 덕순 동무 처지에 저토록 화려해 보이는 멋진 새 신발을 사서 신는다는 것은 말이 되지 않는다는 생각 때문이었다.

명호가 인기척을 하고 덕순 동무, 나 좀 보오, 하며 몇 번 소리를 질렀다. 한참 만에 늘어지는 하품을 하며 덕순 동무가 문을 열고 퇴마루로 나왔다. 명호는 덕순 동무의 모습을 보고 다시 놀랐다. 조금 전 토방돌 위에 놓여 있던 화려한 신발을 발견했을 때보다 더욱 놀라서 거의 까무러칠 뻔 했던 것이다.

– 력사 선생님, 이른 아침부터 어인 일로~ 아니 뭘 잘못 드셨나 왜 그렇게 똥그란 토끼눈을 하고 그러십네까?

– 눈알 댕그렇게 튀어나오지 않음 다행이지~ 아니 개벽을 해두 분수라는 거이 있는 법인데 굽 높은 빨간 신발에 뭐이 그저 머리 모양새라는 게 요술을 부려대니 놀랄 밖에 더 있겠나~ 아 나 잔말 나눌 짬은 없구 그저 정숙 동무나 불러내오. 아니 두 녀성 동무들이 관절 무슨 짓을 하고 다니는 거야요? 거 미용술 보급소에 가자면 적잖은 돈이라는 거이 있어야 할 터인데 아 나 참~

명호는 생각할수록 억이 막힐 노릇이었다. 아무리 생각해도 태산의 돈다발로 인해 정숙 동무가 황금만능주의 수렁에 빠져드는 모양이라고 생각했다. 명호의 혀가 바싹 타들었고, 절로 한숨이 뱃속 깊은 데서부터 솟구쳐 올랐다.

– 리 선생님, 열 내지 마시라요. 거 내 얘기 좀~

– 아니 몸이 절로 달떠 오르는데 열을 내지 마라굽셔? 아 어서 정숙 동무 불러내오.

명호는 절로 숨이 넘어가는 느낌이었다. 덕순의 말을 중간에 뭉텅 잘라내며 화풀이하듯 비난하는 소리를 흘렸다. 굽이 높은 빨간 신발이야 공화국 녀성이라면 한 번쯤 탐을 낼만도 하다는 생각이 들었지만 머리 모양새까지 요상하게 바꾼 처사는 명호가 보기에 영락없는 자본주의 날라리 짓이었기 때문이었다.

– 력사 선생님, 아니 봄이 아버지~

– 내 기딴 봄이 아버지 소리 듣기 싫소. 덕순 동무 거 보자 하니 말끝마다 봄이 아버지, 봄이 아버지, 내래 참이 아버지도 되지 않는?

– 아니 식전 아칙부터 들이닥쳐서 어이 덕순이한테 화풀이를 해대오? 오늘 보자니까 참 리 선생님 말하는 뜬뜬이 조폭스럽다야~

– 내 조폭이 되지 않음 다행이잖구 아니~

– 살다 살다 이제 봄이 아버지 입에서 나오는 소리라니~ 부처님더러 생선 방어 토막을 도둑질해 먹었다고 우긴대더니 나~

– 아 어서 정숙 동무 불러내오. 이놈에 신발을 그냥~

하고 명호가 굽 높은 빨간 신발을 집어 들어 마당에 내동댕이쳤다. 순간 덕순의 입에서 "아이 에그나 놀라워라, 정숙 동무 어서 나와 요상한 조폭 구경 좀 하라"하는 소리가 튀어나왔다. 바깥의 상황이 까닭없이 이상한 쪽으로 흘러가고 있다는 것을 알아차렸던지 정숙 동무가 퇴마루로 나왔다.

정숙은 며칠 동안 바깥 잠을 잤던 터에 명호를 제대로 쳐다보지 못했지만 덕순의 빨간 신발이 마당 가운데 나동그라진 모습을 보고 입술을 동그랗게 벌린 채로 놀라고 있었다. 명호는 자신의 행동이 조금 지나쳤다는 생각을 했지만 끓어오르는 분노를 주체할 수가 없었다. 그나마 정숙 동무의 모습을 보니 부글부글 끓던 마음이 조금 누그러지는 듯했다.

– 봄이 아버지, 덕순 동무네서 어이 조폭질을 해요. 나 집에 들어갈 테니 어서 학교에 가오. 어서 앞장서오, 예서 나갑세다.

정숙의 다그치는 듯한 말에 덕순이 곧장 거들어주었다.

– 력사 선생님, 오늘 보자 하니 아주 조폭도 무서운 조폭이야요. 저 빨간 신발이 덕순이 발에 맞췄다오. 애들 배워주는 선생이 어찌 질투까지 하나 그래. 남정네들이 질투하는 게 그저 무섭다이야 어비~ 어비~

– 아니 저 덕순 동무 말하는 본새하구는~ 아 나 한 번도 아니구 몇 번씩이나 조폭타령을 하는~ 그저 공연한 사람을 아침부터 조폭으로 모나 말이야. 아 내 참~

명호는 사실 정숙 동무 보기가 민망한 탓에 빠르게 밖으로 나와 자전거에 올라탔다. 빨간 신발의 주인이 덕순이라는 말에 맺힌 울화가 한풀 풀렸던 건지도 모른다. 신발을 새로 사는 녀성들의 심리 어쩌고 하는 말들이 명호의 가슴을 순간 짓눌렀던 모양이다.

명호는 며칠째 멀어진 정숙 동무와의 관계를 생각하면 마음마저 공허했지만 굽이 높은 빨간 신발의 주인이 덕순이라는 사실 하나 때문에 공허한 마음에 희망의 싹이 움트는 것처럼 느껴졌다. 자전거 바퀴살 굴러가는 소리가 사르륵 사르륵 다른 때 보다 한층 단맛 나게 느껴지고 있었다. 자전거 바퀴살이 명호 자신의 마음을 알아주는 듯해 페달을 밟는 명호의 기분이 한결 나아졌다.

교무실에 당도하여 땀을 닦고 있으면서도 명호의 마음은 약간 들떠 있었다. 집안에 주부의 모습이 보이지 않는 상황은 이제 상상하기도 싫었다. 정숙이 집을 비우자 그녀의 조용하고 깔끔한 성품이 느껴지는 알끈한 살림이 하루 만에 누추하게 흐트러졌다. 주부의 로한勞汗이 여태도록 얼마나 값진 것인지 조선공화국의 남성들이 군패軍牌처럼 그런 사상의 알맹이를 지녀야 한다는 주제넘은 생각마저 들고 있었다.

부교장에게 벌을 받은 이후 교원들의 분위기는 서먹해졌는데 이날따라 교무실이 들썽거렸다. 마치 명호의 기분이 한결 나아진 것처럼 싸늘한 공기가 아니라 약간 달뜬 공기의 냄새까지 피부로 느껴지는 듯했다. 조선중앙 텔레비전 방송에서 연일 떠들어대는 5차 핵실험에 대한 혁명적 성공이라는 선전방송이 사람들의 시선을 붙들고 있었기 때문이었다.

미제국주의자들이 조선공화국의 핵실험에 대해 초음속 폭격기를 내세워 강력한 경고를 하는 중에도 한 발짝도 물러서지 않고 핵실험을 단행, 사거리를 미국 동부까지 가능토록 하는 성과를 달성한 것이었다. 고도 3만 6천 킬로미터, 사거리 1만 2천 킬로미터라는 대륙간탄도미사일 발사 성공은 공화국 주민들에게 큰 희망을 주고 있었다. 먹고 사는 문제는 힘이 들지만 혁명의 선봉에서 세계 최강 미제 반동들을 잡을 수만 있다면 어떤 고난도 감수할 수 있을 거라는 암묵적인 믿음이 공화국 인민들에게 잠재하고 있었다. 배불리 먹고 살지도 못하는 인민들에게 미제를 때려잡을 수 있다는 힘은 대단한 자부심에 다름 아니었다.

낮전 상학시간을 마치고 교원들은 학교에 얼굴을 내밀지 않은 학생들의 집을 방문했다. 명호는 자전거를 타고 학교에서 가까운 데서부터 학생들의 집을 몇 군데 방문했다. 허나 대부분 학생들의 집들은 텅 비어 있거나 나이든 노인들이 집을 지키고 있었다. 이렇게 가정방문을 한다고 학생들이 교실로 돌아오지 않을 것임을 명호는 익히 알고 있었다. 하지만 학생들이 처한 상황을 파악하는 것이야말로 교원의 임무라고 생각했다.

명호는 담임 교원으로서 몇몇 학생들의 집을 모두 방문한 다음 장마당을 둘러보았다. 강철이 부모가 운영한다는 중고 가전제품 매대를 찾아보기 위함이었다. 양대국 과학선생의 담당이지만 참이와 동실이, 강철이, 만룡이 등과 함께 집을 나가 돌아오지 않고 있을 것이라고 짐작하고 있었기 때문이다.

허나 강철네 중고 가전제품 매대에는 강철이 부모님이 보이지 않았다. 매대에서 일을 하는 사람더러 혹시 앞 번 매대를 운영했던 주인에 대해 물었더니 어쩌다 얼굴은 비치더란 말만 들려주었다. 자세히 보니 명호가 처음 이 매대에 들렀을 때 보았던 사람이었다. 여전히 일당 장세를 내고 장사를 하고 있는 처지라고 덧붙였다.

명호는 예전처럼 묵묵히 장마당을 빠져나왔다. 장마당엔 이렇게 장꾼들로 북새통을 이루고 있는데 먹고 살기 힘든 공화국 주민들이 넘쳐난다는 것이 이해가 되지 않았다. 이게 사회주의 모순이란 말인가? 그렇다면 지금 조선공화국은 사회주의인가 자본주의인가? 물건을 팔아 장세를 내고 개인의 이익을 취하는 시장의 구조, 이 또한 명호에게는 얼른 이해가 되지 않는 부분이었다.

만룡이네 집에 들렀을 때 명호는 다시 한번 놀라지 않을 수가 없었다. 젊어 보이는 아낙이 펄쩍 뛰면서 만룡의 어머니 소식을 전했다.

– 아이 에그나 모르셨습네까?

– 백두장군님한테 무슨 일이 있습니까?

– 백두장군이래 교도대에 끌려갔다오.

아낙이 풀 죽은 소리로 말했다.

– 아니 만룡이 오마니래 교도대에 끌려가다니요?

– 거 장마당에서 오며가며 점사를 봐주다 고만 검열단 놈들한테 붙들려 갔더랍니다. 만룡이 선생님, 이거 어찌하면 좋단 말입네까?

아낙이 펄쩍 뛰었다.

– 아 나, 만룡이 이놈은 어데 갔답네까?

– 백두장군이 교도대에 붙들려 간 마당에 아무리 키대 작은 만룡이래두 혼이 녹아빠지지 않겠습네까? 그저 무슨 수를 내서래두 원쑤풀이 한답시고 펄펄 뛰며 집 나간 지 여러 날이라오.

명호는 자전거를 타고 집으로 돌아오면서 만룡이 등이 동실네 집 앞 공터에서 짙은 각오를 다지며 론속論續 하고 있었던 모습을 상기했다. 매대를 강탈당했는가 하면 묘비를 뽑히고 무자비하게 교도대에 끌려간 부모들의 자식들인데 어찌 이러한 상황을 모른 척할 수 있겠는가. 명호는 학문을 배워주는 스승이지만 제자들에 대한 어떤 비난거리도 찾아내지 못할 것만 같았다. 수세미방죽에서 참이한테 들었던 말은 공화국 인민으로서 정당한 저항심에서 비롯된 말이라는 생각이 들었다.

집으로 돌아오던 길목에 때맞춰 덕순 동무를 만났다. 덕순은 여전히 진단장에 굽이 높은 빨간 구두를 신고 색안경도 끼고 있었다. 명호를 피해가지 않고 부러 치마로 바람을 일으키면서 다가왔다. 명호는 덕순의 변한 모습이 하도 신기해서 마치 꿈을 꾸고 있는지도 모른다는 생각에 한쪽 손으로 허벅지를 꼬집어보았다. 따끔한 아픔이 느껴지는 것이 분명 꿈은 아닌 모양이었다.

– 아 나 이 세상이란 것이 어찌 이리 어질어질하나~

– 력사 선생님, 내래 몰라보겠지요?

덕순이 색안경을 만지작거렸다.

– 덕순 동무, 거 색안경 벗으라. 아니 해가늠을 한번 하고 색안경을 쓰든지 말든지 원~ 아 나 이거 덕순 동무 아주 찬란하누만 그래~

이때, 덕순 동무가 갑자기 한쪽으로 명호의 손목을 잡아끌었다. 명호는 덕순이 잡아 이끄는 대로 자전거의 손잡이를 요리조리 움직이며 길가 백양나무가 늘어선 곳으로 끌려가듯 걸어갔다. 덕순 동무의 이런 날랜 동작에 명호는 신경을 곤두세웠다. 불피코 이런 경우 덕순의 입에서 무슨 간참참견하는 말이 튀어나올 것임을 예상하고 있었기 때문이다.

– 리 선생님, 부부가 늘그막에 뭐로 사는 줄이나 아십네까?

– 난데없이 무슨 소리에요. 거 아직 늙어보지 못한 사람이 어찌 알겠나~

길가에서 남정네 붙들어 놓고 한다는 소리가 가관이었다.

– 젊어서는 색色이고 늙어선 정情이라오.

– 흐응, 덕순 동무 요새 뭐 잘못 먹고 다니오? 공화국 거리 바닥에나 떠도는 얘기들을 어찌 이웃집 남정네한테 서슴지 않고~

명호는 어정쩡한 자세로 말했다. 저승길이 지척만 같던 덕순 동무가 음부천녀淫婦賤女라는 말이 무색할 정도로 별의별 소리를 다하고 있었다. 덕순의 몸 상태로 보면 이런 말이 가당치도 않는 것이었다. 그런 덕순이 마치 교원이 학생 배워주듯 말했다.

– 젊을 때야 불같이 사랑도 해야지만 나이 들어갈수록 애끼고 살아야 한다 이런 말이지요. 한데 정숙 동무더러 의절하자 했대면서요?

– 거야 울컥 뿔이 솟아 내뱉은 소리지요.

– 아무리 화가 치민다더라도 지껄일 소리야 따로 있는 법이 아닌감~ 그저 팍팍한 세상에 불티 날리는 소리는 삼갔어야 한단 말이지요.

– 아 나~ 덕순 동무, 내게 지껄였다 했시오 지금? 그래 내래 잘못했습네다. 거 불난 집에 덕순 동무 부채질해대니 하냥 집에 돌아오지 않는 거 아닌가 말이지요. 아 나 교원질 하던 놈에 체면이 거리 바닥에서 이 뭐이니~

– 화만 내지 마시고~ 력사 선생님, 고저 정숙 동무 꼭 붙들어 달라 부탁합네다. 의절하면 부부 상세난죽은 거나 매한가지라오. 내래 정숙 동무 이그러진 마음 되돌릴 테니 의절은 절대 아니 된단 말이에요. 나 이만 바빠 먼저 갈랍네다.

명호가 듣기에 덕순 동무는 옳은 말을 툭 툭 던져놓고 뛰는 듯이 바삐 걸어갔다. 건들건들 걸어가는 덕순의 뒷모습을 명호는 물끄러미 지켜보고 있었다. 멀리 산등성이에서 머물렀을 파란 저녁의 기운이 빠른 속도로 내려와 거리와 골목을 잠식하고 있었다. 명호는 덕순의 모습이 희미하게 보일 때까지 그 자리에 꼼짝없이 서 있었다. 희미하게 자취를 감추듯 멀어지는 덕순의 모습에 갑자기 가슴속에 안쓰런 마음이 일어났다. 그래도 덕순이 동무의 마음 씀이 고맙다는 생각을 하며 자전거를 천천히 밀고 나아갔다.

명호는 갑자기 정숙 동무가 사무치게 보고 싶다는 생각이 들었다. 혼인을 하고 자식을 낳고 헤아릴 수 없이 많은 날들을 살을 맞대고 살아도 그리움에 허기가 진다는 사실을 새롭게 깨닫고 있는 중이었다. 그 옛날 어느 때처럼 그리운 마음은 정말 허기로 덤벼들었다. 혼인 전, 정숙 동무와 일방적인 약속을 하고 승리공원에 나가 하루종일 기다려

보았지만 돌아올 때의 발걸음은 무겁고 허기가 등을 타고 내려와 허리를 죄어왔었다. 그날처럼 정숙 동무를 생각하면 그리워 미치겠어서 숨이 막히고 눈물이 맺힐 정도였다.

골목에 들어서는데 인민들이 열을 지어 김정일 칭송가를 부르며 지나갔다. 대열의 선봉에 우뚝 솟아 인민들을 지휘하고 있는 것은 조선노동당 깃발이었다. 아아, 이 무슨 운명의 장난이란 말인가. 마치 자신의 생이 운명처럼 반복되기라도 하는 듯 명호는 바로 곁에 서서 깃발에 선명하게 찍힌 낫과 망치와 붓을 응시했다. 농민들은 여전히 낫을 들고 노예처럼 일을 하고 노동자들은 망치를 들고 짐승처럼 일을 하며 지식인들은 붓을 들고 왜곡된 사상의 골짜기를 걸어가고 있었다. 명호의 뇌리에 순간적으로 떠오른 환영이었다.

장백산 줄기줄기 피어린 자욱
압록강 굽이굽이 피어린 자욱
오늘도 자유조선 꽃다발 우에
력력히 비쳐주는 거룩한 자욱

명호 역시 그날처럼 저도 모르게 이들의 노래를 따라 불렀다.

아 ~ 그 이름도 그리운 우리의 장군
아 ~ 그 이름도 빛나는 김정일 장군

그 옛날 그때처럼 노동당 깃발의 대열은 골목 안쪽으로 사라져버렸다. 명호는 마치 실성한 사람처럼 노래를 흥얼거리면서 대문을 열고 들어갔다. 그날의 기억에는 대문을 열고 들어갔을 때에 마주친 것은 굳은 표정의 아버지였다. 허나 오늘은 아버지의 굳은 표정 대신 그리움으로 사무친 정숙 동무가 봄이 그리고 어머니와 함께 퇴마루에서 자신을 맞아주었다. 명호의 허기진 마음속으로 일시에 따뜻한 바람이 불어 들어오는 느낌이었다.

정숙은 며칠 집을 나간 아낙네의 심청마음보 탓인지 모를 부드러운 표정으로 살짝 곁을 내주는 듯 어서 오오, 하고 민손맨손을 뻗었다. 명호 역시 딸애나 어머니보다 자식 낳고 살고 있는 부부 사이에도 사무친 그리움이 존재한다는 것을 깨닫게 해준 정숙 동무에게 먼저 손을 뻗어 떨어진 며칠의 사이를 좁히고 있었다. 그런 중에도 명호의 심중에는 조금 전에 만났던 달라진 덕순 동무의 입바른 말에 신경이 쓰였고, 아들애 참의 모습이 눈에 띄지 않아 걱정스런 마음에 젖어들고 있었다.

다음권에 계속